徳 間 文 庫

警視庁公安J

ダブルジェイ

鈴 峯 紅 也

徳 間 書 店

目次

【Jボーイ。銀座では怪我《けが》はなかったかい？

おや、なんの怪我かだって？　なんだ。忘れられるとは、これはまた助けた甲斐《かい》もない。哀しいね。ほら、この前の夏の、歩行者天国での一件さ。カンボジアの兵士、チュアン・ヤサ・ミネアと戦ったじゃないか。私は君の危機に、実に有効な救いの手を差し伸べたはずだけどね。

え、お陰で後始末が大変だったたって？　それは知らない。私は、日本の法律や道徳に縛られる存在ではないのでね。

ああ、言われるまでもなくもちろん、郷に入っては郷に従えという言葉は知っている。というか、私の好きな言葉のひとつだ。日本の各地を〈漫遊〉して、ずいぶん馴染《なじ》んだと私自身も思ったものだがね。ははっ、いざとなると、考えるより先に身体《からだ》が動いてしまったかな。

だからJボーイ。そう、あの場での処理の仕方に、私は多少の負い目がないわけではないのだよ。咄嗟《とっさ》の判断とはいえ、庶民の憩いの場に血の虹を描いてしまったのは私のミスだ。もう少し、手練を暗殺に傾けて静かに殺せばよかったと思っている。派手が過ぎたとね。

でもあのときは君のことを案じて――とは、ははっ。言わせないって？　わかってるよ、Jボーイ。わかっている。言わないさ。君は君で、どうとでも対処できたのではという気もするけどね。要するに私は、郷に入っても場面によっては郷に従えない、気儘《きまま》な戦士なのだと、そのことを再確認したよ。

郷という土地の環境、民族観、宗教。潜り込むのは簡単だけど、従うのは実に難しい。私は学んだよ。だから戦争も紛争もなくならないんだとね。

えっ。なんの話かって?

そうだった。それで私は、なんとなく君の声が聞きたくなったんだった。

Jボーイ。私はね、つい先程、我が親愛なる矢崎啓介《やざきけいすけ》の姿を思い掛けないところで見掛けたんだ。身体は相変わらず堂々としていたが、大分、老け込んだようだね。熱帯の照り付ける太陽の下で見ると、隠しようもないほどそれは明らかだった。まあ、私もあまり人のことはとやかく言えないがね。

さて、私はどこで矢崎を見掛けたか。

そう、Jボーイ。当たりだ。アフリカ大陸の南スーダンだよ。

ちょうどPKO、国際連合平和維持活動における自衛隊派遣部隊の、大臣視察だったのだね。そこで堂々と老け込んだ今の矢崎と現職の防衛大臣、鎌形《かまがた》という〈キツネ〉を見たよ。君の戸籍上の父、小日向和臣《こひなたかずおみ》総理大臣の盟友であり、最大のライバルだとか。

たしかにひと癖もふた癖もありそうな印象ではあったけれど、私はあまり興味が湧かない。権謀術数や口先だけのマジックに翻弄《ほんろう》されるほど若くも愚かでもないものでね。どちらかと言えば矢崎のように、腹に爆弾のような覚悟を抱えて真正面から見てくる男の方が、私には苦手でもあり、好もしくもある。

遠目だがね、そんな男の姿を眺めるうちに、君の声が聞きたくなったのさ。

戦場にはね、戦士の数だけ正義もあり悪もある。合わせて倍という話ではない。表裏というか、同じものという話だ。

勝てば官軍、などと日本では言うのだったかな。そうは思いたくないが、ある意味では正しい。要は想いの強い方が勝つと、それが郷を形作《かたちづく》るのであって、腹背しようとも面従させ得るエネルギーなのではないだろうか。

そんなふうに私が思った理由が、Ｊボーイ。話がブーメランのように戻るけれど、矢崎であり鎌形だったのだ。

今度、南スーダンの自衛隊派遣部隊に〈駆け付け警護〉と〈宿営地の共同防護〉とかの任務が付与されたって？

今さら、できるのか、とね。中立という名の下に、中立と無辜《むこ》なる命を守るということはすなわち戦うことだという矛盾は、それこそ九四年四月のルワンダの頃から国際基準だ。それを今さら、日本は国として部隊に堂々と付与などして、できるのかとね。

そんなことを考えたら、さらに無性に日本にいる君を思い出し、君の声が聞きたくなったのだよ。

Jボーイ。できるのだろうか?

うん、うん――。

そうだね。君ならきっと、そう言うと思ったよ。

郷に入っては郷に従う。これは本当に難しいことだ。だけれども、そう、難しいが構造は単純だ。

なら、真の和平を実現するには、圧倒的な正義か悪で世界をひと続きの郷にしてしまえばいい。

やはり、私は神にならざるを得ないようだ。

えっ。なりたければなればいいって。

つれないね。構造は単純だが難しいと言ったばかりだよ。まあ、君が手伝ってくれると言うなら話は別だがね。

そうして国連に成り代わり、私達が以《もっ》て平和維持軍であり、私と君が平和維持活動そのものであれば、世界は劇的に変革することだろう。

やれやれ、忙しくも骨の折れることだ。

そのためにはまず――。

Jボーイ。なんだって?

南スーダンの現状はどうなっているかだって。

ははっ。さっき私は戦場、と言ったよ。決まっているじゃないか。私が平生を生きる場所は常に何某《なにがし》かの戦いの場であり、そここそが私の、郷なのだよ】

第一章　外務省

一

二〇一七年の五月三十日は、よく晴れた一日だった。

この日の午後、矢崎啓介の姿は防衛省大講堂の最後部に見られた。

遠く壇上には今、小日向和臣内閣総理大臣、鎌形幸彦《ゆきひこ》防衛大臣以下、防衛副大臣や政務官の背広組から、各幕僚長以下制服組にいたるまでの錚々《そうそう》たるメンバーが列席していた。

防衛省の職員から矢崎も、背広組の一人として壇上に上がることを勧められたが、それは丁重に断った。

そもそも、矢崎は陸上自衛隊中部方面隊第十師団師団長・陸将としてキャリアを終えるつもりだった。十分満足していた。

それが小日向総理に請われる形で、図らずも内閣官房副長官補兼国家安全保障局次長から防衛大臣政策参与と歴任してきた。

数奇なものだと思えば感慨も深いが、なんの因果かと思えば苦笑いしか出ない。起床から就寝まで、矢崎の生活は今でも、ほぼ変わりなく自衛官の頃のままなのだ。

にも拘《かかわ》らず背広組として〈かつての仲間達〉の前に出るのはいささか面映《おもは》ゆいことであり、こと今回に限っては、それ以上に後ろめたくもあった。

それで、無駄に晴れがましい壇上などは断った。

矢崎は今、最後列の壁に背を凭《もた》せ、甍《いらか》のごとく並ぶ迷彩服に青いベレー帽の並びをゆったりと眺めていた。

長時間に及ぶ式典の最中、整然と立ち、微動だにしない後輩達の列だった。

ブルーベレーは国連軍の証だ。

この日は、自衛隊南スーダン派遣施設大隊第十一次隊の隊旗返還式の日だった。

国連南スーダン共和国ミッション（ＵＮＭＩＳＳ）への派遣は国連事務総長からの要請を受けたもので、実に五年四カ月にわたる長期の海外派遣となったが、それもこの第十一次隊の隊旗返還式を以て終了する。

青いベレー帽の並びは南スーダンから三日前に帰国したばかりの、青森第九師団三百五十名の隊員達だった。

誰もが真っ黒に日焼けし、輝かしい目をしていた。

小一時間に及ぶ返還式はやがて、隊長から鎌形防衛大臣に隊旗が返還され、滞りなく終了した。

壇上の歴々が退席すると、講堂内は花開くように賑《にぎ》やかになった。

矢崎はしばらく講堂の最後部を動かず、目を細めて若い後輩達を眩《まぶ》しいものに眺めた。と――。

「師団長」

脇から清々とした声を掛けられ、反射的に矢崎は顔を振り向けた。

百七十三センチの矢崎より少し高い身長で、迷彩服の上からでも筋肉質とわかる身体つきの男が姿勢よく立っていた。

炭ほどによく焼けた顔色に、短髪とブルーベレーがよく似合っている。

久し振りに見る顔ではあったが、誰であるかはすぐにわかった。ほっそりとした顔は、昔より精悍《せいかん》さを加えてなお、笑えば柔らかかった。

「おお。風間《かざま》」

男は小隊長として南スーダン派遣最終隊に参加していた、この年三十八歳になる風間彰《あきら》三等陸佐だった。

師団長と呼ばれたことからもわかるように、風間は矢崎が第十師団長だった頃、通称守山時代の部下ということになるが、それだけではない。

風間は矢崎にとっては防大の後輩でもあり、しかも富士学校での幹部レンジャー資格も矢崎同様に取得しているという、数少ない男の一人だった。

そんな関係もあり、守山駐屯地の分屯地である岐阜分屯地に赴任してきた一等陸尉の頃から、矢崎はこの風間という部下にはなにかと目を掛けてやった。

風間も応えるように、分屯地では第四〇二施設中隊の小隊長をよく勤めた。

誰とでも分け隔てなく接し、風間は部下からの信頼も厚かったようだ。二〇一一年の東日本大震災では、宮城県の名取市や岩沼市で率先して救援活動を精力的に行い、表彰の対象にもなった。

だが翌年になり、守山駐屯地から第三十五普通科連隊長を指揮官としてハイチPKO最終第七次隊の派遣が決定した頃、風間に異動の内示が出た。

矢崎は風間を主要人員としてハイチに送り出すつもりでいたが、幹部候補、特にB幹と呼ばれる防大卒自衛官に異動はつきものだ。仕方のないことだった。

――ご厚誼《こうぎ》、感謝致します。海外派遣では守山部隊の力になれず、申し訳ありません。いずれかの折りに、またどこかの部隊で、師団長の下で。

桜咲く四月、風間はそんな言葉を残し、第三師団隷下で京都府宇治市にある大久保駐屯地の、第三施設大隊に中隊長として転属していった。

以来、特に顔を合わせる機会は得られなかったが、風間は矢崎にとって、ときに思い出す男の一人だった。

さっぱりとした男であると同時に、妙に几帳面な部分も併せ持っていたという記憶がある。

律儀な男でもあり、この南スーダンへの派遣前にはわざわざ矢崎を訪ね、防衛省まで挨《あい》拶《さつ》に来たものだ。

だから、隊旗返還式で急に声を掛けられても驚かなかった。いることはわかっていた。

派遣前の挨拶のとき、

「この度、八戸《はちのへ》に転勤となりまして」

と久し振りに会った風間は開口一番、そう言った。

風間は施設科職種部隊の男だ。八戸駐屯地には、第九師団隷下の施設大隊がある。

だが――。

「第九師団。そうか」

南スーダンに行くのか、とは聞かなかったが、言われなくともわかった。

と同時に、生きて帰れ、とは口が裂けても言えない言葉だった。

風間も、特に直接的なことは言わなかった。

「特に、別れを惜しまなければならない家族もおりませんから。そう思ったら、なんとなく師団長を思い出しまして。お元気そうでなによりです」

それだけを言って、ほっそりとした顔を綻《ほころ》ばせた。

このときはその後、冬の季節が旬となる天然鰻《うなぎ》を振る舞った。風間はたいそう喜んだ。

そうして、昔話にだけ大輪の花を咲かせて別れた。

それから約七カ月。

よく焦げた風間からは、東アフリカの熱砂が匂うようだった。

「無事で、よく帰った」

「最後の半年だけですから」

「それが最も厳しかっただろうに」

〈駆け付け警護〉に、〈宿営地の共同防護〉。

安全保障関連法に付加されたこの新任務は、閣議決定によって銃火器の使用を許可したようでいて、実はすべてを現場に丸投げしただけにすぎない。

最終第十一次派遣隊に新たに下された曖昧な任務は、自らが標的になる覚悟以外の何ものも隊員に付与しないのは、誰の目にも明らかだった。

だからこそ、

「よく帰ってきた」

もう一度繰り返した。

他に掛けられる言葉を、矢崎は持たなかった。

過酷な現場は、誰よりも知っている。

知って赴いたにも拘らず、前年の南スーダンは、現地の国防副大臣や内閣担当大臣からの状況説明、エレン・ロイ国連南スーダン共和国ミッション（ＵＮＭＩＳＳ）事務総長特別代表との会談に続き、したことと言えば隊員達との懇談と、首都ジュバ市内で最も安全の確保された地区の視察だけだった。

駆け足で、わずか七時間の滞在。

それを以て鎌形は安全だと言い切り、最終第十一次派遣隊には重い任務が付与された。

安全なわけはないのだ。

実際に施設大隊が整備する市街の本当の作業エリアを視察できないのは、それだけで有り得ないほどエリア外が緊迫していることの明白な証左に他ならない。

さらには視察同日、ジュバ近郊の中央エクアトリア州では現地のトラック四台が襲撃され、市民二十一人が死亡、約二十人が負傷したという現実は、ロイター通信などが伝える通りだ。

南スーダンに関して国会では、総理も鎌形も言葉遊びを繰り返すが、戦闘も武力衝突も紛争も戦争も、実際に現場に立つ人間には大した差異はない。

要は、生きるか死ぬか。

それだけだ。それだけだからこそ、壮絶なのだ。

南スーダンの視察にまで随行しながら、結局、政府の曖昧な銃火器の使用に歯止めは掛けられなかった。ひと言の提言すら機会は与えられなかった。

このことは矢崎にとって、慚愧《ざんき》に堪えないことだった。

そんな中――。

前年七月、南スーダン首都のジュバにおいて、大規模な戦闘の有りや無しや。

一人のジャーナリストの素朴な疑問が、当時の日報の破棄損失を嘯《うそぶ》く防衛省の回答を引き出し、一気に問題化した。いわゆる、自衛隊日報隠蔽《いんぺい》問題だ。野党やマスコミによって防衛省における組織ぐるみの隠蔽工作が取り沙汰され、常に洒脱な鎌形でさえが国会で答弁に汲々《きゅうきゅう》とし、問題の追及にはすでに、防衛監察本部が特別防衛監察を開始していた。

――ふん。俺が何をしたって？　斡旋《あっせん》収賄爺《じじ》いの大石《おおいし》の代わりに、誰もいないから防衛大臣になってやっただけだぞ。そもそもから言えば、俺は党幹事長だ。

これは問題発覚以来、一日に一度は鎌形が口にする愚痴だった。

党幹事長は〈閣僚ふたつ分〉と言われるほどの力を持つポストだ。

聞くだに愚かしいが、鎌形という男を知ればまあ、わからないでもない。

鎌形は権力というものに、誰憚《はばか》ることなく貪欲だった。かえって気持ちがいいほどだ。

それを知るからこそ、防衛大臣就任前はマスコミや世論もおおむね鎌形に好意的だった。

曰《いわ》く、

〈盟友の苦境に立つ〉

〈幹事長職を投げうっての助太刀〉

〈平成に吹く男気の風〉

など、浪花節《なにわぶし》めいたタイトルが各紙の紙面を飾ったものだが、現在はそののらりくらりとした鎌形の答弁を真っ向から軽佻浮薄《けいちょうふはく》と断じ、論調は手厳しい。

可笑《おか》しくも不思議でもあり、当然でもある気が矢崎にはした。

武官の暴発を抑制するのは文官だが、文官の無能を糾弾するのは世論だ。

防衛大臣政策参与など、当初小日向総理に言われた通り、所詮《しょせん》は鎌形幸彦という男の首に付けられた鈴の役割しか果たせない。

鎌形が動いたとき、その首元で鳴るだけだ。

だから慚愧しかなく――。

この日、壇上に雁首《がんくび》揃えて居並ぶことは躊躇《ためら》われた。もう自分が自衛官ではないと、そんなことを現役の前で自ら証明するだけの愚行だった。

「良くも悪くもありません。師団長。ジュバは安定していました」

風間は矢崎を慮《おもんぱか》ってか、ブルーベレーの曲がりを直しながらそう言った。

「おかげで、道路整備も施設改修作業もずいぶん捗《はかど》りました」

「そう言ってもらえると気休めにはなるが」

それにしても、栄えあるべき隊旗返還式に特別防衛監察のゴタゴタが重なり、省外にはマスコミが、鵜《う》の目鷹《たか》の目で待ち構えている構図に間違いはなかった。

ようやく帰った祖国が、おそらく派遣部隊そのものに対しても疑惑の目を向けているなど、風間は露ほども思わなかったに違いない。

なんの、疑惑。

実際に戦闘があったのかなかったのか、矢崎にとってそこは問題ではない。

「こんなことになって、悪かったな」

ただ素直に、与えられた任務をそれこそ、本当に命を懸けて全うしてきた男達に、矢崎は敬意さえ覚えて頭を下げた。

「いえ。師団長が悪いわけではありませんから」

風間はまた、風のように笑った。

少し純也《じゅんや》に似ている気がした。風貌の話ではない。

戦地を生きた者に共通の気配だろうか。

純也に染みついているもの。

帰ったばかりだから、風間にも感じるもの、か。

「今日はバタバタとして時間が取れないだろうが、じっくりと話を聞きたいものだ。――よし、もう少し落ち着いたら、そうだな、夏の走りの頃、俺がそっちに行くとしよう」

「えっ。青森にですか」

意表を突いたようで、風間の一重《ひとえ》の目が見開かれた。

守山の頃はよく見た表情だが、今では懐かしくもあった。久し振りだった。

「そんな顔をすることはないだろう。そっちには、こちらの直轄隊もある」

「それはそうですが」

風間は少し考え、手を打った。

「なら、仙台で落ち合いましょうか」

「なんだ？」

「あそこには、直轄隊の東北方面本部があるでしょう」

今度は矢崎が目を開く番だった。どちらかと言えば渋面だが。

「まあ、あるにはあるが」

リン・ユーチュンそっくりの、和知友彦《わちともひこ》一尉の笑った顔が浮かぶ。

風間も当然、和知のことは知っている。だから言っているのかもしれない。

矢崎は大きく頷《うなず》いた。

「そうか。まあ、そう言えば去年は新潟だった。今年の夏は、仙台の海もいいか」

脳裏では、浮かんだ和知がマッシュルームカットの髪を大慌てで左右に振った。

二

六月二十六日は、梅雨のど真ん中にも拘らず爽やかに晴れた一日だった。

この朝、純也は愛車ＢＭＷ　Ｍ６のディープ・シー・ブルーに輝く車体を帝都《ていと》ホテル正面の車寄せに停めた。

八時になろうとする頃だった。チェックアウトのラッシュが始まる少し前だ。

サングラスを取り、車から降りる。

黒髪黒瞳《こくどう》で彫りが深く鼻が高く、日本人でありながら純也の容貌には中東の匂いが隠れもない。

なんと言っても銀幕の大スター、芦名《あしな》ヒュリア香織《かおり》の血を色濃く受け継いだクウォータなのだから。

恐ろしく見栄えがよく、どこにいても目立ち、常に人々の奇異と好奇の目に晒《さら》されるのは、好むと好まざるとに拘らず純也にとって日常だった。

現に今も、近寄ってきた若いポーターは純也を見て一瞬固まった。目には戸惑いの色さえあった。

「お早う」

と言いながら、純也はＢＭＷのキーを差し出した。

「え。あ、はいっ」

言葉が通じると、それだけでポーターは安心したようだ。

よろしく、と言ってキーを預け、純也はその場を離れた。

メインエントランスに入り、足触りのいい絨毯《じゅうたん》を踏めば、チェックインカウンタにフロント・マネージャーである大澤昌男《おおさわまさお》の姿があった。

帝都ホテルは純也と、今は亡き純也の恋人、木内夕佳《きうちゆうか》の二人にとっては定宿だった。

大澤はそんな帝都ホテルでも、夕佳の在りし日を知る数少ないホテルマンだ。

命日近辺で純也が部屋を取ると、決まってパープル・シオン、紫の十五夜草で部屋が満たされているのは、この大澤の指示に拠《よ》るらしい。

平安時代からシオンの花言葉は〈追憶〉であり、西洋では〈愛の象徴〉を意味し、そして、色合いのパープルは、〈時の経《た》つのを忘れる〉ことを示唆し、願うという。

大澤は純也を見つけると、カウンタの奥でさりげなく腰を折った。

軽く手を上げて応えるに留め、純也は足をラウンジに向けた。

この朝の目的は、そちらで待っているはずだった。

「よう」

陽の当たる席から筋肉質な半袖の手を上げたのは、隣の椅子に麻のジャケットを雑に引っ掛けた、目つきの鋭い短髪の男だった。

本庁捜一、第二強行犯捜査第一係の斉藤《さいとう》誠《まこと》警部補だ。

純也にとって斉藤は、警察学校時代の同期にして庁内エス、いわゆる情報提供者の関係でもあった。

捜査費を融通し情報をもらうバーターは純然たるエスというより上司と部下にも近いが、同期でもあるので会話はざっくばらんになる。

「ずいぶん早いな」

斉藤は齧《かじ》り掛けのトーストを口に放り込んだ。

ずいぶん、と言いながら本人こそずいぶん早くからいたようで、すでにテーブルには朝食のセットがあった。

厚切りトーストに卵料理、サラダとスープ、それに食後のコーヒーか紅茶がつくＡモーニングというやつだ。

斉藤の卵料理はスクランブルエッグだった。

「早く呼んだのはそっちだろ」

純也は言いながら対面に座った。

純也は前日の遅くに斉藤からのメールで呼ばれた。

だから来た、のだが。

斉藤はパン屑《くず》のついた手を叩《はた》いた。

「呼ぶには呼んだが、天下の警視正様がこんなに早く来るなんて誰が思うよ。言った時間通りじゃないか」

「階級は関係ない。昇任したところで周りは何も変わらないし」

「変わらない、か。そうだな。隔離分室だったな」

「陽当たりは良好だけどね」

「それにしても、上が昇任させたのは驚きだな」

「悪《あ》しき前例は作りたくないっていうのが本音だろうけど。まあ、怨霊的な考え方もあるかな」

「怨霊?」

「厄介者は祀《まつ》り上げとけば鎮《しず》まるとか」

「ふん。馬鹿馬鹿しい」

斉藤は吐き捨てた。

実際、純也はこの四月付けの発令の片隅の記載により、警視正に昇任した、らしい。らしいというのは特に誰から何を告げられたわけでも、花束のひとつも贈られたわけでもないからだ。

しかも、与えられた分室の長でいる限り警視正であっても、理事官止まりの立場は変わりようもない。

　分室そのものも相変わらずの場所で相変わらずのメンバーで、飽きもせず盗聴・盗撮の仕掛けは至る所に頻繁で、いつも通りの尾行者や監視者、要するに〈純也番〉の数も不変のようだ。

　では何が、と考えれば給与明細が若干変わったようだが、それこそ記載された総額からすれば誤差のようなものだ。

　対外的に名刺の肩書は変わったが、今のところそんな物に価値を見出《みいだ》せるような使用場所も案件もない。

「まあ、実際」

　純也は言いながら時間を確認した。八時十分を過ぎたところだった。

　肩を竦《すく》め、はにかんだような笑みを浮かべた。

「俺も実は、こんなに早くここに到着するとは思わなかった。月曜の朝だけど、読みが外れたよ。都内の道路事情は本当に読みづらい。これなら先にカイシャに向かっとけばよかった。久し振りに、受付の菅生《すごう》さんに小言を言われることもなかったのに」

　カイシャとはこの場合、指呼の距離にある警視庁本部庁舎のことを指す。所轄はシシャで、登庁は出社、退庁は退社とも人によっては口にする。

「だな」

「だなって、斉藤。お前はいいのか？」

「俺はもう出社した。それから来た」

「うわ。お前、ずっこいな」

「小日向。それ、どこで覚えた言葉だ」

「この前、セリさんに連れて行かれた、なんだかわからないけど、同伴カラオケとかってとこで」

「同伴？　なんか相変わらず、羨《うらや》ましいんだかそうでないんだかわからないことしてるな」

「暇な部署だからな」

言ってから純也は、近寄ってきたフロア係に斉藤と同じ物を頼んだ。すると斉藤が、フォークを持たない左手の指を二本立てた。

「二セットだ。よろしく」

「なんだ。それ」

「こんなに早く来るとは思わなかったと言った。これは冗談ではなく本心だ。俺の予測だとお前が来るのは、このあと珈琲を飲んで、もうワンセットくらい食った後だった」

斉藤はスクランブルエッグの残りを齧り掛けのトーストに載せ、一気に頬張った。

何度か咀嚼《そしゃく》し、飲み込む。

何度見ても呆《あき》れるほどに早食いだ。捜一の倣《なら》いと昔聞いたことがあったが、身体には悪そうだ。

そういえば、少し身体も緩んできたように見えなくもない。

サラダも掻《か》き込むようにして食い、それで斉藤の、最初のAモーニングは終了だった。

「ふうん。予測ね」

純也は目を細めた。

「それが前倒しになって一セット目なら、あれか？　後ろにずれたら三セット目に突入とか」

馬鹿な、と斉藤は笑った。

「そうなったら、次はBを頼むさ」

純也が天を仰ぐと、ちょうどAモーニングが二セット運ばれてきた。

すぐに手を出し、斉藤は一セット目よりじっくり堪能するように食べ始めた。

「さすがに、帝都ホテルのモーニングだな。うちの近所の喫茶店とは雲泥の差だ」

「呆れたもんだ」

「何が」

「二セット目を食う食欲も、奢《おご》りとわかって頼む根性も」

「俺の職場は、心身共に太くないとやっていけない所だからな。特にこの五月以降は、監察のあれだ。QASだっけか。自浄も流行感冒も同じようなものだと初めて知った。アイス・クイーン、小田垣観月《おだがきみづき》か。まったく、お前の追っ掛け娘のお陰で、捜一からも何人かが監察聴取に引っ張られたしな。所轄も人員不足のところが出てるし、現場の穴埋めは容易じゃないんで往生してる。二完徹なんかザラだ。飯くらい、食えるときにたっぷり食わないとな。っていうか、食わせろ」

「ああ。その名前を出されるとなんともね。追っ掛けかどうかはさておき、間違いなく可愛《かわい》い後輩ではある。——ああ、可愛いかどうかもさておきでいいかな」

純也はまた、肩を竦めて猫のように笑った。

少し食べ進めるとようやく落ち着いたか、

「五日ほど前の話だ。殺しがあった。夜の歌舞伎町だ」

斉藤が用件についてそう切り出した。

アーミーナイフで心臓をひと突き。

防犯カメラの死角。

およそモーニングセットのスパイスにもならない、生臭い話になった。

「同系列のテナントビル二棟の間の路地でな。建築確認はどうなってんのか知らないが、路地は本当に狭く、見事に死角だった」

ただし、同時間帯の近隣の防犯カメラに、かろうじて映った瞬間はあったようだ。

「マル害はその片一方のビルの地下にある大箱のキャバクラから出てきた客だ。出て歩き始めて、おそらく声でも掛けられたようで路地に寄った。そこで」

奥から腕が出た、と斉藤は言った。

「映っていたのは別角度からもう一カ所。まあ、大して代わり映えもせずそれだけだ。路地前後のすべてのカメラの、最大録画時間内でな」

「ふうん」

さして気乗りもせず純也はモーニングセットに傾注した。

殺人事件の話ならそもそも、捜一の斉藤の領分だ。

フォークをスクランブルエッグに刺すと、テーブルの上を、後で見てみろという言葉とともに、黒いＵＳＢが滑ってきた。

「カメラの画像は、科捜研で処理したものが入ってる。解剖所見も、その他の資料も中に網羅した。全部ぶっ込んだ」

よくわからないが、取り敢《あ》えず手に取った。

「ずいぶん勿体《もったい》をつけてくれたけど、その事件がどうした。徹頭徹尾、捜一の案件だと思うけど」

「捜査できればな。このまま行ったらお蔵入りだ」

「なるほど。横槍《よこやり》が入ったか」

斉藤は頷いた。

「だからあいつらはよって、うちの親玉がまた頭から湯気を吹き上げてた」

親玉とは強行犯捜査第一係の真部《まなべ》係長のことだ。公安嫌いの、特に純也嫌いで通っている。

その真部が、だからあいつらはと言うからには推して知るべし。

横槍を入れてきたのは公安部のどこかということだ。

「事件に戒名をつける前にな、木っ端微塵《こっぱみじん》に潰《つぶ》された」

戒名とは事件ごとに付けられる捜査本部名に等しい。

ならば、潰されたのは捜査本部自体が立ち上がる前、ということになる。

「へえ。素早いね。で、マル害は？」

「根本泰久《ねもとやすひさ》。聞き覚えは？」

「あるようで、ないかな。普通の名前だ」

外務省、と周囲を憚るように斉藤は取り上げたコーヒーカップの中に呟《つぶや》いた。

「現経済局経済安全保障課長だ。今年で四十八歳、妻子有り。マイホームは二子玉川に持ち家がある。羨ましいことだが、優に億は超えたようだ。で、目下返済中。通帳に不審なところはない。と、こんな辺りで上からストップが掛かった。止まってから出戻ってきた案件を今のところ俺は知らないが、ない理屈もないとな、そんな一縷《いちる》の望みを託してお前に振る」

「戻す？　望み？　——本当に？」

純也が聞けば、斉藤は一瞬の間を取った。だが、それだけだ。

「いや、癪《しゃく》だから、だな。真実そのものでなくてもいいが、せめて俺が、刑事として納得できる理由くらいは欲しい、ってなもんだ」

独り言のように言ってトーストを齧り、

「どうだ。小日向。どうせ暇だろ。有り難いと思って乗れ。受けろ」

と、斉藤は身を乗り出してきた。

純也はフォークを置いた。

足を組み外に日比谷通りを眺め、作るのは考える態《てい》だが答えは決まっていた。

ひとつには、形はどうあれ斉藤は純也を頼ってきたのだ。

もうひとつには、言われるまでもなくJ分室は暇だった。

梅雨時期に無聊《ぶりょう》をかこつと、ただ黴《かび》が生える温床になるだけだ。

「OK。乗ろうか」

純也が言えば、

「言うと思った。いや、言ってくれると思った。じゃ、後は諸々《もろもろ》、よろしくな」

大きく膝を叩いて席を立ち、斉藤は隣の椅子からつかみ上げたジャケットを、振るようにして肩に掛けた。

配車係によって車寄せにM6が回ってくる間に、純也は思い出したように一本のメールを打った。

三

その後、歩いても十分程度の警視庁本部庁舎へ向かう。純也にとっての職場だ。

地下駐車場に蒼《あお》く輝くような車体を入れる。

黒塗りの公用車や護送車ばかりが並ぶ薄暗い駐車場にあって、純也のM6は少々場違いだが、本人はいたって気にしない。

何に乗ったところで、降りた後の純也に向けられる視線、気配に変わりはないのだ。

無遠慮な好奇、興味、嫌悪はまだましな方で、努めて無視しようとする意識のいやらしさにはおそらく、何年経っても慣れるものではない。

慣れはしないが逆手に取れば、かえって警視庁本部庁舎では、そんなことで季節を感じたりもする。

春と秋、年二回の人事異動の後は、特に不躾《ぶしつけ》な視線を注いでくる輩《やから》が間違いなく多くなるからだ。

愛車から降り、純也はA階段に向かおうとした。

当然、地下からそのままJ分室のあるフロアにエレベータで上がることもできるが、普段はそうはしなかった。

A階段で一階に上がり、玄関ホールに出て受付を通るのが、いつの頃からか純也にとって登庁時の通過儀礼になっていた。

「おっと」

ドアを閉める寸前、純也は助手席に置いたファイリング・ケースのことを思い出した。

車内にもう一度身体を入れ、手を伸ばして取り上げる。

A４のケースは市販品でどこでも買えるものだが、ページは現状すべて埋まっていて分厚く重かった。

大事な物かと問われれば大して大事ではないが、重要かと聞かれればそれなりに重要だと答える。

なんにしても、ケースの中身は使い方次第の紙の束だった。昨日国立《くにたち》の自宅で、時間を掛けて所定の記入をし、打ち出したものだ。

純也はファイリング・ケースを小脇に抱え、足早にA階段から一階に上がった。

時刻は九時を回った頃だった。

登庁には遅いが、外部からの来訪者で賑わうには少し早いか。

自分の靴音がまだ響いて聞こえるホールを横断し、純也は壁際の受付に近づいた。

二人の女性が、純也に気付いて立ち上がった。

右側が先輩にして五年目になる菅生奈々《なな》で、左が今年三年目にして、四年目に入ることはない白根由岐《しらねゆき》だ。

「やあ。おはよう。綺麗な花だね」

定型文のように、それが純也の通過儀礼に伴う挨拶だった。

「おはようございます」

ほぼ二人が、同時にそう言って腰を折った。

ふわりと花が香った。

毎日受付台には色とりどりの花が飾られるが、この日は淡いブルーのプルメリアがメインだ。甘い香りが実に特徴的だった。

「内気な乙女、だったかな」

「えっ。なんですか？」

と、声を発したのは左側の白根だった。

去年くらいまでは奈々の後ろに控える感じだったが、今年に入ってからずいぶん明るくというか、自分から前に出るようになった感があった。

「花言葉さ」

「ああ」

「でも分室長。それだけじゃないですよ」

右側で奈々がソバージュヘアを揺らした。

「恵まれた人、情熱なんていうのもありますよ。ほんとにもう、今の由岐ちゃんにピッタリで」

「でも、買ってきたのは先輩ですよ」

「まあ、そうなんだけどね。聞いてくれるのも話せるのもほら、分室長くらいだから」

奈々は愛らしく舌を出した。

――先を越されました。ずっこくないですか。

白根由岐が寿退社すると、そんな話を奈々から聞かされたのは、たしかGW明けだったか。

それで、少し前までは意気消沈する奈々をJ分室員が〈激励〉するのが日課のようなものだったが、このところはずいぶん持ち直してきたようだ。

奈々は元々朗らかで、それこそプルメリアがよく似合う女性だった。特に明るい、青が基調のプルメリアが。

次第に純也の背後の、玄関ホールに人の気配が多くなってきた。話し声も増え始めた。

「今日は、うちの面々は？」

時間を確認しながら聞いた。

「どちらもいらっしゃってますよ」

と答えたのは白根で、

「今日も朝から感謝感謝です。いろいろ声を掛けてくれて」

と手を合わせるようにしたのは奈々だった。

「感謝ね。逆に、いつも構ってもらって有り難いのはこっちだ。上司として礼を言わないとね」

とんでもない、とそろって手を動かす二人に笑顔で背を向け、純也は奥のエレベータに向かった。

純也が長を務める警視庁公安部公安総務課庶務係分室、通称J分室は警視庁本部庁舎の十四階にある。

この他、十四階には公安部長室、参事官執務室、公安第一課、そしてJ分室の本課である公安総務課があった。

十四階は警視庁公安部の中枢階と言って過言ではなく、常に張り詰めた空気と緊張感に満ちているフロアだった。

J分室が位置するのは桜田通りに面した法務省側のどん詰まりだが、純也はこのとき、分室とは真反対の皇居側に足を向けた。

公安部長室に向かうためだった。

普通は、アポイントを取らなければ勝手には入れない部屋だ。いや、実際にはアポのような連絡はした。それが約三十分ほど前の、帝都ホテルの車寄せでのメールだ。

時間の無駄を嫌って打っただけの所在確認メールをアポと呼ぶかどうかは判断に難しいところだが、現状その権利も優位も純也のもので、公安部長であっても皆川《みながわ》には欠片《かけら》もない。

ただ、メールが正しく届いていることは、公安部長室に向かえばすぐにわかった。

まず、各部長室への関所とも言われる別室に入る。

迎える秘書官、伊藤《いとう》警部補の無表情は十年一日として変わることはなかったが、部長室にそのまま向かっても咎《とが》め立てされることはなかった。

「小日向分室長、お見えです」

伊藤はインターホンに向けてそう言った。

つまり、純也のメールはそのまま上意下達として、伊藤の元にも届いていると言うことだ。

通せ、と言う伊藤の机上に響く声を純也は背中に聞いた。

ノックだけで反応を待つこともなく、公安部長室の扉を開けた。

失礼します、と取り敢えず口を開いたのは、伊藤に聞かせるための儀礼でしかない。

「遅いっ。呼んだらすぐに来いっ」

室内では、スダレ頭の公安部長が凄《すご》むようにして睨《にら》んでいた。

下っ腹の突き出た短軀《たんく》。部屋に充満する濃い整髪料の匂い。

総じて印象は、ただの肉の塊《かたまり》。

それが現公安部長、皆川道夫《みちお》という男のすべてだった。底の浅い男だ。

そんな男が、権力を笠に着て他人の人生や命を弄《もてあそ》んだ。

純也はその事実や証拠をたっぷりと握っていた。

実際に言えば、それらを突き止めたのは〈バグズハート〉の一件に絡んだ組対特捜の化け物だが、飼い主である大河原《おおがわら》組対部長に密《ひそ》かに掛け合い、手の内に落とした。

皆川の愚行は実に、公務員服務規程違反だけに留まらず、実際は殺人教唆《きょうさ》まで問えるシロモノだった。

逃げようとしても、純也なら逃がさない。

警視庁公安部公安第一課第三公安捜査第六係の、手塚洋二《てづかようじ》。

皆川の不祥事と情事の後始末を担った先兵は、すでに獄の奥深くに繋《つな》いである。

皆川も、せめて自分が現状以下に貶《おとし》められないためには、何があっても純也に無抵抗でなければならないことは弁《わきま》えているはずだ。

それが証拠に、扉を閉めて別室と部長室を遮断した途端、皆川の目に浮かぶものは小動物めいた怯《おび》えの色だった。

そもそも遅いだの、すぐに来いだのは皆川のポーズだ。来ると決めたのは純也で、皆川には決定権も拒否権もない。

皆川はすでに純也にとって、どうとでもなるマリオネットだった。上手《うま》く動くなら道化として使役する。動かなければ糸を切る。

それだけで皆川は、その場に崩れてもう二度と動かない。

純也は無言で応接セットに進んだ。

ソファに座り、ファイリング・ケースをテーブルに置いて足を組む。

この後、緑茶も珈琲も出ないのはわかっていたし、頼むつもりもなかった。今まで出たためしがないのだ。

見える場所での普段を変えるつもりはない。そんな普段の裏に通す利便のバイパスこそ、何物にも遮られることなく光の速さで効果を発揮するというものだ。

「最近、部屋のクリーニングは？」

皆川が真向かいにやってくると同時に、純也は聞いた。

盗聴器の有無、という意味だ。

「毎朝、伊藤がしている」

「そうですか。まあ、ここで秘密の話などするつもりはありませんから、誰に聞かれたところで問題はありませんが。部長も、言質《げんち》など望みませんように。例えば録音とか」

皆川は何も言わなかった。

「根本泰久、ご存じですか。当然、ご存じですよね。公安マターだ」

単刀直入に聞いた。時間は常に惜しい。

皆川の眉間に皺《しわ》が寄った。

「知ってはいるが、深くは知らない」

「おや。公安部長が知らないことがこの世にあるとは」

口元に指を当て、笑ってみせた。猫のようだと猿丸《さるまる》が言っていた微笑《ほほえ》みだ。

皆川の皺が深くなる。

「何事も多くは知らないこと、深くは関わらないことが、栄達の近道だと思っていたのだ。これまではな」

言いながら皆川は、顔を窓の外に向けて目を細めた。

「圧力の依頼を上げてきたのは、外事第三課だ」

「外事？」

「そうだ。外事第三課と、隣のあいつだ」

「ほう」

皆川の視線の先に〈隣〉はない。皇居の緑が広がるだけだ。隣と言えば自動的に、中央合同庁舎二号館を指す。

主に総務省と国交省と警察庁が入っているビルだ。

外事第三課に関わり警察庁が絡み、皆川があいつと吐き捨てる男を、純也は一人しか知らなかった。

「ああ、国テロですか。氏家《うじいえ》情報官」

警察庁警備局外事情報部国際テロリズム対策課、通称〈国テロ〉は外事第三課の直接の上と言っていい。

もちろん、組織図からいけば警視庁内の一部署として統括責任者は皆川ということになるが、職務的には部局どころかカイシャの垣根を越えて国テロと緊密であり、それが正しい。

そもそも、国テロは警察庁が警備局の公安第三課兼外事課に調査室を設置したことに端を発する。

了解しました、とだけ言って純也は席を立った。

それだけか、と皆川の声がどこかしらの安堵《あんど》を連れて追ってきた。

「それだけですよ。――ああ」

思い出したように一度振り返り、純也は応接テーブルの上のファイリング・ケースを指差した。

「それを受け取っていただきましょうか」

「なんだ」

純也は言葉にせず、ただ動作を促した。

皆川が手を伸ばし、手に取り、開いて一瞬にして目を見張った。

純也はその様子を冷ややかに眺めた。

ファイルされているのは捜索差押許可等の各種申請書、いわゆる捜査令状から、拳銃携帯等の命令書に至るまでのありとあらゆる書類だった。正式なものばかりではないが、J分室が関わりそうな場面を想定して網羅した。

そうして、複数枚ずつファイルされたそれらすべては、皆川のサインだけを書き入れれば決裁できるように整えてあった。

「こ、これは」

皆川が顔を上げた。

ふたたび怯えたような表情になっていた。

当然だろう。後出しジャンケンの尻を拭って、事前承認をと嘯く書類だ。

前任の長島《ながしま》公安部長にも、特に拳銃携帯許可の後出しジャンケンを頼んだことはあった。

匪石《ひせき》は眉ひとつ動かすことなく受けてくれたが、それは人望と胆力のなせる業だろう。

しかして人望も胆力もない皆川には、一枚ごとに自身の無能をさらけ出し、キャリアを削り取るチケットでしかないに違いない。

それでも純也に請われれば、出すしかない代物だ。

マリオネットなら。

「本当にそれだけですよ。今は」

また純也は猫の微笑みを見せ、扉のノブに手を掛けた。

四

公安部長室を出た足で、純也はそのままエレベータホールに向かった。そこから桜田通りに面した側に出れば、最奥のドン詰まりが住み慣れた分室になる。

途中はパーテーションや書棚の壁で仕切られ、ただ薄暗く長く、空気も雰囲気も悪い公安第一課のエリアが延々と続くが、胎内巡りだと思えばなにほどのこともない。

狭暗を以て不浄を祓《はら》い、広明に至って再生する。

幸い、J分室は広くはないが明るさは十分だ。

真っ直ぐ廊下を進み、突き当たりを左に折れれば正面のドアに庶務分室のプレートが見え、曇りガラスに光があった。

ドアを開ければ、五月晴れの陽光がさらに弾《はじ》けるようだ。

「おはようございます。早いですね」

大橋恵子《おおはしけいこ》の朝の挨拶がまず、分室内から光と共に純也を迎えた。

「おはよう。そうだね。自慢じゃないけど、本当に早い」

正面受付カウンタの向こうで、恵子がショートボブの髪に手を差しながら微笑んだ。

甘やかな匂いがした。

カウンタの上にあるのは、一階受付と対になるような、淡いピンクのプルメリアだった。

当初、一階の受付台に自腹で花を飾り始めたのは、受付に配属になった恵子だ。

その恵子が〈ブラックチェイン〉事件によって心に傷を負い、受付業務から離れることになった後は、よく奈々が引き継いでくれた。

花一輪の、その心根の優しさは大いに買うべきで、今では分室と一階を合わせて支払いは純也が引き受けていた。

そんな関係で、基本的には毎朝恵子が購入してきた花が、奈々と恵子の遣《や》り取りで一階と十四階で分配される。

一階での白根の話に拠れば、今日の花は奈々が買ってきた物のようだった。それを恵子と分けたのだ。

恵子が受付を離れたことを、勘違いではあるが自分のせいではと奈々は負い目に感じていた。そんな奈々と少しだけ、いや少しずつ心障の癒え始めた恵子の、花を介した語らいは、どちらにも必要なもので間違いないだろう。

朝のコーヒーを淹《い》れるために、恵子が立ち上がって右手側の壁沿いに向かった。

プルメリアの他にも分室は、そちら側の壁際や奥の窓際にも、鉢植えやアレンジメントの花々が常に色彩として豊かだった。

公安第一課の廊下を渡ってきた先のこの光景を、鳥居《とりい》などは極楽浄土とたとえたことさえあった。

その鳥居洋輔《ようすけ》が、分室内の大部分を占めるドーナツテーブルの向こうで胡麻塩《ごましお》の頭を下げた。

「おはようございます」

鳥居は角張った顔に太い眉毛を持ち、風情はどこぞの板長のようにも見えるが、胡麻塩の角刈りは最近ずいぶん胡麻より塩の部分が増えたようで、料理人にしては印象は少々塩っ辛《から》いか。

一人娘の愛美《まなみ》がまだ小学校六年生ということもあって気は張っているが、鳥居自身の年齢はもう今年で五十八歳だ。

コーヒーメーカの近くから、電子音の〈レット・イット・ゴー〉が流れ始めた。

恵子がコーヒーを淹れる前に、その裏側にスイッチのある電波シグナルジャマーを起動させたのだ。

Ｊ分室は小日向純也という男を封じるための鳥籠《とりかご》として、常に盗聴・傍受・盗撮その他なんでもありの場所だった。そんな機材を手作業で〈掃除〉するのが、分室員にとって毎朝の始まりだった頃もある。

それが現在では、通常ルートでは日本国内では手に入らないレベルの、高度な軍用セキュリティ機材でなら室内空間レベルでジャミングの制御が可能だった。

〈レット・イット・ゴー〉はその起動が正常だったことの証で、最初は分室主任である鳥居の希望によって〈小さな恋のメロディ〉だったが、もう一人の分室員である猿丸の、似合わねえという難癖によって〈ゴッドファーザー愛のテーマ〉になり、古過ぎませんかという恵子の言を入れ、今では〈レット・イット・ゴー〉に変わった。

電子音の曲が流れると、コーヒーメーカのすぐ近くでキャスタチェアにもたれ、顔にタオルを載せていた猿丸俊彦《としひこ》警部補が動いた。

「うぅっと」

小指のない左手でタオルを取って伸びをし、そのまますぐ近くに立つ純也を眩しげに見上げる。

「――ああ。おはようさんです」

ガラガラとした声だった。いつものことと言えばいつものことだが、酒焼けは明らかだった。

「おはよう。それにしてもセリさんの場合、本当におはようだよね」

純也は猿丸の後ろを回り、ドーナツテーブルの所定の席に進んだ。窓を背にして、猿丸と鳥居に挟まれた位置だ。

ちなみにセリさんとは、猿丸の渾名《あだな》だ。イタリア人張りの顔立ちから、セリエAを想起して鳥居が付けた。付けた鳥居はメイさんと呼ばれ、これは漫画家の鳥居明から明をもらってメイとなった。

小日向純也、鳥居洋輔、猿丸俊彦の公安捜査官三人に、事務の大橋恵子をくわえた四人がこの分室の総勢だ。本来なら役職的にも年齢的にも鳥居と猿丸の間にもう一人、犬塚《いぬづか》という男がいたが今はもういない。

ただし、これもある意味で胎内巡り、いや換骨奪胎の方が近いか。

来年になれば犬塚の遺志を持った別の犬塚が猿丸の下に、狭暗の廊下を通ってJ分室に新生する。

コーヒーメーカから馥郁《ふくいく》たる香りが広がり始めた。不活性密封して空輸されたペルー・サンディアのティピカ豆は、純也の自腹にして自慢の逸品だ。一流デパートの外商部でも手に入れることはまず不可能だろう。

KOBIXミュージアムにあるレストラン総支配人である前田《まえだ》は、自身で決めたグァテマラSHBのブルボンを大事な客の食後に振る舞うが、コーヒー単体としての味わいはこちらが上だと純也は確信していた。

恵子が純也達三人の前にコーヒーを整える頃には、猿丸もだいぶ覚醒しているようだった。

それにしても、猿丸の顔には無精髭《ぶしょうひげ》が目立つ。

鳥居は汚《きたね》えとよく苦言を呈するが、猿丸本人はどこ吹く風で、かえって本人的には渋さを増す武器だなどと言い張りもした。

どちらにせよ猿丸の場合、無精髭は症状に対する対処法の副作用のようなものだ。

猿丸は小指を失うことになった事件の経緯により、強いPTSDを発症していた。夜になって普通に眠ると、悪夢に酷《ひど》くうなされるのだ。

それで、酒を浴びる。浴びて気を失うように眠る。眠るが酒の力を借りた眠りは浅い。浅いから短時間で起きる。起きても夜は長い。だからまた酒を浴びる。

そんなことを夜通し繰り返せば、生活は怠惰になって無精髭も伸びようというものだ。

猿丸に髭を剃《そ》らせようとするなら真昼か、公安作業の緊張感を与えるしかない。

これはある意味、純也にとっても同様だった。

戦場に生き戦場に育った純也は、猿丸よりなお深く根強く、PTSDに関わっている。

PTSD、心的外傷後ストレス障害。

ただし、純也の場合はこのPTSDと相関するPTG、心的外傷後成長を大いに発現する。

カンボジア派遣施設大隊にいた矢崎に見いだされ、日本に帰国してからも、純也は敵ばかりのただ中に居続けた。平和はなかった。

それが純也をPTGに導いたらしいが、相関とはつまり、PTGが顕著なら顕著なほど、PTSDに陥った場合には甚だしいものになるということだ。

純也は戦いの場にいてこそ、現状を維持する。裏を返せば、戦いの場を離れれば純也は崩壊するかもしれない。

それを踏まえた上で公安、〈公共の安寧と秩序を守る〉のは枷《かせ》であり業《ごう》であり、時限設定の爆弾でさえある。

ただ、それすら戦いだと思えば純也の口元には、チェシャ猫めいた笑みさえ闘志と共に浮かぶというものだった。

「さて。いいかな」

鳥居と猿丸を順に見て、純也は斉藤から受け取ったUSBを取り出した。

「なんすか?」

猿丸がドーナツテーブルに肘を突き、コーヒーを啜《すす》った。鳥居もカップに口を付ける。

「うん。さっきね」

純也はこの朝の帝都ホテルのラウンジでの件を話した。

「へえ。外務省の課長っちゃあ、結構なエリートっすね」

猿丸が腕を組んだ。

「それが歌舞伎町のキャバクラっすか」

「そう。場所的にはセリさんのテリトリーかな」

「まあ。違うとは言いませんがね。公安も組対も、あの辺りを職場にしてる奴ぁ、掃いて捨てるほどいますかね。へへっ。実際、アイス・クイーンの作業に引っ掛かって、この間ずいぶん掃いて捨てられましたけど」

お前《め》ぇも捨てられっちまえばよかったのによ、とは鳥居の軽口であり、

「へん。そんなんなったら、分室が回らなくなんでしょうに。爺さん一人でどうするってんです?」

「ま、それを言われっとな」

と続けば、自分のカップに口を付けつつ恵子も微笑むほどで、鳥居と猿丸の関係がわかろうというものだ。

「ＯＫ」

純也は手近なノートPCを引き寄せ、起動させた。

いつものJ分室。

いつもの席、いつものコーヒー。

けれど流れる空気は、常になく緩みの少ないものになっていった。

どれほど怠惰にしていても、鳥居も猿丸も捜査員として一流なのだ。

作業の匂いを感じただけで、二人とも顔つきはそもそもの、公安マンのそれになった。

五

純也はUSBをスロットにセットし、コーヒーを口にした。

この分室内でPCとして外部に繋がっているのは恵子のデスクトップのみで、しかも有線だ。後はすべて切り離されている。

SSD内蔵の最新型ノートPCに、読み込みのタイムロスはさほどなかった。

鮮やかな色彩の中に、浮かぶようにいくつかのフォルダが列《なら》んだ。

捜査報告書（中途）、防犯カメラ（主）、防犯カメラ（副）、現場写真、死体検案書、ゲソ痕ｅｔｃ．

「まずは基本資料からいってみようか」

そう告げれば、鳥居が半分ほどブラインドを下げてから、猿丸はコーヒーカップを持ったまま、どちらも純也の背後に立った。

ノートPCの画面に物々しく並ぶフォルダの中から、まず純也は捜査報告書（中途）を選んで軽く目を通した。

「なるほど」

純也は早いスクロールでもたいがいを頭に入れたが、鳥居は途中からコーヒーを啜り、猿丸は、後で見ますわ、と言って首を鳴らした。

「そうね。じゃ、次は映像だ」

純也は防犯カメラ（主）を選んだ。クリックする。

動画が入っていることはわかっていたが、一瞬画面がブラックアウトしたのではないかと思うほど暗くなった。

ただ、作動しているとはわかった。間違いなく酔客達の雑駁《ざっぱく》な声が、途切れることなくスピーカにクリアだったからだ。

防犯カメラはどうやら、音声録音機能付きの高性能型のようだった。

それにしても画面は暗かった。

夜に浴びれば煌《きら》びやかな繁華街の照明も、昼日中の遮るほどの陽光の中で眺めると、エネルギーに乏しく儚《はかな》く淡いということだろうか。

鳥居と猿丸も、やや前のめりになってモニタを覗《のぞ》き込んできた。

暗さに慣れると、狭い通りを斜め上方から映した動画だということがわかった。

音声と人の流れが影絵のようにシンクロした。

「ふうん。こりゃあ、歌舞伎町公園辺りっすね」

と、一瞥《いちべつ》で断言したのは猿丸だった。

ただし、

「ああ、あの辺りか」

と、鳥居もすぐに追認する。

言われればなるほどと純也も納得だった。

どちらかと言えば、歌舞伎町ではメジャーな場所だ。逆に、そんなところで犯人不明の殺人事件が起こったことの方が驚きだ。

映っているのは、実際には公園とも呼べない空き地程度の広場だった。

それが歌舞伎町公園で、動画の向きは斜向《はす》かいから一方通行を区役所方面、東通りの方向を映したものだ。

防犯カメラは三百六十度カバーのようだが、斉藤が言っていたように科捜研の方ですでにズームと固定の処理がなされているようだった。

となると、画面内の映像の中に現場があるということだ。

カメラの中心にあるのは四階建ての小さなビルと、その手前に全体が映しきれない、七階以上のビルだった。

「〈歌舞伎町ゼロ〉と〈歌舞伎町ツー〉っすね。宝生《ほうしょう》の持ち物だ」

言ったのは猿丸だが、

「ああ。宝生グループ」

と、純也も同意を示して頷いた。

宝生グループとは、銀座や六本木などの繁華街にビルを二十棟ほども展開するビル会社だ。オーナー社長の名が宝生信一郎《しんいちろう》で、筆頭株主がその妻・孝子《たかこ》という完璧な同族会社だが、純也もこの宝生グループには浅からぬ縁があった。それで宝生と聞いて頷いた。

なんといっても信一郎の娘で専務の聡子《さとこ》は、純也にとっては東大の先輩にして、今でも残る東大Jファン倶楽部OG会の五人組、クインテットの一人だ。

つまりQのグループ、小田垣観月の一派というか、眷属《けんぞく》ということになる。

そんな縁で、純也はこの歌舞伎町公園近くの持ちビルについて、聡子から聞いたことがあった。

〈歌舞伎町ゼロ〉の土地は、四十数年前に飛行機事故で死んだ両親が信一郎に残した唯一の財産であり、出発の地。

だからゼロであり、それを担保に東宝ビル近くに〈歌舞伎町ワン〉を建てて波に乗った信一郎が、出発点を守るように建てたのが〈歌舞伎町ツー〉だと。

ときは、たしかにバブルに浮かされるような時代だった。

ただし、時代に乗るのも信一郎の実力であり、その後にも発揮される決断力と先見性は、時代を超えて宝生グループを発展させた。

モニタ上ではちょうどその始まりのビル、〈歌舞伎町ゼロ〉から三人の男が出てくるところだった。その中の一人が、外務省の根本ということだろう。

足取りに酩酊《めいてい》の様子が見られる者は一人もおらず、スーツと思《おぼ》しき衣類に妙な乱れもない三人だった。

きれいに呑《の》んだ、といったところか。

モニタでは背格好がわかるくらいで顔の識別まではできなかったが、それ自体は問題ないというか、どうでもいい。

報告書に、根本以外の二人は外務省で同じ部署に所属する部下、という記載があった。

同報告書に拠れば、この四月から三人でよくこのキャバクラを訪れるというのも捜査員によって調査済みのようだった。裏も取れていた。

根本ともう一人には、キャバクラにそれぞれ目当ての娘がいたらしい。どちらも渋谷の中箱から移ってきた娘だという確認も取れていたようだ。

影のようなスーツの三人のうち、ふと何かに気を取られるように、一人がゼロとツーの本当にわずかな隙間に身体を寄せた。

つまり、それが根本だ。

まさに殺される直前の映像、ということになる。

「おっ」

猿丸が声を出し、さらに身を乗り出した。

本当に路地から、腕だけが伸びてきた。

素早い動作でおそらく根本のネクタイを摑《つか》み、そのまま路地に引き込んだ。

摑んで戻す動作に躊躇いがない分、ボクシングに言うホイップパンチのように一連は見事に流れるようだった。

「へえ」

純也は感嘆を漏らした。

画像は粗くて詳細は不明だが、一気に引き込んだ躊躇《ちゅうちょ》のなさは、暗殺が最初からの目的である以上、瞠目《どうもく》に値した。

〈命〉を、軽々と扱っている。

それはヒットマンには必須な素養であり、素養は無数の経験が作る。

すなわち、一見だけで腕の主に言えることは、確実にヒットマンとして一流、ということだ。

続けて開く数多《あまた》のフォルダの、特に解剖所見や実際の刺創などは、それらを裏付けるように手慣れた鮮やかなものだということを如実に示した。

最後に反対方向からの防犯カメラ画像の〈副〉も見たが、斉藤が言っていた通り、たしかにどうというほどのものではなかった。ほぼ同じ構図を逆から撮ったものでしかなく、カメラの性能も防犯カメラ〈主〉よりだいぶ落ちるようだった。

すべてを見終わった頃には、コーヒーが冷めていた。

純也は恵子に、三人分の二杯目のコーヒーを頼んだ。

三人が三様にそれぞれの場所で、熱いカップに口をつける。

「この件には、どうやら国テロの氏家情報官が関わってるらしいよ」

何気ないひと言だったが、鳥居が噎《む》せ返った。

「うげ。あのオズの親玉っすか」

猿丸も顔を顰《しか》めた。

「もうオズじゃないよ。ああ、オズを引き摺《ず》ってはいるようだけどね」

純也は笑った。

前年、警察庁警備企画課に密かに呼ばれた純也は、課長の福島《ふくしま》から氏家の後継としての打診を受けた。

――どうだね。オズを引き受けてみないかね。

それはつまり、氏家が異動になるということでもある。

福島には丁重に断った。

「なんだ。私も異動の前に、将来を見据えて置き土産の一つもと思ったんだがね」

そんなことは言われたが、前線にも勝手に出る身から言わせてもらうなら、そもそも部下は最強の最小、〈わずかな最強〉だけでいい。

部下が多いということは、それだけで融通が利かなくなるということに等しいのだ。

融通は常に、無碍《むげ》がいい。

「ま。名前が出た以上、久し振りに顔くらいは見ておくけど。――さて」

純也は鳥居と猿丸を交互に見た。

「珍しく同期の頼みだ。無視すると後も怖いしね。この一杯で、J分室始動といこうか」

「了解っす」

猿丸が自分の席でキャスタチェアにもたれ、同意を示して片手を上げた。

「へイ」

としか聞こえない返事は鳥居だ。鳥居の癖と言うか、口調だ。

「OK。まずメイさんには、この件に関して庁内の様子を確かめて欲しい」

「おっと。いいですけど。ただまあ」

言いながら鳥居は頭を掻いた。顔は苦笑いの表情だ。

「あれです。例の嬢ちゃんのあれに、私の仲間もだいぶ引っ張られちまいましてね。ちょっとばかり手薄ではあるんで、再編ってえか、いつもより時間はもらいましょうかね」

「ああそう。すまないね」

と言ってから、純也は何がすまないのか一瞬考える。

考えるだけ不毛だということにすぐに行きついたのはまあ、僥倖《ぎょうこう》というか、あちこちで聞き過ぎてもう慣れたからか。

取り敢えずカップを手に取り、コーヒーと共に飲み落として先に進む。

「セリさんは、捜査をストップされた捜一に代わってその続きだ。逆に、こういう地取り鑑取りは匂いが消えるまでが勝負だしね」

「了解っす。え、逆にってなんすか？」

「いや。それは下らないこっちのこと。さておき、だ。二人とも、いいかい？　念を押しておくよ」

純也は少しだけ、声を張った。

「氏家情報官が待ったを掛けた案件だ。何が出てくるかわからない。シグは常に携帯で」

二人が、特に鳥居が真顔で頷いた。

シグとはシグ・ザウエルＰ２３９ＪＰ、警視庁の制式拳銃のことだ。

「いいんですかい？」

聞いたのは猿丸だ。

「もちろん」

純也は即座に頷いた。

「部長に書類は網羅しておいた。保管庫に毎日返却しなくてもいいくらいにね。ああ、ただ――」

髪に手を差し、純也は口元を歪《ゆが》めてみせた。

何をやっても様になる、とは鳥居の言だ。

「捜査権委譲の書類とか、そんなのも作っておけばよかったかな。うん。今度作って持って行こう」

「そんな物、ありましたっけ？」

猿丸が笑いながらコーヒーに口をつけた。

純也は片目を瞑《つぶ》ってみせた。

「もちろん、新規提案書付きになるね。公安部長の名前で」

「おやおや」

鳥居が溜息交じりで肩を竦め、コーヒーカップを手に取った。

「じゃあせめて、お可哀そうな公安部長に乾杯といきますか」

「おっ。いいね」

猿丸もカップを取り上げる。

「けどよ。メイさん。献杯の方がいいんじゃねえの？」

猿丸が茶化し、違いねえや、と鳥居が受けた。

――けんぱぁい。

と鳥居が音頭を取れば、唱和には小さく柔らかな声が混じった。

見れば恵子も、自分の席で笑いながらカップを掲げていた。

六

曇天の木曜日だった。

純也は十時過ぎになって、徒歩で日比谷公園を訪れた。分室の面々と、ときに外での〈会議〉に使った庭球場近くのベンチだ。

視界を遮断するものがあまりなく、適当に木陰があって人通りも多すぎず、隣に自動販売機もあって、分室としてはわりと重宝した。

今でも〈会議〉に使わないわけではないが、昔は分室が無数の盗聴・傍受システムのターゲットになっていた関係上、外に出るというのには正当な理由があった。それが、高度な軍用電波シグナルジャマーによって、かえって分室内の方が安全な場所になった。

だから分室がこの場所で〈会議〉を持つのは、最近では散歩がてら、あるいは暇潰しのときに限られた。

日進月歩というか、デジタルとアナログの交錯は不思議なものだ。いずれまた、ジャマー破りのシステムが開発され、分室にそれらが向けられるようになれば、結果〈日比谷公園内庭球場前〉が、分室にとって重要な会議の場となる。

この日、純也はお供を連れず一人だった。待ち人があってこの場に来たからだ。

約束の時間は十時半だった。

天気予報は梅雨らしく朝から曇り、昼から百パーセントの雨を予想し、そのせいか人の賑わいには乏しかった。

木曜日の午前ということもあったかもしれない。

人が多くないのは、純也には有り難かった。サングラスを掛けなくても済むからだ。群衆の無遠慮な視線と網膜を焼く強い陽射しは、純也にとっては煩わしいだけのものだった。

やがて、時刻は十時半ちょうどになった。

園内白根楼の方から、ゆっくりと歩み寄ってくる一人の男があった。生地そのものが艶《つや》めくような、上等なスーツを着ていた。

オールバックの髪に乱れもなく、背筋は伸びて他人を威圧する風情が大いにあった。

それが国テロの情報官、氏家利道《としみち》警視正だった。純也の今日の待ち合わせの相手だ。

月曜に分室で話をした後、すぐに連絡を取ったが携帯は不通で、行ってもみたが本人の姿自体、警察庁内には見られなかった。

特に急ぐつもりはなかったから、そのまま追い掛けることはせず野放しにしておいた。公安や国テロが捜一を差し押さえる以上、濃い闇の話には間違いない。そんな案件に、ただ闇雲に手を突っ込み、物欲しげに動けばバーターに何を要求されるかわからない。

氏家と純也とはそういう関係だった。

裏を返せば、対等ということではある。

「待たせてはいないはずだな」

氏家は純也の真正面に立ち、立ったまま冷ややかに見下ろした。

傲岸《ごうがん》不遜を絵に描いたような立ち居振る舞いだが、それが氏家という、純也より七歳年上のキャリアの常だった。

「ええ。お気になさらず。私が勝手に早いだけです」

「ふん。盗聴や仕掛けのチェックか？　国内に大人しく飼われている限り、お前がどこの誰と関わろうと現状の私の管轄ではないがな」

「ははっ。それは重々。まあ、私の癖のようなものだと思って頂ければ」

「癖か」

氏家は一瞬、目を細めた。

「それならそれで、ご苦労なことだ。お前はそうやって、決して休まる暇のない一生を送るのだな」

それには答えず、純也は氏家に隣のベンチを勧めた。

「で、なんの用だ」

氏家は座って足を組み、正面のテニスコートに向けて言葉を投げた。

今のところ、コートは無人だった。

月曜に野放しにした連絡に、返しがあったのは前夜だった。

――明日の午前中だ。そこにしか空きはない。

それで、この日の十時半に折り合った。場所は折り合うも何も、氏家とも執務室以外にはほとんどこの場所だった。

特に氏家はこの場所で、オリエンタル・ゲリラの自爆に巻き込まれた。

純也は立って自動販売機に向かった。

ブラックの缶コーヒーを二本買って一本を渡す。

氏家は受けた。

これもこの場所での恒例のようなものだった。

「異動になっても、相変わらずお忙しいようで」

純也も言葉を正面に投げた。

「ああ。あくせくとな。お前は警視正に昇任しても相変わらず暇、いや、籠の鳥か」

「表向きは変わりません。ああ、裏向きもかな。いつも開けっ放しの鳥籠なんで、さして不自由は感じませんが」

「開けっ放し？　閉めても閉めても、お前が勝手にこじ開けるだけだろうが」

「華奢《きゃしゃ》な鳥籠です。揺すっただけで勝手に開きます」

「ふん。相変わらず、ああ言えばこう言う奴だ」

「恐れ入ります。で、情報官はこのところ、中国案件で九州でしたか」

「――よく知っているな」

「蛇《じゃ》の道は蛇《へび》、です。それにしても、それってそもそも、オズの案件では」

「余計なこともまた、いつもながらよく知っているものだ」

氏家の気配が、わずかだが乱れて感じられた。

現オズの裏理事官は、純也を後任に据えようとする福島の提案を察知して猛反対した氏家が、自らチョイスして引っ張ってきた男だった。

夏目紀之《なつめのりゆき》という、純也も名前だけは知る警察庁キャリアだったが、さて、評判はあまりよろしくない。

というより、氏家より二期前後下の連中は総じて、氏家の代に比べて大幅に不作だというのが、純也が入庁する前から警察庁では定説のようだった。

夏目は裏理事官に就任して以来、オズを知る者の間では専《もっぱ》ら、密かに〈ジュニア〉と呼ばれているようだ。

正確には氏家ジュニアだ。

といって、本当に氏家の血族なわけではない。

良く言えば小さな氏家、ということになるが、悪く言えば氏家隷下、ということになり、夏目の評価は大いに後者に傾いていた。

氏家が夏目を、かつて皆川現公安部長にそうされたように、重宝に使うべく後釜に据えたか、据えたはいいがあまりに後釜が使えないから手を出すのかは難しいところだ。

が、だからオズと氏家が切れていないとは、少なくとも警察庁の公安部局、特に福島の近辺では、公然とした〈笑い話〉のようだった。

氏家はコーヒーをひと口飲み、組んだ足を解いて前屈みになった。

「お前が俺の後ろを断ったと聞いたときは正直ホッともした。が、今思えばそれはそれで有りだったかもしれないとな、多少の後悔がなくもない」

いつになく、いやに丸まった背中に見えた。

「あれ？　情報官らしくないことに、それって褒めてますよね？　まあ、情報官らしい、ややこしい言い方ですけど」

「対比の問題だがな。そうしてお前を褒めざるを得ないほど、今の裏理事官に骨がないということだ」

　氏家は周囲を、強い目で見渡した。

「俺の目が節穴でなければ、お前に対するオズの行確はないようだな」

「お目が高い。私の人気落ちですかね。他も大人しいものですが、特にオズに関してはこのところまったく。かえって寂しいくらいです」

「つまりは、そういうことだ」

　氏家は立ち上がった。

「時代は変わる。お前の人気のことは知らないが、今、監察官室の小田垣の注目度は高いな。あのブルー・ボックスの誕生に端を発する一連の自浄作用は、実際、警視庁内のオズ課員を直撃だった」

　コーヒーをまた、氏家はひと口飲んだ。

「連中はこちらの指示でも自発的にでも、頻繁に違法の線引きの向こうに足を踏み入れる。そういうところに作業目的があるのだからな。本庁だけでなく所轄の課員もずいぶん引っ張られたらしい。今の裏理事官、夏目は直後に血相を変えて俺の部屋に駆け込んできた。それで机の前に立って、なんと言ったと思う？」

「さて」

「氏家さんは狡《ずる》い、だ。嵌《は》めましたねとも言ったな。その他、いろいろ喚《わめ》いたから細かくは覚えていないが。要するにＱＡＳの結果、自身にまで累が及ぶのではないかと疑心暗鬼の塊のようだった」

「はあ」

たしかに、QASは諸悪を芋蔓《いもづる》式に引き摺り出す、と小田垣が擦《す》れ違いざまの一階ロビーで言っていたような気がする。

なるほど、そうなると下手をすればオズの理事官は親芋の扱いか。

誰かが待ったを掛けなければ、小田垣ならやるだろう。

夏目はそんな辺りから、オズを引き受けたことはキャリアアップに対して傷にしかならないという判断をしたものだろうか。

「だから現状、オズの機能は新規にはストップしている。俺か福島さんが手を出さない限り、次の代まで目立った動きはないだろう。もっとも、そもそも陰に隠れた組織だ。公には、動きがあるもないもないが」

「手を出さない限り、って言ったように聞こえましたが」

「言ったがどうした。俺は、オズという組織を離れた人間だ。計画立案に権限はない」

「じゃあ、本当に手は出さない、と。――口も？」

「くどいな。だがまあ、新規には、とも言ったはずだ」

氏家は肩越しに一度、純也を見下ろした。

テニスコートに人が入ってきた。点検の係員のようだった。

　氏家はまたそちらに目を向けた。

「関わった案件の痕跡や、動かしたままの作業はどうにもならない。垣根を越えることに抵抗はあるが、そもそも論として組織という物は動かさなければ澱《よど》み、腐るものだ。新たな風は送り込めなくとも、せめて巡回はさせないとな。腐った組織はいずれ、俺までが腹痛を起こす原因にもなりかねんからな」

「だから今でも口も、手も出すと」

「ゆっくり掻き混ぜる程度だ。糠味噌《ぬかみそ》のような物だな」

「そのたとえはよくわかりませんが」

　どうでもいい、と氏家は切って捨てた。

「俺は今、同期トップの警視長も見えている。見えてはいるが、まだ俺の真正面にあるわけではない」

　氏家は髪に手を当てた。

「まったく。夏目を筆頭に下はどうにも不作だが、なんの因果か、同期には俺も納得せざるを得ない傑物がいるからな」

「傑物？」

「俺がここで吹き飛ばされた案件のとき、お前も奇妙なドレスを着せて使っただろう。赤坂署の、あれだ」

「ああ。あれ。いや、あの人ですか」

赤坂署なら、加賀美晴子《かがみはるこ》警視正で間違いない。

いずれ女性初の警視総監も噂される傑物は東大卒のキャリアで、純粋に長島の後輩にして純也の先輩だ。

さらには後輩の小田垣観月も参加する、警視庁女子キャリアによる妖怪の茶会なるものの、加賀美は主催者でもある。

「そうだ」

氏家は向こう向きに頷いた。

「能力で彼女を下回るとは思わないが、〈女性初の〉というキャッチコピーは彼女には有効で、俺には強敵だ。お前を押さえ込めなかったマイナスを、お前絡みの案件に手を貸すことで得る成果で多少のプラスに変えて、それでようやくゼロベースだ。夏目を手伝う気はさらさらないが、そっぽを向いている内に足を引っ張られるのはご免だ」

「なるほど」

「ということだ。わかったか」

「わかりました」

純也はコーヒーを飲み干した。

「氏家情報官って、あの加賀美署長と同期だったんですか」

「ちっ。人の話のどこを聞いているのだ」

氏家は純也から空き缶を奪い、力任せにゴミ箱に投げた。

第二章　襲撃

一

「で、今日の用件はなんだ。そろそろ雨が降るかもしれん」

氏家はふたたびベンチに腰を下ろして天を睨んだ。

「それでは」

純也も空を見上げた。

たしかに曇天に雲は先程来より厚く立ち込め、いつ降り出してもおかしくない感じだった。

「そうですね。わかりやすく、捜一が付けられなかった戒名ふうに言うとすれば、〈外務省課長、歌舞伎町キャバクラ帰り殺人事件〉、ですか」

「まあ、今お前に呼ばれるとすれば、その件かとは思ったが」

氏家は元の姿勢に戻った。

前屈みでテニスコートを睨む。

「センスはゼロだな」

「戒名ふうですから。わかり易さを第一にしました」

「それならそれで、戒名にしても長すぎるだろう。どちらにしても」

センスはゼロだ、と氏家は続けた。

オールバックの髪に手を当てる。

風が少し出て来たようだった。

「教えない、と言ったら、お前はどんなカードを出すのだ」

「そうですね。飛び道具を二つばかり」

「ほう」

氏家が初めて、興味を示して横を向いた。純也の方をだ。

「飛び道具とは、得てして危険物と相場は決まっているが」

純也は苦笑した。

「公安部長を顎で使う方法と、加賀美署長を一瞬でもフリーズさせる方法。いかがでしょう？　もっとも、部長の方には僕というキーが常に必要ですし、加賀美署長の方は武器とも道具とも、薬とも劇薬とも。使う人次第というか、使い方次第というか。なんにしても諸刃《もろは》の剣《つるぎ》ですが」

「いいだろう」

考えることもなく氏家は即断した。

わずかな躊躇もないのは少しばかり訝《いぶか》しいことだったが、今は流す。

雨の近さが肌で感じられたからだ。

「部長に関しては最低でも公務員服務規程違反、実質的にはそれ以上のものを握ってます。内容はまあ、おわかりですよね。知る人間が少なければ少ないほど、知られている人間は礼を取る、と。なので、キーと効力は同時にして一つです。〈ひらけゴマ〉の要領で」

「能書きはいい。で、その呪文はなんだ」

「そうですね」

純也は一瞬だけ考えた。

「小日向に言い付けるぞ、ではいかがでしょう」

「小学生か」

「ご冗談を」

純也は、はにかんだような笑みを雲に見せた。

「昨今の小学生は、そんな古臭い呪文など口にしません。ただし、部長にはそれこそ、〈レインボーブリッジ封鎖〉をも発動させ得る呪文でしょう」

「それもわかりやすさ優先のセンスゼロか。――しかたあるまい。で、もう一つは」

「そう。こちらに関しては本人に直接聞いたわけではありませんので、正直に言えば噂の域を出ません。そんなレベルです。ただ、情報官がどうしてもハッキリさせたいと言うのなら、うちの猿丸俊彦警部補を国テロの執務室に派遣するのはやぶさかではありませんが」

言いながら純也は、小指を立てた腕を高く伸ばした。

氏家は眉を顰《ひそ》めた。

「下世話だな。いや、それもわかりやすさ優先か」

「そういうことです」

「品格は、ゼロだがな」

氏家は缶コーヒーを傾けた。そちらも空《から》のようだった。

自販機に立ち、氏家は自分で二本目を買った。缶の緑茶だった。

戻って腰を下ろし、すぐにプルタブを開ける。

「〈歌舞伎町ゼロ〉というビル、わかるな」

ひと口飲めば、話はすぐに始まった。

「そこには、ビルが竣工した当時からムスリムの組織に非常に近いレストランがある。ハラールを標榜《ひょうぼう》してな。連中のコミュニティのようなものだった」

純也は黙ったまま頷いた。

四十年から四十五年前なら、そのような店が歌舞伎町にあってもおかしくはない。日本で最初のムスリム団体である日本ムスリム協会は一九五二年に設立され、一九六八年に宗教法人としての認可を受けている。

「初期の頃の識別は、お前の血筋でもあるトルコや、そう、イスラエル辺りまでも含めた中近東の括《くく》りだったようだが、現在は中東で認識を統一している。そうしておいて、アラブの春以降はソトサンのマークが入った。最重要ポイントではないが、月に一度はスクリーニングをしている場所だ。それこそ十年一日に、ＱＡＳの前も後もな」

ソトサンは警視庁公安部外事第三課の略だ。

「ああ。それでソトサンが出てくるわけですか」

たしかに公安部長室でも皆川が、

――圧力の依頼を上げてきたのは、外事第三課だ。

と言っていた。

話として符丁は合う。その先に国テロの氏家がいた、ということだろう。

「じゃあ、今回はオズは本当に絡んでいない、と」

「そうだ。まあ、ソトサンとオズがまったく絡まないかと聞かれれば、お前にも分かるだろう。俺が九州へ行ったのは、夏目の後始末で間違いない。だが、今回の歌舞伎町の件は今の俺の、国テロの職分だ。だから外事情報部に別に隠すこともなく、俺の名を添えて皆川さんに申し送った」

「なるほど」

　頷いて立ち上がり、純也も自販機に向かった。同じ缶コーヒーを買って戻った。

　市販品でも缶の口開けは、香りも味も馬鹿にできない。

「とにかく、その〈歌舞伎町ゼロ〉のスクリーニングの網にな、三カ月前のことだ」

　根本が引っ掛かったと氏家は言った。

「同じビルだが違う店だ。しかもキャバクラだしな。普通なら特にどうということもないが、相手は外務省の経済局経済安全保障課長だ。そんな男が通ってくれれば、ひと通りに身辺を洗いたくもなる。万が一のためだ。それでソトサンに行確を指示した。いや、指示などする前から、その程度の判断は各課でするだろう。なんにせよな、結果から言えば、奴はただの平凡な外務省キャリアだった。出世競争に汲々とする、霞が関に掃いて捨てるほどいるうちの一人だ」

　あなたもね、という言葉はこの際、純也は飲み込んだ。

「行確中止の判断は俺の方でした。六月の十日過ぎだった。それから一週間と経ず、根本は殺された。別の意味で気になった。だから、三人専従で徹底的に調べさせた。そのラインに浮かび上がってきたのが、川島宗男《かわしまむねお》だ。小日向、知っているか？」

純也は頷いた。

「元シンガポール特命全権大使」

「そうだが、答えとしては中《あた》らずといえども遠からずだ。川島はその後退官して、外資系ファンドの特別顧問になっていた」

「いた、とは」

「死んでいた。娘夫婦と孫を連れて出掛けた沖縄で、扱いは水難事故だったがな」

「事故ですか。それでも気になると」

今度は氏家が頷いた。

「ホテルのプライベートビーチ外での溺死だ。どうとでも取れるし、なんとでもなるだろう。時期も近い。それに、川島と根本の経歴には直接的な接点もあった」

上着の胸ポケットから一本のUSBを取り出し、氏家は見もせず純也に放った。

「そこに入っている。とにかく接点はあった。だがな、小日向。捜一に手を引かせたのは、だからではない」

取り敢えずUSBを受け、上着のポケットに仕舞う。

「えっと。よくわかりませんが」

「それはそうだ。ソトサンの連中にもよくわからないのだから」

よくわからないからこそ、引かせたと氏家は言った。

「マル害や捜一が勝手に踏み込んできた場所は、そもそもこちらのテリトリーだ。余裕を持って、その外からじっくり俯瞰《ふかん》するつもりだった。だが、どうにもそのさらに外側に何かがいるようだと、これはソトサンから上がってきた感想だ」

「感想、ですか」

「得体が知れないと、だから感想、感覚としか言いようがないという報告だった」

だから引かせた、と氏家は言った。

「捜一だけではないぞ。いったん、態勢を整える名目でソトサンも引かせた。見えない敵と喧嘩《けんか》するのは愚者の行いだからな」

「へえ。お優しいことで。国テロはそんな部署でしたっけ?」

「皮肉を言うな。滅多やたらに殴り合おうとすれば、こちらが疲弊するだけでなく場が荒れる。〈歌舞伎町ゼロ〉は、遥かなアラブの匂いが嗅げる数少ないポイントとして、ソトサンが四十年にわたたって慎重に扱ってきた場所だ」

「なるほど。殴り合うなら場を移すと」

氏家は緑茶を飲み、頷いた。

「場も、できれば部署も移したいところだ。皮肉で返すなら、お前に近いアイス・クイーンのQASか。オズだけではない。あれはソトサンにも相当な痛手だった。今は手駒をな、一人でも無駄に減らしていい時期ではないのだ」

「ああ。無駄に減りそうだと」

「言わなかったか。そういう肌合いだと聞いている。背後から首筋を撫《な》でられるような、な。さてどう仕掛けるかと思っているところに、ちょうどお前から連絡が来た。お前が興味を示すなら、まず撒き餌《まえ》としては好都合だ。得体の知れなさでは、どこに出しても引けを取ることはないだろうし。また、出した結果、お前を含めJ分室が何人減ろうと、こちらの関知するところではないしな。いや、かえって潰れれば表彰ものか」

「ああ。場も部署も移したいとは、そういうことですか。じゃあなんにせよ、ここへ来る前から振るつもりだったんじゃないですか」

「タイミングだ。企画したわけではない」

「こちらの条件提示、だからあんな無造作に飲んだわけですか」

「貰《もら》えるものは貰う質《たち》でな」

「世間的に、そういうのをなんて言うか知ってますか」

氏家は純也に視線を向けた。

「ずっこいって言うんですよ」

緑茶を飲み切り、さて、と氏家が立ち上がった。

雨が純也の顔にも落ちた。大粒だった。

拭って純也も立った。

「それにしても情報官。どうせ振るつもりだったわりには、情報はずいぶん大盤振る舞いでしたね。もう少し小出しでも、こちらとしては動けましたが」

「そうか？　バーターとして、このくらいで妥当だと思っただけだが」

「へえ。あの飛び道具で」

「そう。だが間違うなよ。皆川程度の御し方は幾通りも心得ている。大盤振る舞いだと思うなら、大半は加賀美の方だ」

「えっ」

さすがにこれは意外だった。

「言質は取った。いずれ、猿丸警部補を俺の執務室に寄越してもらおうか」

「ああっと」

純也は首筋に手をやった。

「それって本気、ですよね」

「日時はまた連絡するが、近々だ。忘れた振りも惚《とぼ》けるのもなしだ」

氏家は踵《きびす》を返した。

見送って純也は笑った。

雨が強くなり始めていた。

周囲の人々が、蜘蛛《くも》の子を散らすように駆け足になった。

「セリさん。怒るかな」

取り敢えず、笑うしかなかった。

二

氏家と別れた純也は、手近なファストフード店で昼食を買い込み、J分室に戻った。

雨はそのまま、正午を回る頃には本降りになった。

「あれ。ちょっと多めになっちゃったかな」

買い込んできた昼食は二人分だった。自分と鳥居の分、のつもりだった。

猿丸は月曜に捜一代わりの捜査を振って以来、定時連絡はあるが分室に顔を出す様子はなかった。だからそもそも、数の内には入れなかった。

それでも多過ぎになったのは、庁内にいると思っていた鳥居が、この日は朝から新宿署の方に出掛けていたからだ。

「そうですね。昼は向こうで、知り合いと摂《と》るって言ってましたから」

恵子はそんなふうに聞いていたようだった。

「うっかりしたな。把握してなかった」

その結果が倍のハンバーガーやポテトだったりするが、無駄にはならなかった。

「じゃあ、私が」

と恵子が貰ってくれたからだ。

本来ならこの日は受付の菅生と時間を合わせ、外に出るつもりだったらしい。それが、生憎《あいにく》の雨で中止になったようだ。

「あれ？　いいの？」

「大丈夫ですよ。別に今日だけじゃありませんから」

そう言って恵子は、コーヒーを淹れてくれた。

なんでも、最近では十日に一回は一緒に昼食を摂り、一カ月に一回程度で夜の遊びにも付き合っているという。

「へえ。夜遊び」

感嘆が思わず口を衝《つ》いて出る。ただし、そこまで心が回復したか、とは思っても言葉にはしない。

「ええ。でも遊びっていうか、ちょっと違うかな」

言って恵子は首を傾《かし》げた。

「合コン、ですかね。いえ、奈々ちゃんの婚活かな。可愛らしいですよ。一生懸命で」

「ああ。そうなんだ」

守り、あるいは支えてきたつもりはないではないが、壊したのもまたある意味では純也なのだ。

純也が撃った銃創は、恵子の左の乳房の上に、今もスティグマのように消え残る。

思えば純也が支えるのは、暗い水底から両手を差し上げ、恵子がそれ以上沈まないようにするだけのことだったかもしれない。

PTSD、PTG。

ともに傷を負った心を寄せても、相手の心を擦《こす》るだけで癒せはしない。

純也はもとより、猿丸にも無理だろう。

菅生奈々のような普通に生きる普通の娘だけが、太陽の下に恵子を引き上げられるのかもしれない。

「よかったね」

「え。何がです?」

「ええと。——お昼が手に入ったよ。ジャンクだけど」

そうですねと、恵子はゆったりとした笑みを見せた。

純也は目を細めた。無明で足掻《あが》く生き物には、眩しい笑顔だった。

それから、なんとはなしに〈ながら〉の昼食に突入した。

ファストフードの悪いところだ。片手でも済ませられる分、余った片手が手持無沙汰になる。

恵子はスマホに目を落とし、純也は自席でノートPCを起動させた。

まずは午前中に氏家からもらったUSBの内容チェックだった。

二人の来歴が、対比できる年表のようにまとまっていた。氏家の仕様なのだろうが、なかなか芸が細かい。

川島宗男は一九五二年広島の生まれで、根本泰久は一九六九年に福島で生まれたようだった。年齢はそれぞれ、生きていれば六十五歳と四十八歳ということになる。

二人とも東大に合格するまでは実家に暮らしており、そこまでの生活や親戚・知人を含めた交友関係に、特に注視すべきポイントはなかった。

一浪で川島は広島を離れ、二浪で根本は福島から出てきたようだ。川島は江古田のアパートに住み、根本は田端の親戚の家に厄介になったらしい。

東大在学中も、厳密に言えばサークルを始め、アルバイト先に至るまで二人に接点は見出せなかった。

接点のベースはやはり、どちらも東大卒で外務省のキャリア、というところになるだろう。

外務省入庁後、川島は順当にキャリアを積み重ね、内部部局としては局長にまで上り詰めたようだ。

その後、二〇一一年六月からは幹部職である外務審議官となり、およそ二年でシンガポール特命全権大使となった。

間違いなく川島は、外務省キャリアの中では勝ち組だった。

一方の根本はと言えば、良くも悪くもキャリア組の中ではそう、目立たない存在と言えたろう。

根本の昇進は川島に比べると、実にモデルケースをそのままなぞるようだった。現職の経済局経済安全保障課長も、年齢から言えばキャリア組としては凡庸だ。先は見えた、と言い切っても過言ではないだろう。

キャバクラに足繁く通うのも、昔ほど周囲の目を気にしなくなったからかもしれない。逆に誘われる部下の方が、場合によってはいい迷惑だ。

根本は平凡なキャリアを小石のように積み、二〇一一年四月からおよそ五年間、現職の経済局経済安全保障課長に昇進するまで、総合外交政策局の総務課企画官だった。

「ふぅん。ここだね」

氏家の言う接点は、モニタ上に明らかだった。

根本は川島が総合外交政策局長だった最後の二カ月間、企画官として直属の部下だったのだ。

「外務省か。結構、僕には鬼門だったりして」

食べ終えたゴミをまとめ、コーヒーを口にする。

すると、

「あら。鬼門ですか？」

湯気のような純也の呟きを、恵子が拾ってスマホから顔を上げた。

「そう。なんたって、僕の父は外務省一等書記官として海を渡ったからね。そうして、海の向こうで妻を、僕は母を失った」

恵子は一瞬眉を上げ、そうしてから目を伏せた。

実に、綺麗な表情の作り方だった。

本当に、ずいぶん回復していることが窺《うかが》われた。

「ああ。でも、だからどうってことじゃないよ。そもそも、僕の父は通産省の人間だったし」

「あら。そうでしたっけ？」

「そう。ガス・マネー狙いだったらしいね」

「ガス・マネー、ですか？」

当時、中東情勢による世情不安はあったが、液化天然ガスプラントをカタールと進めようとしていたKOBIXの意を含み、和臣は海を渡ったという。

目的はまさに〈通商産業〉的なものだったが、在外公館職員はすべて外務大臣及び在外公館長の指揮監督下に入るため、立場は通産省の役人ではなく、外務省の外務事務官である必要があった。矢崎などの防衛駐在官も同様の立場だ。

堂々と目的を口にした和臣の出向に当初、当然ながら外務省は渋ったらしい。

それが一転、一等書記官としての派遣になったのは、当時与党民政党で衆議院議員二期目に入っていた、三田聡《みたさとし》の強い後押しがあったからだ。

三田の妹・美登里《みどり》は、和臣のすぐ上の兄・憲次《けんじ》の妻だった。

カタールは原油だけでなく、世界有数の天然ガス埋蔵量を誇る国として知られていた。

一九九七年に輸出開始となる液化天然ガス事業は、後に生産・輸出ともに世界一となる。

これがいわゆる、カタールの〈ガス・マネー〉で、ＫＯＢＩＸも莫大な利益を得たという。

「だから、外務省って聞くとまずはこのことを思い出すけど、それだけじゃなくてね」

純也は苦笑混じりに頭を掻いた。

「同期で外務省に入った奴はいるし、そいつが使えるのは間違いないんだ。田戸屋《たどや》って奴なんだけど。今は欧州局の西欧課だったかな。それがね」

純也は言葉を濁した。

「なんでしょう」

恵子が愛らしく小首を傾げる。

「僕の後輩のさ。監察の」

「ああ。小田垣さん。アイス・クイーン」

「そう。その小田垣と大学で同期の、つまり僕の別の後輩にね、早川真紀《はやかわまき》っていうのがいるんだけどさ」

純也が言えば、恵子は特に相槌《あいづち》もなく自席の方を向き、デスクトップのキーボードを叩き始めた。

「まあ、自分で言うのも変だけど、Ｊファン倶楽部なんて奇特なグループに所属していた子で、今も小田垣を始め、その辺の残った五人で集まってるらしい」

キーボードを叩く音が止《や》んだ。

「ああ。出ました。アップタウン警備保障の営業統括さんですね。検索に会社とプロフィールが載ってきました」

言って恵子は、ドーナツテーブルに向き直った。

「それで、この方が？」

「うん。実はね、早川は外務省に行った田戸屋と、外務省に入る前から付き合っていた。内緒らしいけど、今も。それで」

僕が田戸屋に頼み事をすると、事あるごとに早川が出てくるんだ、と純也は言った。

「まあ、田戸屋に聞くのも早川が出てくるのも嫌じゃないけど、その都度バーターで何かしなくちゃいけなくてね。現金で済むなら話は早いし楽だけど、早川にはその辺にプライドっていうか拘《こだわ》りがあるらしくて」

「あら？ そうなんですか」

純也は肩を竦めた。

「それがアップタウンの営業統括。キング・ガードと業界首位を争う会社のトップセールスってもんだ、って、前に本人が言っていたけどね。おかげで、国立の家のセキュリティはそろそろ最初の四倍になる。さすがに高度だよ。この間なんか、婆《ばあ》ちゃんが自分の家なのに入れなかった」

「まあ」

恵子は口に手を当てて笑った。

と、ちょうどそこへ、

「おっと。なんですね。弾んでますね」

などと言いながら鳥居が帰ってきた。

「帰ってくる場所が明るいのはいいや。こっちはどこ回っても大した話もなく、おまけにざんざ降る雨ときたもんだ」

止まない雨に濡《ぬ》れたようだ。

ジャケットが全体にひと色変わっていた。傘代わりにそれをかぶったか。

恵子がタオルを差し出した。

「おっ。ありがとさんよ」

受け取って鳥居は、純也の後ろを回って定位置に座った。

「で、なんの話だったんですね」

脱いだジャケットにタオルを当てながら鳥居が聞いてきた。

「いや、メイさんちのセキュリティを三倍にしようかってね。どう?」

「えっ」

一瞬わからなかったようだが、すぐに苦い顔でうなずいた。

「ああ。あの押しの強え《つえ》、アップタウンの姉ちゃんの話ですか」

実際、何年か前に鳥居の町屋の家の防犯設備を任せた。

別案件でまた田戸屋を頼った去年、その防犯設備のセキュリティレベルを上げた。

間違いなくその段階で、鳥居の二世帯住宅は民家にも拘らず、町内一になったはずだ。

「どう?」

「ご勘弁を」

「だよね」

さて、と腕を組めば、天啓のように一つのアイデアが浮かんだ。

「そうだ」

思わず純也は手を打った。

「湯島のあのビル。あそこのセキュリティを一からやり直そう。うん。そうしよう」

恵子が鳥居の前にコーヒーを運ぶ。

「なんかわかんねえけど、恵子ちゃん。決まったみてえだな」

「そうですね」

二人の会話をよそに、純也は携帯から早速、田戸屋の番号を呼び出した。

三

週が変わった火曜日だった。七月に入っていた。

梅雨ど真ん中でも、七月ともなれば晴れ空から降る陽射しは本格的な夏のものだ。

「けっ。今年も猛暑になんのかね」

猿丸は手庇《てびさし》で、恨めしそうに白い綿雲を睨んだ。

歌舞伎町から場を移し、猿丸は前週半ばから、二子玉川周辺の聞き込みに入っていた。

殺された根本の住まいは駅から約二キロメートルの、野川に架かる天神森橋の程近くにあった。

多摩堤通りから道を一本入れば、民家とアパートが混在する閑静と言っていい住宅街になるが、民家の方はさすがに構えの立派な家が目立つ。名家とは言わないまでも、古くからの住民がまだまだ多い地域のようだった。

根本の家も購入価格として優に億は超えたというが、庭の造作も家の造りも、たしかになかなか凝っていた。敷地にも余裕がある。

ただし、猿丸には少々金満の匂いが強く感じられた。

福島で生まれ育った根本の、新参者の見栄が匂う、と言っては猿丸の偏見が過ぎるだろうか。

裏付けではないが、家の周辺から駅までのルートを丹念に辿《たど》る限り、聞き込みは白々しいものが多かった。

——東大卒でしょ。昔から理屈っぽい人だと思ってたのよね。

——外務省のお役人って、やっぱりお給料がいいのかしら。羨ましいお家だもの。

——無理してたんでしょ。奥さんの着てる服、なんかいっつも地味じゃない？

聞けば聞くほど、遠巻きにする周辺住民の声が集まるだけだった。

新旧住民の隔絶はどこへ行っても見聞きするが、東大・外務省というワードは、おそらく派手に一人歩きする。

根本という表札自体、動物園の大型生物の檻《おり》の前に掲げられたプレートに等しいのかもしれない。

「ま、じっくりゆっくり、穿《ほじ》るようにやりますか」

逆に言えばそんな地域での聞き込みに、強引さや性急さは禁物なのだ。下手に掻き回せば、猿丸自身の存在も浮き上がる。

聞き込みには純也を通じて了解を取り、猿丸は捜一・斉藤の名前を使った。

こういう役回りは、その昔は犬塚の担当だった。犬塚もよく斉藤の名刺を借りていた。

警視庁刑事部捜査一課第二強行犯捜査第一係　警部補　斉藤誠だ。

名刺自体は、今も当時のままにしてある犬塚の、デスクサイドキャビネットから調達した物だった。

——こないだ、お葬式があったわよね。何？　事件？

——何言ってるのよ。ちょっとだけど、テレビにも新聞にも出たじゃない。そうよね。通り魔とかって。

——ねえねえ。これって鑑取りとかって言うんでしょ。私、ネットで調べたのよ。

——あら、あなた。一人で動いていいの？　っていうか、警察の人達、すぐに誰も来なくなっちゃったけど、犯人捕まったって話は聞かないわね。

そんな半可通な井戸端住民には閉口したが、ひと通りの鑑取りはなんとか終えた。

そうして地域の感じを摑んだ後、猿丸はスジとして持ついつもの不動産屋に話をつけた。

近所に拠点となる部屋を確保するためだ。

拠点を設営する場合、J分室ではたいがい猿丸を通じてその不動産屋に頼む。ネット主体の大手仲介業者で、いつも実際に担当として動くのは若手社員だが、そこの管理部長が猿丸のスジだった。

五十メートルほど離れた場所に二階建てアパートがあり、ちょうど根本家が障害物なしで真正面に見通せる部屋が空いていた。

即決で入居を決め、この日で三日目だった。

周囲の状況を始め、根本家の生活はある程度まで把握できていた。

一人息子は東北の大学に通っていて、葬儀のときに一度戻ったが、その後すぐに新幹線に乗ったらしい。

根本の妻は、もとは総合職として銀行に勤めていたようで、再雇用に向けて就活を始めたようだ。

それにしても猿丸の目には、特に妻の方に、夫を失った哀しみがあまり見えなかった。

生命保険、退職金・慰労金、住宅ローンの消滅。

家庭からの解放感、再就職への希望、もしかしたら、新たな出会いへの期待。

人によるだろうが根本泰久の場合、その突然の死は、妻に様々な力、生きるための活力を与えたのかもしれない。

「贈り物。プレゼント、かね。けっ、誕生日やクリスマスじゃあるめぇし。羨ましくもねえや」

猿丸は根本家の裏口に立ち、そんなことを独り言《ご》ちた。

午前十時を回った頃だ。

約一時間前、根本の妻が出掛けたのはアパートからの望遠カメラで確認できていた。モスグリーンのパンツスーツ姿だった。

この日は出世した昔の同僚と、本部で簡単な面接があるらしかった。

その程度の盗聴システムは、住まいの確認をした日の内に庭の一隅に設置した。セキュリティの甘さは一瞥でわかっていた。

超々指向性のマイクは、ガラスも通して音声を拾う。居間の一点にしか働かなかったが、それで最初は十分だった。

防犯カメラは暗視・録画機能付きの家庭用が門柱と玄関脇と車庫、勝手口の軒天にそれぞれ一台ずつ。

それで終わりは甘いというか、一般的な家庭のセキュリティだ。おそらく四百八十時間録画で上書きモードにしているだろう。

そうすれば二十四時間三百六十五日の録画が可能というのが、昨今の家庭用モデルによく見る謳《うた》い文句になる。

〈設置しただけで安心〉モデルで、要するに何か異変がなければ見ることはないタイプだ。

根本家に敷地を接する家々は二軒で、そのどちらも今日は朝から全員が外出なのもわかっていた。抜かりはない。

だから、この日は家の中に侵入することにしていた。

二子玉川に着手しようとしたその日に、ソトサン絡みの話は純也から報告を受けていた。

まったく気を許すわけではないが、捜一もソトサンも一旦《いったん》は手を引いたとわかっている案件であれば、逆に触ること自体は容易《たやす》い。一般人の一般住宅に掛ける確認作業だ。

勝手口の防犯カメラが、最初から少し壁の方に傾いているのはわかっていた。

根本本人が自分で付けたのかもしれない。付属の設置用ネジを力任せに扱ったか。軒天のサイディングが崩れ、ネジが十分に利いていないようだった。

拾った木の枝で少し押すだけで、角度的に裏口のドアは取っ手側が間違いなく録画エリアの外になった。

ドアの解錠までに、猿丸は一分も掛からなかった。

「はい。お邪魔さん」

ラテックスの手袋は最初から言うまでもないが、下足カバーをして勝手口から入り、透明キャップを被《かぶ》ってキッチンに上がった。

捜一の方でひと通りの確認は終えているのは、USBの内容で知っていた。

主な目的は盗聴及び監視カメラのシステムを各部屋の電子機器に仕掛けるためだが、その他、公安マンとしての猿丸の目鼻に引っ掛かる物の有無を確かめるためでもある。

仕掛けは順調に進んだ。

時間は掛ければかけるほど不測の事態を招く恐れがあった。十五分と踏んでキッチンに上がり、十四分で戻った。

4LDKプラスの屋内は、特に何もなかったと断言できた。駆け抜けはしたが細大漏らすことなど、一流を大いに自負もする公安マンには有り得なかった。

それが、土間に降りようとしたときだった。

「ん?」

台所の奥の片隅を猿丸は見咎めた。

立派なオーブンレンジのすぐ近くだった。ブックエンドで仕切られ、何冊かの料理本が立て掛けられていた。

その一番手前に、何故か黒い革張りのファイルが立て掛けられていた。

猿丸はそれを見咎めたのだ。

鍵付きで、間違いなく特注品だったろう。表紙には、焼き印としてひと文字が大きく刻印されていた。

ただ、〈J〉と。

それだけでも奇異だったが、近寄ってみれば〈J〉を汚すように、油のシミが無数に散っていた。

鍵が開いているのは、普段使いにしているからだろうか。

手に取って中を確かめる。

「ちっ。なんだってんだ」

中のクリアページには、色々な料理のレシピがファイリングされていた。それだけだ。

捜査資料にもファイルのことや中身のことは何も記載がないが、それにしてもタイトルだけで気になった。

ただし、これは猿丸がJ分室員として、代々の警視庁公安部長に申し送られる元警察庁長官・吉田堅剛《よしだけんごう》自筆による〈Jファイル〉の存在を知るからこそだ。

小日向純也を籠の鳥として飼い殺せ。

〈Jファイル〉は、そんな指令のファイルだった。

だからこそだろうが、気になってみればたかがレシピのファイリングに、革張りの特注品の鍵付きファイルはあまりに奇妙だ。

「さて。何があるか。何もないか」

猿丸は携帯を取り出し、何枚か写真を撮った。もちろん記憶にも留める。

公安講習で徹底的に記憶術は叩き込まれているが、便利な道具は使うにしくはない。特にJ分室は常に人手不足だ。大所帯ほど人は個人で勝手に動き、小所帯ほどすべてを共有しないと成り立たないのは、どんな組織でも基本になる。

記憶などは、共有しようとすれば曖昧になる最たるものだ。

最後に勝手口でひと渡りのチェックをし、身繕いする。

外に出ても終わりではない。最大限の用心は必要だ。

路上に出ても、特に触るものは何もなかった。

ソトサンは何かの雰囲気を嫌がったらしいが、今のところかすかな気配なりとも感じはしない。

ソトサンの連中が柳の影に怯えただけか、あるいは、猿丸自身の感覚が鈍麻したか。

「け、だったら歳だってか。冗談じゃねえや。まだまだ、若い奴に負けっかよ。——なぁんて言ったら」

——セリ。そもそもそんな愚痴をこぼすってのが、負け始めてる証拠だよ。

と、鳥居辺りなら言うだろうか。

車の運転に関しても、何十年乗っても無事故無違反であることを自慢し、だから自分は運転が上手い、幾つになっても大丈夫だと過信すること自体が、そのドライバーの個人的〈高齢化〉の始まり、らしい。

「やだやだ。梅雨の晴れ間が、目に染みるぜ」

そんなことを言いながらラテックスの手袋を取り、無造作にポケットにしまうと、指先に携帯が当たった。振動していた。気付かなかった。

「おっとっと」

純也からだった。急いで出る。

――やあ。どうだい？

と、先に聞かれたので、取り敢えずJファイルの話をした。

――へえ。それは興味深いね。メイさんにも話しておこう。画像はヨロシク。

「それで、分室長からはなんすか」

――ああ。そうね。

歩きながら聞く話はなかなか、猿丸の意表を突くものだった。

一瞬の理解不能は、実に先程のJファイルに匹敵した。

それで――。

「はあ？」

思わず頓狂《とんきょう》な声が喉を衝いて出た。

電動アシスト自転車に乗って通り掛かった初老の女性が、胡散臭《うさんくさ》げに猿丸を見た。

慌ててその場を離脱しながら軽く溜息をつく。

ひと昔前なら、驚いても声を上げることなどなかった。少なくとも、J分室に引っ張られる前なら。

分室員として純也の盾であれと思う覚悟は、敢えて猿丸を純也の前へ、細心とは真逆の方向へ押し出すか。

それとも、純也という上司の才覚が、猿丸を有らぬ方に引っ張るか。

いずれにせよ、鈍麻ではなく自分はどうにも、公安として緩んでいるのかもしれない。

鳥居なら、

——甘えよ。甘えってことは、若《わけ》ぇってことだ。まだまだだな。なあ、セリ。

などと、言うか。

猿丸は肩を竦めた。

「ま、口が裂けても、言っちゃくれないだろうがよ。——口が裂けたら、なおさら言えねえか」

——え、口が裂けたのかい？

受話器の向こうで純也が聞いた。

そういえば、まだ通話中だった。

「いえ。なんでもないっすよ」

猿丸は夏空に目を細めた。

四

二日後だった。

この日、猿丸は羽田からの早朝便で沖縄に飛んだ。

純也から川島宗男の事故死に関する捜査報告書の閲覧を命じられたからだが、おそらくそれは出張の口実にして、間違いなく真意の半分もないだろう。

この前日の水曜、猿丸は国テロの氏家のところで、なにやら訳のわからない尋問のような時間を味わった。

――セリさん。明日の朝イチで、隣の二十階に行って欲しいんだけど。

隣の二十階と言えば、通例として警察庁が入った中央合同庁舎二号館を指し、馴染んだところでは長官官房に首席監察官室があった。

猿丸も何度か足を運んだことがある。

「いいっすよ。長島さんのとこですか」

――いや。国テロ。氏家情報官のところ。

「はあ？」

二日前の二子玉川で、猿丸が通り掛かりの電動アシスト自転車の女性に胡散臭げに見られたのはこのときだった。

遠回しにはされたが、猿丸の女性遍歴、女関係、突き詰めれば加賀美晴子との、苦い思い出が知りたいらしい。

——ただし、こっちの庁内雀《すずめ》なら当たり前に知ってるって程度でいいはずだよ。情報官も、別にゴシップ好きってわけじゃないだろうから。

などと説明された。

さすがに断ろうとも思ったが、

——ソトサンの件でね。バーターでこの話の言質を取られた。冗談かとも思ったけど、本気だったみたいだ。

と言われれば、情報の売買は公安の常だ。仕方ない。

加賀美とのことが情報として適正かはさておき、その程度でいいんならと承諾はした。

翌日、言われた通りに氏家の前では、上辺《うわべ》を曖昧に撫でる程度の話をした。

それだけでも、氏家は結構真剣だった。

知る人間には当たり前のことだが、テロリストの情報を分刻みでシビアに扱う国テロにして、警視庁内の下世話な浮かれ話には縁遠いらしい。

（へっ。下々とは違うってね）

その辺りは内心面白くもあったが、なにしろ氏家は話し方から聞き方、目の配りに至るまで、すべてが本当に尋問の態勢で、猿丸としては一杯一杯だった。退室の際には、脇の下に何故《なぜ》か汗さえ感じた。

この国テロの〈尋問〉と間違いなくセットで、論功行賞というか、ぶら下げられた馬の人参というか。

それが間違いなく、この沖縄派遣の真意だった。

――明後日《あさって》のチケットが取ってある。レンタカーも大橋さんに頼んで手配済みだよ。その他諸々のアポも許可も含めて、オールグリーンだ。ああ。帰りは来週でいい。それにくっ付けて早い夏休みを申請するなら、それも後出しで上げておくけど。

全体に旅行気分でいいというニュアンスは伝わるし有り難いが、さすがに、

「沖縄はいいっすけど、いきなりで一人の夏休みっすか。計画も何もないっすけど」

と言えば、もっともだと純也も納得して夏季休暇はひとまず別になった。危ないところだった。

猿丸は麦わらの中折れ帽に麻のサマージャケット、同系七分丈のパンツ、サンダルシューズの出《い》で立ちで那覇空港に降り立った。

「なんつーか。この暑さは凶器だな」

沖縄は前月中には梅雨が明け、七月に入ってからは茹《う》だるような暑さが続いていると機内でＣＡに聞いた。

その通りだった。

なにより強い陽射しは目を刺すようで、サングラスが必要だった。

那覇空港でレンタカーを借り、猿丸はすぐにうるま市を目指した。

目的地である沖縄県警石川警察署は那覇から北東、およそ四十キロの距離にあった。米軍キャンプ・ハンセンの近くになる。沖縄自動車道を使ってもいいが、使わなくとも一時間足らずで到着した。

純也の言葉通り、話は通っているようだった。石川警察署では〈警視庁の庶務の大野〉と名乗るだけで、何を聞かれることもなく一室に通された。

もちろん偽名であり所属も曖昧だが、この程度でも県警のセキュリティは通過できた。石川署の対応がいたく丁寧なことを思えば、純也が公安部長の名を使ったかもしれないことも易く窺い知れる。

捜査報告書は、ざっと目を通しただけでも通り一辺倒の言葉が並んでいるだけだということは見て取れた。

川島は娘夫婦と三歳になる孫と、ムーンビーチに隣接する高級ホテルに宿泊し、海のレジャーを堪能していたという。

川島の妻は健在だが、海はあまり好きではないということでこの旅行からは外れていた。

ムーンビーチは沖縄県の西海岸としては数少ない自然の海水浴場で、透明度の高い水と白い浜で人気のビーチだ。多種多様なアクティビティがラインナップされ、娘親子は主に、マリンボートやカヌーに興じていたらしい。

川島自身はといえば、もともと学生時代に自由形で国体に出たことがあるほどで、泳ぎは得意で自慢でもあったようだ。今でも週に一回はジムに行って、最低一キロは泳ぐという娘の供述が残されていた。

その過信ではないだろうが、ビーチの遊泳ポイントから少しばかり外れたところでシュノーケリングをして、そこで溺れたらしい。

らしいというのは、その瞬間の目撃者が誰もいなかったからだ。

ムーンビーチは一般客にも有料で開放されてはいるが、基本的には隣接のホテルのプライベートビーチであり、ホテルの規約として遊泳安全上、個人でのシュノーケル使用は禁止されていた。

そこで、一人こっそりエリア外に出てシュノーケリングに興じ、運悪くこむら返りが生じて溺れたのだろうというのが県警の見解だった。

川島一家の旅行中、この前日だけが悪天候で、沖縄の梅雨らしい激しい雨が降ったようだ。そのせいか、海は少し荒れて透明度も普段よりは低かったという。

姿が見えなくなった父の身を案じ、ホテルのフロントに娘が異変を伝えた結果、人手を集めての捜索となり、エリア外の海上に浮かぶ川島を発見したらしい。すでに心肺は停止状態で、人工呼吸もAEDも用いられたが、命が戻ることはなかった。

その後は、恐らく傷害保険請求の関係だろうが、川島が元外務省のシンガポール特命全権大使であることを慮った結果であったかもしれない。娘の希望を聞き入れる形で、県警は行政解剖も行ったようだ。

不慮の事故、つまり溺死と持病・疾病では、支払い保険金額はひと桁《けた》変わる。

捜査報告書に添付の解剖所見も、溺死で妥当なところだ。一点の曇りもない。

各臓器鬱血《うっけつ》及び溢血点《いっけつ》・両肺溺没性肺水腫・血液暗赤色流動性・気管内白色泡沫。

毎週泳ぐという巧者がなぜこむら返りを生じたかということと、なぜその程度で溺れたかに、ささくれのような疑念は、まあ、なくはない。

が、川島本人の年齢や、旅行という非日常による体調の変化まで加味すれば、事件か事故かのやじろべえはど真ん中で綺麗なバランスを取るだろう。

少なくとも一方的に事件に傾くことはない。

不審はあっても可能性は行動に移すほどではなく、おそらく保険会社の事故調査員も動きはしないだろう。

なんといっても、目撃者がいないのだ。

一時間程度で、猿丸は石川警察署を辞した。そのまま事故現場のムーンビーチへ移動する。

現場を直《じか》に見分しておく、という目的もあったが、真夏の陽射しを全身に浴びれば、すでに気分は堅苦しい出張から、気儘な一人旅にシフトしていた。

報告書を精査した結果の〈たいがいのシロ〉という判断も、猿丸の浮かれ気分に大いに寄与しただろう。

警察署からムーンビーチホテルまでは、道程にして四キロメートルほどだった。昼前には到着した。

警察証票を示し、フロントに断ってエリア外に回る。

行く手は、すぐに灌木《かんぼく》の群生に遮られた。

沖縄の海岸林には、必ずと言っていいほど群生している二メートルほどの常緑低木だ。クサトベラというらしい。

それ以上は車で向かうには限界があった。

群生を掻き分けると、小高い丘の上に出た。海面までは十メートルほどだったろうか。

サングラスを取れば蒼穹《そうきゅう》の下、眼前には目に染みるような海が広がった。

南国を象徴する、エメラルドグリーンの海だった。水平線が輝き、吹き寄せる潮の香り自体が軽やかだ。

「かあ。やっぱり海はいいね。夏の海は」

ただし、開放的なのは間違いないが、海は太平洋ではない。東京人である猿丸には馴染みの薄い、東シナ海だ。

「ん？　夏の海？」

自分の言葉で、ふと思い出す。

去年も思えば、夏の海は馴染みの薄い日本海だった。

――夏と言ったら海だろう。

シブい声も耳内に蘇《よみがえ》る。

矢崎の声で、海は新潟の海だった。

「いけねえ。いけねえ。まずは仕事だ」

猿丸は丘の突端まで歩を進めた。

報告書に拠れば、おそらくその真下辺りが事故現場のようだった。

首を大きく回せば、左手にムーンビーチ、右手に別のホテルのブイやコースロープが見えた。

なるほど、猿丸の位置からはほぼ等距離で、つまりどちらからの注意も一番散漫になる場所ではあった。

本当に事故なら、ちょうどこの辺りで足が攣《つ》った川島の不運を嘆ずるしかない。

報告書には他に、この丘の上に関する所見もあった。当然、石川署でも抜かりなく調べていた。

人が争った跡は皆無だったという。誰かが分け入った痕跡はあったようだが、それがいつのものかは判然としないらしい。

下世話な話で言えば、地元の若者の隠れたカップルスポットになっているということだった。

それを地域全体で容認あるいは黙認するかのように、近隣には防犯カメラの類はない。

「まあ、ここから突き落として飛び込んで、その場で足を引っ張るってぇ手もないじゃないが」

猿丸は数歩下がり、顎を撫でながら呟いた。前日朝に剃《そ》ったきりの無精髭が手にざらついた。

「まず赤の他人じゃここまで誘えねえし、爺いだったたって、泳ぎの達者を溺れさすなあ並大抵じゃねえ。よっぽど鍛えてねえと。へっ。俺じゃ無理だな」

などと、自嘲の笑みを浮かべたときだった。

いきなり背後に人の気配が湧いた。恐ろしいほど近くだった。

海からの凪に紛れ、木々一本の音も聞こえなかった。

声を上げる暇もない。

首筋に息が掛かり、すぐに腕が巻き付いてきた。

太くしなやかに、大蛇のような腕だった。

「忠告、いや、警告はしたつもりだったが、手を引く気はないということか」

聞こえてきたのは流ちょうな日本語だ。

硬く締まった、ブレのまったくない声だった。

三十代半ば、と猿丸は踏んだがそれよりもなによりも——。

「覚悟はあるのだろう。なら、手足の一本、置いて行け」

顎下に掛かった腕が、万力となって猿丸の顔を斜め上方に捻《ね》じ上げた。

視界が海から空に、グリーンからブルーに変わった。

そこにオレンジの靄《もや》が掛かり出す。

頸《けい》動脈洞反射の危険信号だ。

(けっ。舐《な》めんなよっ)

腕が巻かれる瞬間、猿丸は咄嗟に身体を相手に預けた。

全身の脱力だ。

場面によっては覚悟がいるが、猿丸は眠れぬ夜と同じ数だけ、そんなものなら練ってきた。常にあると言っていい。

拾って貰った命を、いつの日か純也に返す覚悟だ。

敵方の男は、猿丸が慌てて後ろに押そうとして失敗した、くらいに考えたかもしれないが、実際の目論見《もくろみ》はそうではない。

脱力によって関節も緩めば、わずかに背中側の下方、腰の辺りに隙ができた。十分だった。

そこに猿丸は、後ろに回した右手を差し込んだ。

ヒップホルスターに硬い銃把の手触りがあった。

引き抜いた。

シグ・ザウエルだ。

猿丸は当然、機内武警のスカイマーシャルでもなんでもないが、機内でも制式拳銃を身体から離さなかった。

――その他諸々のアポも許可も含めて、オールグリーンだ。

純也が言ったこのオールグリーンの許可の中には、シグ・ザウエルの携行のこともあったのだ。

もちろんそんなことを航空会社に掛け合いも脅しもしたのは、警視庁公安部の〈部長〉の名だろう。

猿丸は引き抜きざまにシグのセーフティを外した。

そのまま相手の足元にでもぶち込もうかとすると、巻き付いていた腕が離れて背中に強い衝撃があった。

蹴り飛ばされたようだった。

もんどり打って転がった。

海へダイブする寸前で踏み止まった。

片膝立ちになり、シグの銃口を背後に向けた。

今までいた場所に、敵の姿はなかった。

「ほう」

伸びのある感嘆が、奥の灌木のすぐ近くで聞こえた。

身長は百八十センチはあるだろう。

グレーの綿パンにカーキ色の開襟シャツ。引き締まった身体つきは外見だけでもそうと知れたが、顔つきや表情まではわからない。

薄い化繊の目出し帽、黒いバラクラバを頭からかぶっていたからだ。

黒髪黒瞳、わかるのはそれだけだ。

「機内持ち込みか。捜一は無論のこと、公安の外事でもすんなり許可が出るとは思えないが。なるほど、引いては返す波ではなく、別動隊ということか。どこの部署だ」

答えることなどせず、猿丸は無言で銃口を突きつけた。

男は、バラクラバの顔を左右に振った。

「これだから警察は。すぐに撃たないのは、甘さだな」

「へっ。撃てねえってか？　やってみようか」

「沖に三角波だ。強い風が来る」

「なんだ？」

「続きは後日にしよう。だが、ここからはこちらも、モードを替える」

言うとほぼ同時に、本当に背中から押されるような風が吹き付けた。

長広舌で、男はそれを待っていたのかもしれない。

猿丸は爪先に力を込めて耐えた。それほどの風だった。

銃口がわずかにブレた。

その瞬間、男は灌木の中にその身を紛れ込ませた。

足元まで密集した灌木は、男の全身を覆い隠した。

音も気配も、海風が隠すか。

すぐに追う愚は犯せなかった。

そのままの姿勢を、約一分。

猿丸はシグをホルスターに仕舞い、やおら立ち上がった。

足元にサングラスが落ちていた。

苦笑しか出なかった。

片方のレンズが割れていた。

「やれやれ。とんだバカンスだぜ」

それでも掛けてみた。

「うえっ」

空と海は、眩暈《めまい》がしそうなほど複雑怪奇に色を混ぜた。

五

七月に入って二度目の土曜日だった。

朝から快晴のこの日、純也は湯島中坂上の雑居ビルにいた。

いたというのは文字通りで、純也は前夜から一階に泊まり込んでいた。

ビルは古びた細い五階建てで、オーナーは純也の母方の祖母、芦名春子《はるこ》だ。

正確には春子が名誉会長を務める一部上場企業、日盛《にっせい》貿易㈱がオーナーで、春子の意向によってビルを土地ごと買い上げた。

もっと正確に言えば、組対特捜に所属する東堂絆《とうどうきずな》の動きを手の内に収めたい純也が、春子の好奇心を擽《くすぐ》った結果の不動産とも言える。

ビルには四階に㈱エグゼルトと五階に片桐探偵事務所が入るのみで、要するにゴルダ・アルテルマンと東堂絆の、成田の二人組が寝泊りするだけのビルだった。

現在、外側にエレベータ設備を新設中で、全体に工事用の足場と防塵シートが掛けられ、周囲には工事用のコーンが並び、何カ所かではLEDの工事灯が常時明滅を繰り返していた。

工事は、請け負ったKOBIX建設の山下に拠れば、あと三カ月はそのままだという。

そんなビルに、工事用ヘルメットを小脇に抱えた、赤い作業着姿の早川真紀はいそいそとやってきた。

時刻は九時半を回ったところだった。

「早くに悪いね」

純也が笑顔で招き入れれば、

「いえいえ。お気になさらず。現場ならもうすぐ、十時のティータイムの時間ですから。ほほほ」

「ああ。現場にも出るんだっけ」

「あら、いやですわ。顔を出すくらいです。重い物は持てませんから。このヘルメットももう、重くて重くて」

などと真紀はしなしなと入ってくるが、奥のソファに春子の姿を認めるといきなり直立不動になり、

「これは、芦名のお婆様。ご無沙汰しております。アップタウンの早川で御座います」

声さえ朗としたものに変え、腰を四十五度に折った。

変わり身の早さは、さすが業界をリードするアップタウン警備保障の営業統括ということか。

「はい。こんにちは。あなた、相変わらずやるわね」

眺める春子も頼もしげにして楽しげだ。

一階の中は春子の希望もあり、全体の工事に先んじる形で内装の大幅な変更がなされた。木目調のクッションシートが敷かれた室内には、革張りのソファや大理石のテーブルが置かれ、レトロモダンの雰囲気を醸し出している。

奥で春子が座るソファだけが少々異質だったが、それはビル全体を管理するＫＯＢＩＸエステートによって急遽《きゅうきょ》手配されたソファベッドだからだ。

建築の確認申請が下り、一昨日から本格的なエレベータ部の基礎の根切りが始まっていた。

「まあ。それは見るべきよね。滅多に見られないじゃない？　冥途の土産っていうか、冥途には絶対ないわよね」

となり、それで春子が数泊の〈お泊り〉をすることになって、昨日の日中に急遽、ソファベッドが運び込まれた。

何泊になるかはひとえに、春子の気が済むまで、らしい。

知らない場所に一人で泊まる、というのも春子の気分を高揚させるスパイスのようだった。

前夜、春子をこの場所に送ってくるまで、取り敢えず純也は送迎のみで放っておくつもりだった。

それが、夕食は自宅で済ませ、寝るだけにして春子を送ってきたら、ビルの前で間借り人の東堂が、上野のチャイニーズ・マフィアを相手に大立ち回りを演じていた。

さすがにそんな場所に祖母を一人残すことには抵抗があったので、純也も泊まった。

前泊になったのは、そういうわけだ。

なので、真紀のアポイントと、春子の泊りが重なったことはまったく意図するところではなかったが、考えようによってはかえって幸いだったかもしれない。

この雑居ビル自体、平日でこそ職人でごちゃごちゃしているが、土・日曜は働き方改革における労務管理上の一斉休業日で、本当なら工事関係者は誰もいないはずだった。

早川も来るのはわかっていたから、現場監督には最初から休日出勤を頼んでおいた。二階が工事事務所になっていた。

早川に現場監督に、後で田戸屋もやってくる。

集まりは、一人でも多い方が賑やかだ。

賑やかさはそれだけで最新のセキュリティに勝《まさ》ると言ってしまっては、わざわざ呼んでおいて早川に酷か。

純也はまず、早川から最新機器の説明を受けた。

金主がしなければならないのは、そこまでそのくらいだ。

説明の後、二階の事務所から監督を呼んだ。早川の質疑は総電気容量に始まり、配管ルートにまで及んだ。見積もりの詳細に反映するから当たり前といえば当たり前だ。

やがて、

「なら、上に原図面がありますけど。見ますか」

監督とそういう話になり、早川が二階に上がると、ちょうど田戸屋がやって来た。半袖のポロシャツに生成りのスラックスは、いかにも休日の公務員だ。

よう、と田戸屋は野太い声で片手を上げ、春子の存在に気付くと無言で頭を下げた。

学生時代に国立の家に、田戸屋は何度か泊まったこともある男だった。

「婆ちゃん、上の二人にさ、適当な頃合いでお茶を出してくれるかな」

と春子に頼み、純也は田戸屋を連れて池之端に出た。

不忍池《しのばずのいけ》には、開花時期を迎えた蓮の花が散見された。

梅雨が明けると、一気に見頃を迎えるという。

「やあ。滅多に来ないが、この辺もいいところだな」

塗りの剝げた手摺りに摑まり、田戸屋は池の遠くを眺めた。

田戸屋は純也より五センチは高い長身で、猫背の男だ。在学中はアイスホッケー部に所属していた。

パックを追うには、猫背でちょうどいいのだ。

当時はそんなことを言っていた気がする。

近所のアイスアリーナを、真夜中に一時間半貸し切って週二回。

それが東大アイスホッケー部の活動時間だった。

田戸屋と真紀とは在学中からの付き合いだが、実はキャンパス内での恋愛ではない。

このアイスアリーナの警備会社がアップタウンで、自社のアルバイトをしていた真紀と田戸屋はそこで巡り合ったという。

だから内緒というか、口にさえしなければ当時から特に、Ｊファン倶楽部のメンバーにはわからなかったようだ。

「何を調べてるのか知らないが、お前から言われてからな。あちこちにそれとなく聞いてみた」

田戸屋は蓮池に、投げるように言った。

「そうか。悪いな」

純也は隣で、池を背にするようにして広場に向けて立った。

「なあに。真紀ちゃんの仕事のこともある。俺にとっちゃ」

毎度有りぃって感じか、などと田戸屋はおどけてみせた。

川島と根本の来歴は、ほぼ氏家のデータの通りだった。少し詳しくわかった程度だ。

川島は外交情報の収集・分析を専門に行う国際情報統括官組織の統括官から総合外交政策局長を経て、二〇一一年六月に外務審議官になったという。外務省の中でも外交部門の王道中の王道を歩いたわけだ。

その後、一三年の八月からはシンガポール駐在特命全権大使を務め、退官後は大手外資系ファンドの特別顧問に就任したらしい。

「川島さんは、優秀だったんじゃないかな。ひどく強引な人だったようだけど。だから中には、傲慢を絵に描いた、と言う人もあったな。ただ、そんな人も間違いなく川島さんの優秀さは認めていた。ミスター外務省、なんてな。そのくらいじゃないと、外交の世界じゃ上に立てないようだ。それより」

奇妙なのは根本さんの方だ、と田戸屋は続けた。

純也は何も言わなかった。ただ、眉をひそめた。

「根本さんに関しては、現役だからな。顔くらいなら俺も知ってた。言われて聞き歩いてみると、これがそう、凡庸というか、凡庸以下だった。四十八歳で課長。その程度の役職すら、根本さんをよく知る間では不思議がられてたようだ。なかなか興味深い」

「ふうん。興味深いか」

「そりゃそうだ。俺の先行きのこともあるからな。だから、もう少し調べてみる」

「頼む」

「その代わりと言っちゃなんだが、真紀ちゃんの方、よろしくな。提案が二つあったら、高い方で頼む」

ふっ、と笑い、純也も身体を蓮池に向けた。

広場に人の数がだいぶ増えていた。

「田戸屋、お前、いつからアップタウンの営業になった。っていうか、早川の部下か」

「ん？　ああ。まあ」

田戸屋は照れたように笑った。

「いい仕事が決まるとな。ああ見えて優しいんだぜ」

「ほう。デレデレだな」

「放っとけ」

言って、田戸屋は手摺りから離れた。

「今日は真紀ちゃんと久し振りのデートだ。どっちも忙しくて、このところ顔も見られなかった。お前のお陰、ってことにしとこうか。だから、あれだ」

田戸屋は純也の肩を叩いた。

「捜査ってのか、調査か？　この前は電話で、川島さん家《ち》に行ってみたいって言ってたよな」

「ああ」

「今、伝手《つて》を辿ってる。仮にも大使だった人の家だ。しかも死人だしな。もう少し待ってくれ」

「頼む」

「けど、根本さんとこはいいのか。そっちの方が簡単だが」

もう調べた、とも言えず、純也はただ微笑んだ。

歩き出した田戸屋に続こうとして、ふと足を止める。

携帯が振動していたからだ。

しかも――。

田戸屋には先に行ってくれと促し、距離を測って通話にした。

――やあ。なかなか出なかったね。迷惑じゃなかったかい？

相手を知らなければ、間違いなく日本人だと聞き間違うほど流暢《りゅうちょう》な日本語だ。

「迷惑じゃないよ。遊んでいるわけでもないけどね」

――遊びは人生で最も大事だよ。君もいつの間にか、ワーカホリック大国の空気に毒されたかな。

「そう思うなら、こういう実のない会話が一番迷惑だとわかりそうなものだけど」

――おお。その通りだね、Jボーイ。

電話の相手は磯部桃李《いそべとうり》、リー・ジェインだった。

——これは、挨拶さ。僕はどこかの大将と違って、漫遊とか言って他人のエリアに勝手に入る失礼はしないからね。

とリーは言った。

純也はまた、蓮池を振り向いた。

広場の子供が小石を蹴り、近くの蓮の花を揺らした。

花言葉は清らかな心、神聖。

（いや）

相手がリーなら、雄弁か。

——近々行くと言ったのは嘘じゃないよ。だからこれは礼儀、仁義。あれ？　どっちだったかな。

「今、どこにいるんだい？」

冗漫な話は切って捨てた。用件を繋ぐ。

——そう。僕はあと二時間で、新鑑真に乗るよ。

「新鑑真。ああ。上海か」

新鑑真は、日中国際フェリーの船舶の名前だ。毎週上海と近畿を往復する航路で、大阪と神戸に週替わりで着く。

――来週には日本で、南港だね。

「へえ。今回は大阪なんだ」

――ふふっ。実は、関東はあまり好きじゃなくてね。僕の日本における故郷は、やっぱり和歌山だよ。和歌浦に沈む夕陽は、世界で一番だ。のんびりフェリーで渡って、和歌浦の夕陽を見る。

「そんなロマンチストだったっけ？　小田垣にそのまま言ってもいいのかな」

――言っても信じてくれるかな。なら、そうだね。ディズニーならフロリダのマジック・キングダムで十分だけど、USJには大いに興味がある。なんと言っても、ユニバーサル・テーマパークの中で、ジャパンはナンバー・ワンだ。だから大阪、っていう理由付けはどうだろう？

「そうだね。和歌山の話よりはましかな」

――じゃあ、そういうことで決まりだ。そういうことで、僕は日本に行く。大阪に行く。

「どこかで会うかい？」

――着いたら、いや、落ち着いたらね。

などと遣り取りがあって、電話を切った。

純也は手の内のスマホを見詰めた。

「USJだって？」

考えるまでもなかった。

「ダニエルの漫遊と、レベルに差はないね」

今の会話で抽出すべき点はただ一つ。

リー・ジェインが新鑑真号で大阪南港に着く。

そのことの真偽、是非。

おもむろに携帯を取り出し、純也は登録された番号を呼び出した。

「ああ。今、いいですか」

電話の向こうから聞こえてくるのは、陽気な大阪弁だ。

相手は住之江署の組対に籍を置く、敷島《しきしま》という庶務係長だった。

十年近く前、純也の同期が住之江署に配属になったとき、大阪を訪れて知遇を得た。

敷島は一見茫洋として見えるが、折々で見せる如才ない振る舞いが気持ちのいい男だった。エスというより信頼できる情報屋の扱いで繋がりを持った。

そうして、ときに大阪の市井の話を聞く。

三年ほど前までは府警本部内の情報も上げてもらったが、それは今はない。

別の同期が府警本部に総務課長として赴任したからだが、こちらは金銭によるバーター、
つまり、ドライなエスだ。

少々の危険は、金で売り買いする。

純也は敷島に、日中国際フェリーで南港にやってくる、おそらくマッシュルームカットの人相風体、そして多分、磯部桃李という名を告げ、確認を頼んだ。

「無理はしないで下さい。逆に、目が合ったら離脱とかじゃなく、そう、僕の名を出して握手してもらっても結構ですよ」

一連の事々を頼み、通話を終える。

「リー。今度は何を企む。誰を巻き込む」

言葉が風に流れれば、午前咲きの蓮が一輪、静かに散った。

もうすぐ、正午になる頃合いだった。

六

水曜の朝、小鳥の囀《さえず》りを聞いて純也は目覚めた。

気持ちのいい朝だった。

時計を見ればまだ朝の五時半だったが、熟睡できた分、寝覚めは悪くなかった。

雑居ビルの工事に満足した春子を連れ、純也はようやく昨日、国立の家に帰ってきた。

四泊五日にわたる湯島旅行となった。

字面だけ見れば温泉めいても見えるが、実際には温泉もご当地名物もない、平凡な旅行だ。

利点と言えば、職場である警視庁に近く通勤には便利で、中華なら美味《うま》い店が近くに多くあったということくらいだろう。

しかも全体としては横浜というより、こぢんまりとまとまって神戸の風情か。

そう思い込めば多少は旅行気分もありはしたが、自宅に戻ってみれば、考えることは皆一緒だろう。

我が家はいい。

特に応接のソファではなく、手足を伸ばして眠ることができる、硬さの合った自分のベッドは最高だ。

そんな充足感を噛《か》み締めながら、差し込む朝陽を直に浴びようとして窓を開ける。

「やあ。お早う」

小鳥の囀りも、朝の爽やかな風情も一瞬飛んだ。

それほどに重く響く声だった。

「あれっ」

見下ろせば、庭のテラスに矢崎がいた。デッキチェアに腰を下ろし、なぜかコーヒーを飲んでいた。

自分がまだ寝惚《ねぼ》けているとか、そんなことはまったく考えなかった。

普段と変わらず矢崎は折り目正しくスーツを着込んでいたし、トレーニングウェア姿の春子が芝生の上で身体を動かしていたからだ。

春子の動きが、もう玄人《くろうと》はだしの域にまで達した楊式太極拳の套路《とうろ》だとは知る。

卒寿を前にして持病もなく矍鑠《かくしゃく》としているのは、この制定拳のお陰ではないかという認識もある。

ただ、今現在のこの朝の、光景全体に対する理解は不能だった。

「純ちゃん。起きたなら、着替えて降りてらっしゃい」

春子に呼ばれるまま、支度をして階下に降りる。

矢崎に差し出されるまま、湯気立つコーヒーカップを手に取り、ひと口啜る。

「で、今日はなんでまた」

ようやく落ち着いた。それで聞いてみた。

「そろそろ、お役ご免が見えてきそうなのでね」

矢崎はいつもと変わらない口調で言った。

春子が、そうそう、そうだったわね、と何かを思い出したように手を打ち、一旦室内に消えた。

「お役ご免？　ああ。例の問題では、ずいぶん鎌形さんがやられてますね」

純也は話を続けた。

件《くだん》の自衛隊日報隠蔽問題では、防衛監察本部による特別防衛監察が最終局面を迎えているという記事が月曜の「太陽新聞」に出ていた。

事務次官と幕僚長の処分は間違いのないところで、引責をどこまでで断ち切るかが焦点らしいが、当然鎌形は、その長だ。

「見えてきただけで、実際にお役ご免、かどうかはよくわからない。次のポストを総理と直談判中らしいからね」

「へえ」

「叩かれれば叩かれた分、上積みがなければしがみつくと豪語しているようだ。肝が据わっているのか自棄《やけ》なのかは、私から見ても微妙なところだがね」

「なるほど」

ロマンス・グレーの髪をオールバックに固めた鎌形の顔が浮かんだ。

いつも爽やかな笑顔を忘れない男だったが、純也はその歪んだ顔を知っていた。

オリエンタル・ゲリラの一件以来、純也は世界でただ一人、鎌形幸彦という男の急所を知る。というか、作った。

「ともあれ辞任の運びとなったら、私も今の官舎は出なければならない。そう思ったら、どうやら私はもう、四十年以上も官舎か宿営地暮らしだったということを改めて思った。そこでだ。一度、本気で外に住まいを探そうかという気になったところへな」

芦名さんからお誘いがあったのだ、と矢崎は言った。

「え。うちの婆ちゃんから？」

「そう。そんな話を鎌形大臣にした。多分、そこから総理の耳にも入ったんじゃないだろうか。今週に入って、芦名さんから直々に連絡を貰った」

ちょうどそこへ、ワゴンに朝食一式を載せて春子が出てきた。手には丸めた一枚のチラシを持っていた。

「はい。これよ」

まずそれを広げてテーブルに載せ、矢崎の方に押し出す。

「ほほう。これですか」

矢崎は身を乗り出した。

脇から眺め、純也は思わずコーヒーを吹き出しそうになった。

矢崎が眺めるのは、現在工事中の湯島の雑居ビルの、入居者募集の案内だった。

「婆ちゃん。そんな物、一体いつ作ったんだい？」

一階が貸店舗かどうかは微妙だが、二階と三階はたしかに空いているし、どのフロアも簡易ではあったがバス・トイレ完備で、おそらく建てられた最初は店舗・住居どちらでもOKだったビルではある。

「あら。オーナーですもの。当然でしょ。KOBIXエステートの今谷君に頼んでおいたのよ。空けておくのは勿体ないし、第一、空気が澱むと建物ってすぐに傷むし」

「そりゃそうだけど」

春子が手際よく、チラシを避けて朝食をテーブルに載せた。

皿に盛った焼きおにぎりと胡瓜《きゅうり》の浅漬けを真ん中にして、豆腐と葱《ねぎ》の味噌汁、ミニオムレツ、ひじきの五目煮がそれぞれ三人分あった。

「おう。これは美味そうですね。さすがに料理上手な芦名さんだ。朝から元気が出そうです」

春子の昔からを知る矢崎はそう褒めたが、最近はそう褒めたものでもないことを純也は知る。

すべてパックか冷食を移し替えたものだが、手抜きではなく時短・利便だと春子は胸を張る。

朝食の間、矢崎は真剣な目でチラシの両面を眺めていた。特に間取り図を見ては、何度かの質問もあった。

それにしても、陸自上がりの食事はいつもながら速い。この辺はまあ、本気になれば警視庁も負けてはいないが。

「ご馳走様でした。おや、純也君。まだ食べているのかね」

純也は箸を止めた。

意味がわからなかった。

味噌汁の椀を持ったまま動かずにいると、

「物件を見せてくれるという話だったが。そうですよね。芦名さん。そのまま市谷に回ってくれるとか」

矢崎の問い掛けに従い、純也は目を春子に動かした。

遣り手の祖母は、澄まし顔で緑茶を飲み、黙って鍵を出してきた。

湯島の一階の鍵だ。

そういうことか。

純也は焼きおにぎりを手に、席を立った。

「師団長。十分待ってもらえますか」

実際、純也は十分で身支度を整え、それから三分でM6のエンジンを始動させた。

朝靄の都内は、平日にも拘らず驚くほどに道が空いていた。

七時前には湯島に着き、全体を見てもらっているうちには監督がやってきて内覧が進んだ。

そうして再び車中に戻ったのは、七時四十分過ぎだった。防衛省に回るにもまだ余裕があった。

どうですか、と気分で聞いてみた。矢崎は助手席で大きく頷いたようだった。

「私としては気に入った。周囲の環境もね。入居の方向で考えさせてもらおうか」

「ご随意に。婆ちゃんとKOBIXエステートのビジネスです。今のところ僕が介在する余地は微塵もありませんので。ただし」

「なんだね」

「決して平穏無事に住める場所ではない、というのはお忘れなく。必要なら後日、重要事項説明に盛り込ませますが」

結構、と矢崎は即断した。

「その辺の多少も含めて気に入った、と思ってもらおう。刺激がない人生には、慣れていないものでね」

「ああ。そうお考えなら、逆にディスカウントを考えさせましょうか。上階の連中は敷金礼金無しの月二万ですし」

「なんだって」

「いえ。こっちの話です」

防衛省が目の前だった。近くの路上でM6を停めた。

矢崎がシートベルトを外した。

「近く、そうだな。仙台から帰ったら契約のつもりだと芦名さんに伝えて貰おうか。八月に入ってからになるが」

「おや、仙台ですか」

「職務の視察も兼ねてになるが」

「兼ねてってことは、また和知君が何か仕出かしたとか」

「あいつが何かするのは年中の話だ。いちいち気にしていたら身が保《も》たない」

「それは納得です」

「夏だよ。去年も言った気がするが、夏は海に決まっているじゃないか」

「なるほど」

「大臣にも休暇を奨励されていてね。いや、向こうにすれば五月蠅《うるさ》い口を遠ざけたいのかも知れないがね。兼ねたのは私の夏季休暇だ。合わせて二週間ほどになるかな」

矢崎は車外に出、車道から歩道側に回った。

純也は左ハンドル席の窓を開けた。

「まだ梅雨は明けませんけど、今年はどこもカラ梅雨ですからね。行ってすぐ、仙台の海をご堪能ですか」

「どうだろう。とにかく、多賀城駐屯地近くの菖蒲田《しょうぶた》海水浴場がね、三日後に海開きだとは聞いた。大震災以来、七年振りの本格再開だそうだ。この間、近々そちらに顔を出そうかと言ったら、今からやけに金子《かねこ》が騒がしくてね」

「金子？　ああ、師団長の元部下だった、駐屯地司令の金子幕僚長ですか」

純也も何度かの面識はあった。

なんとも、ノリのいい男だったことは覚えていた。

矢崎は頷き、

「だけではなく、都合を合わせて青森からの来客もあるんだが。——じゃあ」

とそんなことを最後に言って片手を上げ、防衛省の正門に向かった。

見送っていると、携帯が振動した。

府警本部に赴任した同期からだった。

「やあ。早いな」

——だから職場から掛けられるんだよ。警視正殿。

皮肉はさておき、話を聞けばさすがに純也の眉根にも力が入った。

「木村《きむら》だって？」

同じ苗字を、実は違う情報先から何度も聞いたからだ。

まずは二日前の、リーを確認した後の敷島からの情報だった。

そちらの木村は、木村義之《よしゆき》といった。警視庁の二代前の公安部長で、その後兵庫県警本部長で上がりになった男の名だ。往事を純也も直接知る。

そしてこの木村は、北の姜成沢《カンテンソク》一派が運営する愛人斡旋組織〈カフェ〉の客でもあった。

このことを突き止めたのは純也達だが、その扱いは長島に放り投げた。

そういった意味では、久し振りに聞く名だった。

その木村が、リーと接触したと敷島は言った。その後リーと別れた木村は、ミナミでなかなか興味深い相手と会ったようだ。

敷島からその内容まで聞くとすぐ、

「じゃあ敷島さん。悪いけど」

返す刀で、純也は木村の身辺調査を頼んだ。

同時に純也は、府警本部のこの同期にも注意喚起の電話を掛けた。

敷島からの更なる報告は早くも昨日の段階で純也の耳に届き、その翌日となる今日だった。

今、府警の同期からの話に出てきた木村は、木村勝也《かつや》と言った。先の義之の息子で、現在大阪府警に所属し、公安委員会事務担当室長を務める男の名だった。

「身体は一つなのに、面倒なことだ」

電話を切った後の、純也の第一声がこれだった。

警視庁までの道すがら、思索に耽《ふけ》った。

「振るか。さて、誰に。誰達に」

思考にようやく道筋を立てたのは、愛車を警視庁の地下に滑り込ませたときだ。

エンジンを切り、やおら純也は携帯を取り上げた。

「今、よろしいですか」

相手はかつての上司、現警察庁長官官房首席監察官の長島敏郎《としろう》だった。

「近々、大阪府警から警視庁への視察研修の依頼が上がるようです。正式なものですので、それ
ルートとしては近畿管区警察局からそちらの刑事局の企画課辺りになるはずですが、それ
を首席の方で引っ張って落としてもらえませんか」

そう切り出した。

「ことは首席肝煎《きもい》りの、ブルー・ボックスに関わりますので」

と続ければ、長島は特に何も言わなかった。

「リー・ジェインが大阪に上陸しました。――目的はわかりませんが、元兵庫県警本部長
の木村義之に会ったようで、これはその後の流れです」

そうして説明を終える頃には、このリーに関わる一件は純也の手を離れていた。

当然だ。離すべくフラグを立てたのだ。

長島と敷島を巻き込み、ブルー・ボックスへ、アイス・クイーンへ。

水は高きから低きへ流れるものだ。

リー・ジェインの策略は、アイス・クイーンへ。

いや、磯部桃李の下策は、小田垣観月へ。

それで少なくともあの男の首に、よく鳴る鈴は付けられる。

通話を終え、純也は一階のエレベータ・ホールに上がった。

上がるとほぼ同時に、携帯が振動した。

なんとも忙しい朝だが、この電話だけは、純也に吉報を届けるべく掛かってくると期待もし、確信もしていたものだった。

「やあ。啓太《けいた》君。どうだった？」

電話の相手は、犬塚啓太だった。

「へえ。そう。——おめでとう」

話を聞きながら、純也は足を受付に向けた。

カウンタの脇に、純白のカサブランカが鮮やかだった。

第三章　陸自

一

金曜日の午前九時過ぎだった。

鳥居は半袖の開襟シャツに軽いサマージャケットを引っ掛け、東急東横線・大倉山の駅に降りた。

陽射しは荒川区の家を出るときからある程度覚悟していたが、想像以上にきつかった。まだ正式な宣言は出されていないが、もう梅雨明けだろうと朝の天気予報では言っていた。

それでも、宣言が出る出ないでは心構えが違う、などとテレビに向かってぼやき、面倒くさっ、と登校前の愛美に白い目で見られた。

「にしたって、暑《あ》っちいもんは暑っちいんだからしかたねえや。なんの因果か、上着なんざ着なきゃいけねえしよ」

駅舎を出るときには早くも額に浮かび始めた汗を拭きながら、鳥居は目的地へ向かった。

この日、鳥居が訪れようとしているのは川島宗男の家だった。

外務省にいる純也の東大仲間が、話を通してくれたようだ。

報酬はアップタウン警備保障による、湯島中坂上のビルのセキュリティ管理だという。

田戸屋という東大仲間は、生前川島が顧問を務めた外資系ファンドと、外務省の連携で支援している国際機関に関する必要書類等々の引き上げ及び引き継ぎを口実にして、近く職員が伺う旨を家人に了承してもらったようだ。

純也への連絡はそれだけでなく、

——根本さんは、どうやら川島さんに引き上げられたらしいな。

と、そんな話も拾ってきたようだ。

純也は、

「まあ。田戸屋はいずれ、アップタウン警備保障の社長か専務に収まるかも知れない男だからね。こういう情報屋めいた動きも、必要悪として慣れておくべきだよね」

などと言って笑ったものだ。

いずれにせよ、根本は川島が局長から外務審議官に昇進する、わずか二カ月前に同局総務課企画官になった。

ただし、四十二歳にして企画官、もうこの辺で根本はアガリだろうと周囲には囁《ささや》かれたらしい。

とにかく同期の中では、昇任は常に一番最後だったようだ。

なんと言っても目立たない、そのひと言に尽きると言う人もあったらしい。

それが、川島宗男という男と出会って、風向きが変わった。

結果として川島との関係による順風が、去年、四十七歳の根本を同期中三番目の課長職へ押し上げたというのが大方の見解だった。

——特に、川島さんが外務審議官になってからは、とにかく根本さんは川島さんに呼ばれては、何かを命じられていたってよ。一緒に出掛けることも多かったようだ。何を気に入られたのか、昼酒の匂いをさせて帰ってくることもあったらしい。人によっては腰巾着、とそのものズバリで言う人もあった。それで通常業務に支障が出て、よく一人で残業もしてたようだな。もちろん、サービス残業だ。そもそも仕事も遅かったようだし。

と、田戸屋は言ったようだ。

ここまで聞いた段階で、なかなかいい調べをする、と鳥居も思った。さすが東大出、というより、純也が言うような情報屋の資質がそもそも備わっているのだろう。

ただその後に、けどな小日向、と田戸屋は続けたらしい。

疑問が芽生えたようだ。

そこまでいくと情報屋というより、刑事の稟性《ひんせい》かもしれない。

——徹頭徹尾、根本さんは平凡な人だ。切れ者でも器用でもない。何を命じられてたか、それでどういう繋がりだったか。そこが肝だとはわかるんだが、この辺の事情を知る人にはまだ出会ってない。

全体の話を聞き込む過程で、田戸屋は川島宗男の人となりにも触れたようだ。

ずいぶんと血も涙もない人間、だったらしい。

——恩を仇で返すなんてのは省庁のな、特に高級官僚まで上り詰める輩にはざらだが、川島さんってのはそのさらに上をいくような人だったようだ。

恩を仇にして倍取りを仕掛け、無理だと泣きを入れた奴は蹴倒して積み上げ、踏み台にして後は野晒しにする。

聞いて思わず、鳥居も顔をしかめたものだ。

そんな川島と根本のつながりは、

——だから聞けば聞くほど妙なんだ。面白そうだから、もう少し調べる。

と田戸屋は言ったらしい。

(はてさて。事態はどっちの方に転がるやら)

そんなことを思いながら、鳥居は大倉山方面に歩いた。

すると交差点の向こう側で、鳥居に向かって頭を下げる男がいた。

公安第三課の剣持《けんもつ》だった。オズの所属員でもあるが、小日向純也という男に剣持が考える正義がある限り、従うと言い切ったスジでもある。

剣持は大振りのビジネスバッグを下げ、濃紺のスーツをキッチリと着込んでいた。

姿を見れば、純也の指示であることは口に出さなくともわかった。

そもそも捜査員が動くとき、二人一組は正規の部署なら鉄則だ。

猿丸は火曜日に沖縄土産の〈紅芋タルト〉を山ほど分室に届けて、その足で二子玉川の拠点に潜り込み、現在も継続中だ。

恵子は土産を喜びながらも、「これって日持ちしないですよね」と、少量を受付へ、大半を監察室に持っていったようだ。

鳥居も食ったが、二個で音を上げた。

「お前ぇ。甘いのは好きかい？」

ふと剣持に聞いてみた。

「人並みには」

怪訝《けげん》な顔一つせず、剣持は答えた。

簡潔な答えは、いつ聞いても鳥居の好みだった。

「いいんかい？　そっちの作業もあったろうに」

「優先順位です」

「爺い扱い、とも言うかね」

ひと言だけは言わせてもらうが、後は言わない。

剣持もわかったもので、かすかに笑っただけで何も言わなかった。

鳥居も猿丸が沖縄で襲撃にあったという報告は聞いていた。

だから炎天下にも拘らずジャケットを着、ヒップホルスターにシグも携帯している。

ただたしかに、

「メイさん。それ、お守りじゃないからね。祈るだけじゃご利益はないよ」

などと純也には釘を刺されてはいるが、おそらく祈るだけで、それ以上には扱えない。

純也もわかって用意してくれた〈お守り〉の押さえが、剣持ということだろう。

「実はついさっきまで、別件で菊名に潜ってましてね」

「なんだ。隣駅じゃねえか」

「ええ。なのでこの辺には妙な土地勘ができてます。露払いといきましょう」

「んだよ。そこでも爺い扱いかい？」

剣持は黙って先に立った。

道はすぐに住宅街に入り、緩く傾斜が付き始めた。

川島の家はその先の、大倉山公園の近くだった。

坂道の途中らしいが、おそらく通勤からなにから、徒歩や公共交通機関を使ったことなどないに違いない。

「まったく。下々の苦労を知れってんだ」

顎先の汗と共にぼやきを滴らせる頃、鳥居は目的地に着いた。

川島の家はさすがに、豪邸と言っていい構えの家だった。

長々とした外周を漆喰の海鼠壁《なまこべい》を模したコンクリートで固めているのもさりながら、自動で開閉する鉄扉の重厚さなどは溜息が出るほどだった。

要はブルジョア仕様、というやつだ。

呼び込まれた玄関では、おそらく川島の妻と娘が待っていた。

「忌中にお騒がせしまして申し訳ありませんが、なんとも、支援先の活動を滞らせるわけにもいかず」

鳥居は挨拶しながら外務省職員の名刺を出した。恵子が作ったものだ。

何も言わず剣持が同職の名刺を出すだろうことは、聞かなくとも鳥居にはわかった。

母娘に先導され、二十畳はある居間に入る。

お構いなく、と口では言いながら、出された麦茶を飲んで人心地付ける。ほどよく利いたエアコンも有り難かった。

「根本さんって、ご存じですか」

聞いてみたが、母も娘も首を横に振った。

嘘はないと鳥居は踏んだ。知らなければ特に聞くこともなく、鳥居は川島の仕事関係の遺品を尋ねた。

書斎にあるということで案内された。豪華なものだ。

こちらも居間に劣らぬ広さだった。

昔は仕事部屋のようにして本人しか使っていなかったものが、シンガポールから帰ってきてからは家族の共有スペースになったという。

孫ができたので、と妻の方が言った。

たしかに、立派な机も椅子も書棚もあるが、レゴブロックのケースもあり、床にはプラレールの線路が敷かれてもいた。

机の両袖の引き出しと、別に木目調のサイドキャビネットが二台。

仕事関係はその中に手付かずだと娘が言い、引き出しの鍵を差し出した。

「お借りします」

作業を始めるが、母娘は二人が同時にいなくなることはなく、どちらかが必ず同室した。

鳥居達の動きに興味も疑心もあるだろうから、その辺は最初から織り込み済みだ。

剣持も心得たもので、適当な書類を大袈裟《おおげさ》に取り上げては目を通す振りをし、特にどうでもいいものを自分のバッグに収めている。

この来訪の本筋は鳥居にあり、剣持は鳥居のガードであり、目眩《めくら》ましだ。

三十分ほども、鳥居としては丹念な作業をしたつもりだった。

特に不審な物は何もなかった。

（こんなもんかねえ）

立ち上がって腰を伸ばしつつ、部屋内を少し見て回った。

レゴブロックの鳥とライオン、大型テレビの近くにはディズニーのＤＶＤ、プラレールのトーマス、そして書棚に広辞苑と童話の絵本とフォトアルバムと――。

「ん？」

かすかにだが、思わず声が出た。

聞き咎めて剣持が寄ってくる。

気になる物があった。というか、あったら面白いと純也に言われていたものだ。表現としてどうかと鳥居は思うが、二つの死を関連付ける物ではある。

「ありやがった」

「なんです？」

剣持の言葉を受け、鳥居は書棚に手を伸ばした。

各種アルバムの並びの端から取り出したのは、革張りの鍵付きファイルだ。表紙に〈Ｊ〉の焼き印があった。

「これだよ」

猿丸が根本の家で見た物を画像データで見ただけだが、おそらく同じ物だ。そのファイルだ。

鍵は掛かっていなかった。

というか、壊れていた。

「すいません。これ、開いてもいいですかね」

聞けばすぐ簡単に、どうぞと娘の了解があった。

開くと、クリアページにファイルされていたのは記念写真だった。どのページも川島本人と家族の写真ばかりだ。

特に言うなら、孫の成長記録でもあるか。生まれたばかりの孫を川島の妻が抱いて椅子に座り、その脇にタキシード姿の川島が立っていた。

お宮参りだろう。

鳥居がファイルを眺めていると、娘に寄り添われて川島の妻が書棚に近づいた。

「官僚勤めの頃から、皆さんによく思われてないのは知ってました。私にもすぐ怒鳴り散らす夫で。でも、写真では笑顔でしょ。子供と孫には、甘い、人でしたよ」

妻はそこで、涙を浮かべた。

ファイルのことを聞いてはみたが、母娘共に要領は得なかった。

涙に暮れてということではなく、特に目立ったことを知らなかったからだ。

どこからか持ってきて、いつからかある書棚にあったファイルで、気づいたときにはもう何枚かの写真入れになっていたという。

気にはなったが、漠然とした引っ掛かり程度だ。

外務省職員として来た以上、そんな家族写真を借り受けるわけにもいかず、今はそれ以上には進めない。

「長々とお邪魔して、埃《ほこり》を立てました。麦茶、ごちそうさまでした」

鳥居は剣持を促し、川島家を辞した。

二

「うちのJの向こうを張ったJかい。さて、紛《まが》い物はどっちかね」

自動に閉じてゆく門扉の前で、鳥居は大きく首を回した。

「じゃ、駅に向かうかい」

言いながら背後に目をやると、剣持が携帯を耳に当てるところだった。

並ぶ形で川島家の門前を離れるが、

「はい。――えっ？　――了解です」

ひと声ごとに、剣持の声が少しずつ尖《とが》ってゆくのがわかった。

ただし、垣間見える表情にも足取りにも、声音の緊張が微塵も見られない。さすがに鍛えられている。

通話を終えると、剣持は正面を見据えながら言葉だけを振った。

「メイさん。遠回りになりますが、いいですか」

尖ってゆく声は、砥《と》がれてゆく構え、と同意だったろう。

「あいよ」

鳥居もわかったものだ。

身体は歳相応に弛《ゆる》んできたが、精神の鍛えは衰えることなく、またそういう自負もあった。

この辺に多少の土地勘はありますから、と剣持が小声で言い、次のY字路を人気《ひとけ》のない方に道を取った。

いったん下りになった道が、やがてまた上りになる。

「この先が公園になっていて、緑地帯になります」

息も切らさず剣持はそう言った。

今度は了解とも、あいよ、とも返事はしなかった。

鳥居は少し、息が切れ始めていた。歳は取りたくねえな、と普段なら言ったところだが、不測の折りのために、少しでも動ける身体を残しておかなければならない。

やがて突き当たりが雑草の生い茂った斜面になり、道が大きく右に曲がっているのが見えた。

手前の角は三階建ての細長いアパートだった。各階の共用廊下がこちら側から道路向こうに回り込んでいた。

道の左サイドはすでにガードレールで、その向こうには歩道のスペースもなかった。雑木林だ。

道を曲がる寸前に、鳥居は何気なくを装って右目の眦《まなじり》方向に意識を集中した。

職業柄、一般人より水平方向にも左右十度ずつは視野が広いはずだった。来《こ》し方の後方に、たしかに人影が認められた。

全身が薄寝惚けた感じだった。

視野の限界だからではなく、たぶんそういう、極限まで目立たない服装だったからだろう。

考え抜かれているに違いない、と鳥居は直感した。

剣持も同じ手順で思考したようだ。

かすかな、静電気のような緊張感が鳥居にも伝わった。

「メイさん。走って。真っ直ぐっ」

言われるままに走り出した。まだそのくらいのエネルギーは残っていた。

剣持は指示と同時に、アパートの壁に音もなく身を寄せた。

上り坂を約十五メートルほど、道の角まで走って鳥居は振り返った。

「ちっ。いけねえ」

立ち位置が高くなった分、鳥居には見えた。

間違いなく直前まで坂下の地上にいたはずの影が、アパート二階の共用廊下にいた。

どう上ったのかは知らないが、剣持の直上から手摺りを越えようとするところだった。

カーキの作業ズボンに、上半身は半袖迷彩柄の開襟シャツだった。

顔はと言えば、猿丸に聞いていた薄い化繊の目出し帽、黒いバラクラバ。身長は百八十センチはある。

「上だぁっ」

鳥居は指差しながら叫んだ。

剣持が頭上を振り仰ぐのと、飛び降りつつ男が左足を蹴り出すのはほぼ同時だった。

「ぐぉっ」

剣持の顔が一瞬揺れ、揺れた方向に身体ごと回って坂道に転がった。

音もなく着地した男は、そのままバラクラバの顔を剣持に向けた。

距離は三メートルくらいか。

だが坂の角度によって高さには違いがあった。

男が上で剣持が下だ。

剣持は立ち上がってファイティングポーズを取ったが、身体は揺れていた。鼻血も出ていた。

軽い脳震盪《のうしんとう》か。

男の蹴りが剣持の鼻先を掠《かす》めたのは間違いない。

奇襲も立ち位置も、男に優位をもたらしたようだ。

奇襲と立ち位置で、剣持は明らかに不利だった。

その焦りが鳥居にも感じ取れた。

「メイさんっ。逃げてくださいっ」

剣持は叫ぶと、拳《こぶし》を握ったまま坂上に足を踏み出した。

刑事の性《さが》か。

守ろうとしてくれているのだ。弱い者を。

やめろっ、と叫ぶことはできなかったし、叫んだところで遅かった。

剣持が坂下から繰り出すストレートを、男は余裕をもってかわした。

そのまま伸びた肘の下から腕を搦《から》めて担ぐ。

有り得ない方向に曲がる肘に、鳥居には剣持から、声なき声が聞こえるような気がした。

地べたに転がった剣持に、男はゆっくり近づいた。

髪をつかみ、坂に対して剣持の身体の位置を修正する余裕さえ見せた。

マウントポジションで、男は剣持に覆い被さった。

ようやく頭を上げようとする剣持の顔に、男の拳が叩き込まれた。

アスファルトに後頭部が激突し、跳ねた。それを男はまた殴った。

まるで、パンチングボールだった。

剣持はすでに動かなかった。

路上のアスファルトに赤黒い蛇がくねった。

剣持から流れ出る血だ。

まったく歯が立たないどころか、それ以上は命に関わるように見えた。

「くっ」

鳥居は腰のホルスターに手をやった。

シグ・ザウエルの銃把に触れた。

触れた手がそこで一瞬だが止まった。止まってしまった。

「ん、なろっ」

ふたたび意を決したそのとき、鳥居の肩越しに、まさに今、鳥居が抜こうとしていた拳銃が現れた。

違いは、サイレンサーの有無だけだ。

「躊躇ったら、死ぬよ。メイさん」

騒ぐ鳥居の心底を一瞬で沈める声が掛かった。

純也だった。

次の瞬間、鳥居の肩口で、純也の指がかすかに動いた。


ドゥッ。


しかし――。

驚くことに、男の反応は純也の動作に対してほぼ同時だった。

ない気配を読んだ、とでも言おうか。あるいは視線を感じたか。

いや、銃を間近にした鳥居の緊張が洩《も》れたか。

いずれにせよ、男は剣持から剝がれるように飛び離れて宙で回った。片手のバク宙だった。

くぐもった銃声からわずかに遅れて、男から何かが千切れ飛んだ。

それだけだった。

シグの銃弾は何かを千切るだけで、背後の雑木林に飛んだに違いない。

けれど、それらを確認する前に男が背後からなにかを取り出した。

鳥居にもわかった。

形からしてスリングショット以外有り得なかった。

取り出したと思ったときには構えていた。怖《おそ》ろしいほど戦うことに躊躇いのない、素早い動作だった。

狙いは違《たが》うことなくこちら側で、鳥居だったろう。

弱点を狙うのは悲しいかな、定石だ。

「メイさんっ」

棒立ちの自分を純也が突き倒した。

と同時に鈍い音がした。

純也の身体が反転した。

「くっ」

左手で右胸を押さえ、片膝をつく。

「ぶ、なんすかっ」

鳥居は転がったまま声だけ張った。それしかできることはなかった。

「まだだっ」

純也は顔を上げた。

そのときだった。

純也を芯にして、風が巻き起こる感じだった。
巻いた風は吹き上がった。
心が震えるような、絶対零度を思わせる風だった。
鳥居は奥歯を噛み締めて耐えた。
「メイさん、終わってないよっ」
純也はシグを左手に持ち替え、左手で構えた。
躊躇いのなさはバラクラバの男を凌駕《りょうが》した。
そのまま撃った。

ドゥッ。

かすかな火花が上がり、男の手からスリングショットが弾け飛んだ。命中したのだ。
痺れたものか、右の手首を左手で押さえながら、男はアパートの向こうに消えた。
その判断もまた鮮やかというか、男の能力の一端を示すものだったろう。
追うべき、とは思っても鳥居の足は向かなかった。
まず純也が気になった。剣持が大いに気になった。
「分室長っ」

声を掛けると、純也はゆっくりと立ち上がった。

「大丈夫。まあ、やられたのはたしかだけどね」

そこにいたのは、いつもの純也だった。

見ればジャケットの右胸に、かすかな解《ほつ》れがあったが、

「問題ない。長島部長をマークスマンの凶弾から守ったのと同じインナーベストを着てる。もっとも、あと五センチ外だったら、腕を骨ごとぶち抜かれてたかな」

純也は大きく右腕を回し、三歩歩いて屈み込んだ。

何かを取り上げた。

「ふうん」

パチンコ玉だった。

「いい腕だ」

呟き、純也はシグをホルスターに収めて剣持に向かった。

(たいがい、あんたもですがね)

そう言いたい言葉を飲み込んで、鳥居は純也の後に従った。

いかに防弾ベストを着ていたとしても、痺れるほどの一弾を食らってさえ揺るがない反撃の速さ。

前後する左右撃ちの妙技。

全体の流れるような、華麗と言っていい動き。

鳥居は、動くことさえできなかった。溜息を飲み込んだ。いや、最初から溜息も出なかった。

すべては鳥居の慮外の、鳥居など範疇《はんちゅう》外の、次元の違う世界の戦いだった。

剣持の傍らで純也が膝を突いた。

路上に流れた血は、幸いなことにすでに固まり始めていた。

ならば、量的にはまず命に別状があるほど多くはない。

「剣持さん」

純也が声を掛けた。

ハッキリとした反応はなかったが、呻《うめ》きは聞こえた。生きていた。

「逆から行くとは言ったけど、少しズレた。悪いね。――メイさん」

「了解っす」

呼ばれる前から携帯を取り出していた。救急車を頼んだ。

その間に、純也が位置を変えていた。

別の場所に屈み込み、何かを拾って翳《かざ》し見る。

救急車の手配を終え、鳥居は純也に近づき覗き込んだ。

迷彩柄の、千切れた襟だった。金属の何かが付いていた。

ピンバッジの留め具のようだが、鳥居にも違和感があった。

そう、裏の留め具部分が襟の表になっていたのだ。

裏側には、煤《すす》けて色の剝げた蔦《つた》のような模様が見えた。

真っ二つとはいかないが、おそらく中央付近に鈍い金色の曲線もあった。

そもそもは横長の小さな、なにかの徽章のようだ。

おそらくシグの一発目で破砕された物の残骸だろう。吹き飛ぶさまは鳥居にも見えていた。

「なんすかね」

「さあね」

純也の答えは素っ気なかった。

ただし――。

切れ端ごと欠けた徽章を手の中に握り込み、

「まあ、まったく心当たりがないじゃないけど」

と、いつも通り楽しげに、純也は猫のように笑った。

三

翌日だった。

純也は朝靄の保土ヶ谷駐屯地に、M6を滑り込ませた。

この場所は陸上自衛隊横浜駐屯地が正式な名称だが、正式な場合以外は保土ヶ谷駐屯地と通称される。

純也は横浜の精華インターナショナルスクールに通っていた十代の頃、ミックス・マーシャル・アーツを習いによく、この保土ヶ谷の駐屯地に通ったものだ。

勝手知ったるといえば十年一日として駐屯地は変わらないが、純也の身の上は陸自の、矢崎中部方面隊第十師団副師団長・陸将補の庇護《ひご》を受けた学生から、警視庁公安部公安総務課勤務の警視正へと大きく変わっている。

保土ヶ谷駐屯地は全国で三番目に小さいが、さすがに昔のようにフリーパスというわけにはいかない。

前日、大倉山での激闘に情報操作も含めて始末を付けた後、矢崎にメールを打った。

矢崎に直接アポイントが取れれば手っ取り早かったが、会期延長された通常国会が閉会間近の大詰めだ。鎌形防衛大臣の参与である矢崎も忙しいに違いなかった。

だからメールにし、翌日の保土ヶ谷への来訪に口利きを頼んだ。

他の関係者でも内容としては事足りたろうが、保土ヶ谷には見知った者達もまだ多く残るという気安さもあり、付随するプラスaもあった。

予想通り、矢崎からの返事はすぐにはなかった。

話は通しておいた、とそれだけの簡潔な返信が来たのは実に、とっぷりと日が暮れてからの八時過ぎだった。

とにかく駐屯地司令の了解が取れたことを由《よし》とし、純也は朝靄の保土ヶ谷駐屯地内に愛車を停めた。

緩い坂を下り、運動場の際《きわ》から体育館に入る。

運動場もそうだが、館内でも決して少なくない人数が思い思いに身体を鍛えていた。

人は変わろうがこの光景自体も、十年一日として変わらない。

「あれ？」

純也の訪れに気付き、オープンフィンガーグローブをつけて組み手の最中だった一人が声を上げた。

館内にいる陸自の男達の中でも、体格の良さではひときわ目を引く青年だった。

この年、二十二歳になる犬塚啓太だ。

純也も軽く手を上げた。

保土ヶ谷を訪れる気になった理由のプラスαが、この啓太だった。

警察官になるならと、この保土ヶ谷でのミックス・マーシャル・アーツを啓太に勧めたのは純也だ。

啓太が立会川《たちあいがわ》の自宅からこの駐屯地に、精力的に通っていることは無論知っていた。

ただそれだけでこの日いるとまでは考えようもないが、逆にこの日だけは確実にいることは承知していた。

十二日の、水曜の朝。純也の携帯に掛かってきた啓太との会話の流れの中で、この日のトレーニングを聞いていたからだ。

啓太からの連絡は、やけに忙《せわ》しく慌ただしかった早朝からの一連に目鼻を付け、本庁地下駐車場から一階のロビーに上がったところだった。

――お陰様で、合格しました。

この日は啓太の、国家公務員採用一般職試験一次試験の、合格発表の日だった。

平成二十九年度は六月十八日に一次試験が行われ、この日の発表を経て官庁訪問が解禁となり、七月十九日から八月七日までが二次試験の期間で、八月二十三日が最終合格者発表、つまり内々定となる予定だった。

総合職試験に比べれば一般職試験など、とは合格した人間にしか言えないことで、その試験が狭き門なのは周知のところだ。

キャリアと準キャリアの別は、準キャリアが劣るのではなく、キャリアが突出しているという方が正しいかもしれない。

とはいえ実は純也も、どうせなら総合職試験を受けてみればいい、と一応は発破を掛けたが、啓太は笑って首を振った。

――文武両道でやってますから、俺には一般職でもギリギリに近いんで。

目指すは〈分相応〉、ということだろうか。

今ひとつ純也には理解できないところはあったが、本人の希望ということで見守ることにした。

そうして、実際に合格の声を聞いてみればわかる。

合格しました、と啓太は特に狂喜することもなく、淡々と言った。

父の健二《けんじ》に似た、喜怒哀楽をよく沈めた心の構えだった。

取り敢えず電話では、おめでとうと言った。

本人の、この足で真っ直ぐ官庁訪問で警察庁に行きます、という言葉には特に反応しなかった。

警察官になる、という心根は尊いもので、尊重すべきものだ。

けれど啓太の場合、警察庁の門を叩いた瞬間、茨《いばら》の道が始まる可能性が大だった。

犬塚健二という名前を出した瞬間、いや、出さなくともエントリーシートを提出した瞬間、下手をすれば啓太の不合格が暗黙のうちに決まるかもしれないからだ。

〈J分室〉は吹き溜まりであり陸の孤島であり、小日向純也という、警視庁にとって捨てるに捨てられない荷物、触るに触れない爆弾が存在する限りにおいてのみ機能するスペースだ。

その〈J分室員〉であって、警視庁の殉職名簿には載らないが間違いなく殉職者の、犬塚健二という警部補の息子は、警察庁にとっても要注意人物、異分子でしかないかもしれない。

結果として、どうにもならなかったとしたら——。

無言だったのは、そんな純也の覚悟の表れでもあった。

「今日はなんですか。どうしました。あ、この間とは別に、お祝いでなんか食わせてくれるとか」

啓太は屈託なく笑った。

健二に似ていると言っても、今どきの子には違いない。そのくらいの軽口は叩く。

「母は大喜びしてましたけど、俺としてはまあ、花じゃ腹は膨れないんで」

水曜日、警視庁本部庁舎に飾られていたのと同じ物を、菅生に頼んで抱えきれないほどの花束で注文、発送してもらった。

啓太の言う腹の膨れない花は、純白のカサブランカだ。

純也は片目を瞑ってみせた。

「構わないけど、まずは今日のメインからだ。君の胃袋までは考えてなかった」

「ちぇ。目一杯頑張ったんですよ」

啓太はグローブの左手を右の拳で叩いた。

三年になろうとする修練を経たミックス・マーシャル・アーツの腕前は、駐屯地の格闘指導官をして、

――つけ上がっちゃいけないから本人には言わないが、陸自の格闘MOSは問題なしだ。本人がその気なら、十分に上級指導官まで伸びるんじゃないかな。

とまで言わしめるレベルにあるようだ。

MOSとは、自衛隊における資格、特技区分のことを指す。

格闘MOSはつまり、格闘が隊員の中でも特技に区分されるレベルにあるという証明だ。中でも上級指導官は付加特技に区分され、レンジャーや空挺や水陸両用MOSと同価値に区分される。

どうやら啓太の口にする〈文武両道〉は、口先だけではなく、相当高いレベルにあった。

ただし、啓太がこの格闘の錬磨鍛練に特に真剣に取り組み始めたのは、前年十月からのことだった。

それとなく純也も聞いてみた。

啓太は、少し照れたような顔をしながら話してくれた。

「父が死んで、気丈には振る舞ってましたけど、母はやっぱり見えないとこで泣いてました。分室長、俺は強くならなきゃいけないんです。特に警察官を目指すなら、強くならないと。そうじゃなきゃ、あるとき彩《あや》ちゃんも泣かせることになるかもしれない。母さんだけじゃなく」

啓太の言う彩ちゃんとは、農林三世の衆議院議員で、財務金融委員会に属する重守幸太郎《しげもりこうたろう》の娘、彩乃《あやの》のことだ。

啓太と彩乃は、同じカンボジアの少女から分け与えられた臓器で生かされているという、数奇な運命に導かれるようにして出会った。

言葉にしなくとも、だから最初からシンパシーがあったのかもしれない。事件後、どちらからともなく付き合うようになったらしい。

そのために強く、とは若さゆえに口にできる言葉かもしれないが、言葉は言霊《ことだま》にして、二兎《にと》を大いに導くものだと純也は理解していた。

「おっと。鬼っ子さんのご入来だ」

啓太と二人で体育館の奥に向かうと、純也を見て腕組みの格闘指導官が手を上げた。

横浜駐屯地に所在する中央輸送隊の副隊長、尾花《おばな》二等陸佐だ。

昔、純也も指導を受けたことがあった。その頃の親しさから純也を鬼っ子と呼ぶが、自分こそ部隊内では密かに鬼教官で通る男だった。

横浜駐屯地はその司令を中央輸送隊隊長をもって任じ、中央輸送隊は防衛大臣直轄部隊であることによって、現在も矢崎の顔パス、がまだまだ効力を持つ場所といえた。

純也の今日の目的は、この尾花だった。

来訪の目的も、矢崎を通じて伝わっているはずだった。

「これなんですけど」

純也はポケットから、クリアの証拠品袋に封入した例の、バッジ付きの切れ端を取り出した。

川島・根本両家に揃ったJのファイルも気にはなったが、現実的にまず答えが欲しかった方を優先した格好だ。

啓太が物珍しそうに覗き込んだ。するに任せた。

「どれ。見せてみろ」

と、尾花の方は口にはするが、大して注視もしなかった。

一瞥、というやつだ。

それでわかったということか。

おそらくわかるだろう、と純也も踏んで優先したのだが。

「欠けちゃいるが、二先の剣が少し見えるな。桜葉に盾と二先の剣。――どうやったらこんなふうに壊れるかね。銃弾、かな」

「さて」

　純也は肩を竦めた。

「聞くのは無粋か。すまんね」

「いえ」

「そう。俺と同じ物だな」

　と尾花は言った。

「やっぱりそうですか」

「見るかい？」

　尾花は傍《そば》に投げ捨てるように置いてある、自分の作業服を手に取った。

　襟に徽章が付いていた。

　風合いや色合いは、年季によっても違うだろうが、全体には純也の目にも同じ物に見えた。

「見せびらかすような物でもないからな。滅多には付けんが、これを襟裏に隠すように付けたヤツか。そんな話を師団長から聞いていたんでね。今日は付けてきた」

　陸上自衛隊格闘徽章、しかも金メッキは部隊指導教官の証だった。

「それにしても、今日《きょう》びはＰＸでもＢＸでも、官給品以外のたいがいの物が買える。ネットでもな。徽章のレプリカなんて、精巧な物は本物と並べてもわからんぞ」

ＰＸとは簡単に言えば駐屯地購買所のことで、ＢＸは基地購買所のことだ。一般人でも買える物もあり、自衛隊員なら私品として本物が買える。

「それでも、尾花さんは同じ物だと言いましたよね」

「ん？　おお。そうだな」

尾花は手を打った。

「そんなふうに見えた」

「十分です」

純也は満足げに頷いた。

「よくわからんが、ま、俺の範疇外だ」

尾花は作業服を脇に放った。

ついで、と言ってはなんだが、Ｊのファイルについても聞いてみた。

こちらに関しては尾花は、

「知らない」

とにべもなかった。

有り難うございました、と頭を下げれば尾花は、

「どうだい。久し振りに、相手してくかい？」

と腕を肩から回した。

「え。誰が誰のです？」

「誰が誰のって、鬼っ子の相手は鬼教官と、昔から相場は決まってるだろうが。なあ、啓太」

「あれ。ご存じだったんですか」

十年前からな、と言って尾花は頑丈そうな歯を剝《む》いて笑った。

「まあ、元々そんなつもりもあって早く来ましたし。いいですよ。啓太君の腹の虫が鳴くまでくらいなら、お付き合いしましょうか」

純也はジャケットを脱いだ。

「そうこなきゃな。おーい、誰か練習着かしてやれぇ」

と、尾花の声はやる気満々を示して明るかった。

「うわ。今日は長くなりそうだなあ」

啓太が頭を掻き、純也も苦く笑った。

四

翌日の日曜日だった。

午後になってから、純也は新川崎にある特定機能病院、S大学付属第二病院に回った。

二日前、大倉山から救急車で剣持が運び込まれたのがこの病院だった。

こういう作業中のあまり表沙汰にしたくない怪我などは中野の東京警察病院が無難だが、現場は神奈川の管轄でもあり、その上、中野までが遠かった。

どうしたものかと考え、純也は鳥居に、一度は横浜の山下町にある藍誠会《あいせいかい》横浜総合病院を指示した。

藍誠会の理事長・桂木徹《かつらぎとおる》はブラックチェイン事件以来、スジではないが知り合いだった。

シャドウ・ドクターの折りにも関わりを持った男だ。

到着した救急車に付き添いで同乗するとき、たしかに鳥居も警視庁警部の肩書で、救急隊員にその藍誠会を指定した。

だが、救急車が動き出してすぐ、ちょうど掛かってきた猿丸からの電話で、鳥居は行き先を急遽変更したようだ。

――剣持が。そんなら、いいっす。行ってください。今日は出てるはずですから、話は通しておきます。問題ないっすよ。

それが昨年末に開業した、S大学付属第二病院だった。

猿丸の太いスジである八木千代子《やぎちよこ》が、品川のS大学付属病院から開業間もない第二病院へ、整形外科医局長として異動していたのだ。

猿丸が作業中に負った怪我のあらゆる処置に関する八木の手際は、純也も鳥居も両手の指では足りないほど知っていた。

どれもひとまず信頼に足るものであり、なにより現場からは、横浜の藍誠会に向かうよりはるかに近かった。

S大付属第二病院は、府中街道と横須賀線が交わる辺りにあった。

純也の自宅のある国立からは、特に急ぎでなければ府中街道で一本だった。

なのでこの日曜日も、純也は府中街道をM6で真っ直ぐ下った。

日曜の午後ともなると、大病院の受付は入院患者への面会を求める人で静かに賑わうものなのだろう。

病院のロビーに、一番病院と縁遠い者達が集う日、でもあるか。

さすがに病院では、純也はサングラスは掛けなかった。第二駐車場に停めたM6の中に置いてきた。

その分、奇異や好奇の目が周囲を取り巻くように多かったが、まあ、この辺りは想定内で、純也にとっては慣れた反応だった。

五分ほどで面会の諸手続きを済ませ、足早にエレベータに向かう。

剣持は現在、八木の裁量によって六階の、整形外科のHCUに入院していた。

HCUは、簡単に言えば一般病棟以上ICU未満の患者が入る病室のことだ。

ガラス張りで二十四時間の注意が向けられるＩＣＵと違い、ＨＣＵはナースセンターの直近に設けられた個室が一般的だった。

病院に運び込まれた際の処置と検査はもちろん、救急隊員の連絡で待機していた外科と脳外科の担当だった。八木医局長の指示もあったかもしれない。

結果として、命に別状があることも、何かの後遺症が残ることもないだろうという報告だけは、救急車に同乗した鳥居からの報告で聞いていた。

とにかく処置が早かったことが、何にも勝る特効薬だとも聞いた。

――んでもって、病室もセリのスジの目が届くとこってんで、整形外科の病室に入れてもらえるようです。

それが六階だったが、頭に強い衝撃を受けていることもあり、病室と言っても初日はＩＣＵに入っていたようだ。

すべての検査結果がオールクリアだったことによって、この午前中にＨＣＵに移動すると、猿丸を通じて病院からの連絡があったのが前夜だった。

「それにしても、搬送のときは絶妙なタイミングだったね」

そんなことを言えば、

――でしょう。

と猿丸は少し得意げだった。

──まあ、ちょっとした報告があっただけなんっすけど、それ以上の役割は果たせたって感じですかね。

「報告？」

聞けば、鳥居に電話を掛けたのは、根本の妻と直接に接触した直後だったようだ。

──どうしても、台所にあったJのファイルが気になりましてね。他に特に進展もねえんで。それで、久し振りに。

電気設備の点検を装い、保安協会のチラシを作って水曜日にポストに投函したらしい。

これは、四年ごとを目安として実際にある点検だ。

直近で一帯に点検が入った記録がないことは言うまでもなく、確認はできていた。

写真入り調査員証も制服も、かつて用意した物を猿丸は持っていた。制服は本物だが、調査員証はもちろん偽造だ。

金曜午前・五分程度・在宅なら分電盤の点検・不在なら外部メーターのみ。

チラシの内容は主にそんなところだが、金曜日午前に根本の妻が在宅なのは前もってわかっていた。分電盤がキッチンの、オープンレンジの後ろの壁にあることも。

──んで、分電盤チェックしてから、あれ、革張りですか。キッチンには珍しいっすねってね。

手を休めることなく、そんなふうに聞いてみたという。

——ああ、そのファイルはずいぶん前に、亡くなった主人にもらったんです。別に必要ないからって。

なんの疑問も持たず、根本の妻はそう言って溜息をついたらしい。

——結局そう言って、それだけだったんです。だからまあ、ちょっとした報告だったんで。

「ちょっとした、ね。それぞれの家に持ち込んだのが本人達だったって、それが確認できただけでも無駄じゃないと思うけど」

——まあ、俺もそんな言葉をメイさんに期待して電話したんすけど。

その電話でいきなり鳥居から剣持の状態を聞き、報告そっちのけでS大付属第二病院の八木に連絡を取ったという。

六階でエレベータを降りた純也は、まず病棟のナースステーションに立ち寄った。

「すいませんが、HCUはどちら」

面会の規則に則《のっと》ったものだが、中にいる看護師達の動きが一瞬止まった。

どこでも初見の純也に対する反応は似たようなものになる。

「あの、ですね——」

たどたどしい説明で教えられたHCUに向かえば、斜めにしたベッドの上に、剣持は起きていた。

ほぼ顔中に巻かれた包帯が痛々しい。

頬骨や鼻骨にも相当なダメージがあったようだ。

戦った相手は黒い化繊のバラクラバを付けていたが、こちらはまるで白い目出し帽のようだ。

かろうじて外から垣間見えるのは、腫《は》れ上がった目と、かさぶたのできた唇だけだった。

剣持はスマホを手にしていた。

純也が入室するとそれを脇に置いて、

「どうも」

と頭をわずかに下げ、その動作だけで呻いた。

「大丈夫かい」

大丈夫なわけはないと知りつつも、取り敢えず口にする。

時候の挨拶のようなものか。

日本語は、やはり難しい。

「見舞いの品をとも思ったんだけど、一般病棟に移ってからの方がいいね」

「すいません」

そもそもは、

――へへっ。ガキの使いじゃねえんだし。一人で行けますよ。

川島家への探りは鳥居が率先して手を上げた。大丈夫かい、と聞いたときの答えがそれだった。

犬塚が殉職して以来、鳥居はなにかと言えば一人で動こうとする。

純也の負担を減らすため、あるいは負担にならないためだろう。

猿丸が襲われた一件もあった。越境で神奈川の管轄に出るということもある。

それで念のため、剣持に連絡を入れたのが十三日の夕方だった。

後に本人から聞くが、〈潜って〉いたようで連絡がついたのは当日の朝だ。

――ああ。奇遇ですね。すぐにも行けます。私の方が早いくらいですかね。

そんな場所に剣持はいた。

純也が連絡を受けたのは、実は大倉山の駅前だった。

念のための剣持が万が一にも無理だったときのため、だ。前もって鳥居に言っても、絶対に首を縦に振らないことは目に見えていた。

「じゃあ、よろしく」

ドゥカティで来ていたが、離れて待機することにし、剣持に任せた。

それが幸か不幸か。

いや、不幸中の幸い、幸いに差す影。

駅前を去る二人組を見送ると、行き交う人達と明らかに気配の違う背中があった。

とはいえ、油断した背中ではない。気配のない気配とでも言おうか。

人混みに溶けるための十全の構え。

純也にはかえって、それが浮いて見えた。

そのときも、マスクとキャップで顔はわからなかった。

防犯カメラにも気を使う男は、実にさりげなく背後にも注意を怠らなかった。

気にはなったが、しかし、住宅街の生活路を追うことは純也をして躊躇わせた。土地勘もない。

それでまず、剣持にメールを打った。

〈川島家から出たら連絡を〉

離脱するように駅前に戻り、地図アプリで一帯の地理を確認した。

川島家には、遠回りになるがもう一本のルートがあった。

剣持から連絡が入ったとき、そちらを指示した。

「念のための万が一のためだよ」

そうは言ったが、鳥居の姿を確認したときで、間一髪だった。なんとか間に合った格好だった。

けれど、すまないとも抜かったとも剣持には言えない。言ったとしても言葉ごと心ごと、間違いなく突き返されるだろう。

——任務の結果です。謝られる筋合いではありません。

だからせめて、大丈夫かいという間抜けな問いで濁す。

「部長には有給で通しておいたよ」

これくらいが、ささやかな論功行賞か。

病室で少し、バラクラバの男の話をする。

――どうしても手を出すのだな。

マウントポジションで、男はそう言ったという。

「後は、殴られて意識が飛びました。気が付いたのはシグの銃声を聞いたときです。スリングショットが近くに落ちてきました。分室長の手並みを、いい腕だ、戦場の腕だと言ってた気がします。たぶんですが」

「ふうん。そう」

看護師が入ってきて、会話はそこまでになった。

大丈夫かい、の対になるのはお大事に、だろう。

そのままの言葉を告げ、純也は病室を後にした。

ロビーを抜け、エントランスに出る。

病院側の第二駐車場に向かおうとして、ふと純也は足を止めた。

吹き寄せる風に、何かが混じって感じられた。

隠し立てもしない、あらゆるもの。

気配、視線。

あるいは匂い。

真正面の、第一駐車場の出口付近に男がいた。オフロードタイプのバイクにまたがっていた。

黒いバラクラバの男だった。

カーキの作業ズボンに、半袖迷彩柄の開襟シャツも、これ見よがしのスタイルだったか。

挑発するようにも、威嚇《いかく》するようにも見えた。

流れる風としてすべてを純也は受け止めた。

男はフルフェイスのヘルメットをかぶり、そのまま公道に出て行った。

暫時《ざんじ》、純也は男の去った後を見詰めた。

鉄と錆《さび》が感覚として感じられた。

血と硝煙だ。

「面倒なことをする」

風に乗せる純也の呟きはしかし、言葉とは裏腹に喜色を伴って、背後に吹き抜けた。

五

三日後の水曜日だった。十九日になる。

猿丸は仙台へ向かう、東北新幹線の車内にいた。

猿丸用に予約されていた席は、十時二十分発のグリーン車だった。

その、二列シートの窓側だ。

グリーン車は、編成自体がすべて二列シートの並びになる。

席のスペースに余裕があるのはいいことだが――。

(なんか、デジャビュってやつかね)

猿丸は頬杖を突き、憂げに車窓を飛ぶ広大な田畑を眺めた。

田には満々たる水が張られて苗がそよぎ、畑には太陽を一杯に浴びた緑黄色が旺盛だった。

いかにも目に優しく、心が満たされる光景だ。

(それにしても)

猿丸は、頬杖の顔を車内に向けた。

隣、通路側に座る人物が、老眼鏡を掛け姿勢よく新聞を読んでいた。

防衛大臣政策参与の矢崎啓介だ。

車窓に思えばデジャビュだが、現実を見れば実はデジャビュだと思う光景より、矢崎が近い。

去年の夏は現在矢崎が座る位置に純也が座り、矢崎は通路を挟んだ向こう側だった。

この夏は純也がおらず、その分矢崎が近くなった、ということだが。

「なんだね」

顎を引き、老眼鏡のフレームの上から矢崎が聞いてきた。

レンズを通さないだけで、いきなり眼光は猛禽《もうきん》類を思わせる鋭さだ。

これも上から目線というのだろうか。

「いえ。ただ、なんか近いなと思いまして」

猿丸は、わずかに身を仰《の》け反《ぞ》らせながら言った。

矢崎がふと、口元を緩める。

だからといって表情が柔らかくはならないところが、陸自の陸将・師団長まで務め上げた鉄の男の真骨頂だ。

「可笑しなことを言うものだ。隣に座って近いも遠いもないだろう。そもそもグリーン車は初めから指定席だよ」

「いえ。そういう話じゃないんですが」

猿丸は眉間に力を込めて腕を組んだ。

矢崎が新聞を畳み、老眼鏡を仕舞った。

「猿丸君。草加の堅焼き、食べるかね」

「いりません。なんで持ってんすか？」

「顎への刺激だね。硬い物も嚙まないと」

猿丸は溜息交じりに、また車窓を眺めた。

「二年続けて、一緒っすよ」

「そうなるが、こちらは必然だよ。昨日まで通常国会だったのだから」

「なるほど。必然に寄せる偶然はこっち、ってえか、手口ってことっすかね」

「よくはわからないが」

矢崎はさして面白くもなさそうに言って、ふたたび新聞を広げ返した。

何故こうなったかという、事の起こりは日曜日の夕方だった。

継続で根本家を張るべく、潜っていた二子玉川の拠点に前触れもなく純也がやってきた。

薄暮の頃だった。

「セリさん。来週なんだけど、海に行かないかい？」

拠点に入ってくるなり、唐突に純也の口から出てきたのはそんな話だった。

「海っすか」

沖縄から戻って以来、特に大きく移動することもなく一週間以上、ほぼ二子玉川の古い住宅街に潜み続けた。

沖縄ではひと悶着《もんちゃく》あったが、エメラルドグリーンの海原、南国の解放感は圧倒的な魅力を秘めていた。

その余韻に浸り、いいっすね、と思わず呟いた。

それがいけなかった、らしい。

「じゃあ決まりだ」

純也がジャケットの内ポケットから取り出したのが、仙台行きの新幹線のチケットとその他もろもろだった。

「えっ。――仙台っすか」

「そう。菖蒲田海水浴場ってところが、大震災以来七年振りの本格再開らしいんだ」

「――へえ」

「いいところらしいよ」

「らしい。へえ、らしい、と」

伝聞であるというだけで、いやな予感しかしなかった。

仙台の海が悪いというわけではないが、東京の人間が海と聞かれて仙台と答える確率は自信を持って言えるがゼロだろう。

海はこうなると、単なる切っ掛けに違いない。

「分室長。ちなみに、近くに陸自絡みの施設かなんか、あります？」

「えっと。そう、だねえ。多賀城駐屯地、なんて場所が近いとか遠いとか、言ってたかなあ」

「多賀城が近いんすね。で、言ってたと。——和知っすか」

「そうだね。騒いでるのは、まあ、その辺りっていうか。だいぶ上の、駐屯地司令っていうか」

などの話があり、ごねようとしたところに証拠品袋に入った格闘徽章を見せられ、というか押し付けられた。

「なんすか」

全体の説明を受けた。

剣持が負傷した現場にバラクラバの男が残した遺留物だという。

猿丸の目にも、何かの証拠品には程遠いものに見えた。

「和知君に渡して構わない。今のところ、五里どころか果ても知れない霧の中だ。キーが足りないからワードも思いつかない。陸自全体を洗うなら、今や仙台だからね」

「はあ。こんなもんでですか」

「単なる呼び水さ。オズの剣持さんさえ手玉に取り、僕も危なかったバラクラバの男が、裏襟にこの徽章を付けていた。セリさんならどう思う？」

「ええっと。そうっすね。能力的にも相当の訓練を受けていて、そんでもって裏襟ってことは、まあ、お洒落ってわけじゃあなさそうですが」

「ということは、なんだい？」

「この場合は、陸自の男っすか」

「そういうことだね。自衛隊のＭＯＳはそれぞれが識別ナンバーやアルファベットで登録される。格闘ＭＯＳがどれだけいるか知らないけど、この先は彼のテリトリーだ」

と言われれば納得するばかりで特に反論があるわけはなく、猿丸は諸々一式を受け取ってこの日、新幹線に乗った。

そこに矢崎がいた。

なんで、とは聞かなかった。

デジャビュだと思えば、理由は去年聞いていた。

そのときは聞き返し、

――君は、さっきの私の説明を聞いていなかったのかね？

と言われたことも覚えている。

同じことだと思えば、仙台駐屯地には防衛大臣直轄の警務課部隊である東北方面警務隊があることは猿丸もわかっている。和知の所属部隊だ。

ということで防衛大臣政策参与の矢崎と仙台駐屯地は直接の関わりがあり、しかも矢崎は元、陸上自衛隊中部方面隊第十師団師団長、陸将だ。

どちらかと言えばこちらの肩書の方が、駐屯地内では鳴り響く。

（鳴り響くって言えばよ）

最前から、猿丸の腹の虫が鳴っていた。

車内販売で駅弁でも、と思っていたが、矢崎越しに買うとそれだけで味気がなくなる気がして止めた。朝飯は食っていなかった。

それから大して時を経ず、到着のチャイムも鳴った。

仙台駅に着いたのは、十一時五十二分だった。

矢崎を強引にも立ち食いに誘って背中合わせで食う。

貪るように食ったが、矢崎の方が速かったようで、気が付けば店外で待っていた。

ここからは猿丸も勝手知ったる道中だ。二年前に訪れたときは自身酷い二日酔いだったが、今回は体調に限り万全だ。

陸上自衛隊仙台駐屯地は、仙台駅からJR仙石線に乗り換えた苦竹《にがたけ》にあった。

見渡す限り、という表現が実感できる広大な敷地は相変わらずだった。

北門から入る。

防衛大臣政策参与補佐、松宮《まつみや》某《なにがし》。

ゲートでの姓名記入は当然、二年前と同じにした。

入ってまず挨拶と思えば、駐屯地司令部である東北方面総監部は真反対の南門に近く、距離にして一キロほどあった。

前回のときは無骨な陸自車両が待機していたが、矢崎によれば来訪の予定は告げてあるが、今回は出迎えは断ったという。

「夏だ。走ろう」

猿丸としては、やれやれと思わないでもないが、昨今は筋肉貯金なる言葉を聞くようにもなった。日々の何気ない鍛錬が、最後にはものを言うのかもしれない。

（まあ、師団長にはあまり言って欲しくねえのが本音だが）

苦笑しつつ、猿丸は矢崎の背に従った。

五百メートルほども走ると、南門方面から第三種夏服、いわゆる開襟半袖シャツで駆けてくる男があった。

「師団長ぉおっ。ようこそぉおっ。夏の仙台へぇえ」

ゲートから連絡が行ったようだ。

男は矢崎の防大の後輩でもある、駐屯地司令・東北方面総監部幕僚長の金子陸将補だった。

守山から和知を〈秘密基地〉ごと引き取ってくれた度量も備え、わりとノリのいい男だということは猿丸も承知だった。

なにもジョギングまで調子を合わせて出迎えることもないと思うが、これも金子のノリなのだろう。

触ると暑苦しい気がするので放っておく。

感動の再会、には程遠い汗を拭きながら麦茶を飲んでちょっと休憩、といった感じの挨拶に引き続き、猿丸と矢崎はほぼ一キロをまたジョギングで戻った。

和知の〈秘密基地〉は北門のすぐ近くだった。

それにしても総監部へは挨拶もあったが、パウチされたA４の紙面を受け出した。

これが実に、おろそかにはできなかった。

紙面のタイトルは〈防衛館・特別進入手順〉であり、要は複雑なセキュリティを施した和知の居場所への到達マニュアルだった。

「けっ。あの阿呆が」

猿丸は思わず吐き捨てた。

たしか一枚だったはずのマニュアルが、二枚になっていたからだ。

防衛館の前庭に立って、屋外に展示された巨大な三方ラッパの一つに呪文のような言葉を吹き込む。

「おおぃ。和知ぃ。今から行くぞぉ」

これが手順の①だ。

――了解でーす。①、クリアー。②へどうぞぉ。

すぐにも張り倒してやりたい、のほほんとした声が聞こえた。

それから、おそらく倍程になった手順を踏んだ。

まるでオリエンテーリングだった。

和知ならアトラクション、というかもしれない。

すべてを潜り抜けた先の、たかだか目と鼻の先だった防衛館の二階に和知はいた。

「セリさん。お久し振りでぇす」

身長百六十センチ足らず、体重は身長割る二、マッシュルームカットのジャパニーズ・リン・ユーチュンだ。

「松宮だ。そもそも、その名で呼ぶな」

まずは麦茶でも、と和知はまるで聞いていなかった。キャスタチェアに座ったままゴロゴロ遠くに去った。

一脚出ていた椅子を矢崎に勧め、猿丸は室内を点検した。

三十畳ほどの空間に、三段積みの三十五インチクアッドモニタが、前は三台だったはずだが今は五台あった。

A3プリンタの他に、A0打ち出しのインクジェット・プリンタは変わらずだが、3D

プリンタは三台に増殖している。

壁に掛けられオブジェのようだった非接触充電のスマートフォンは、倍を超えてすでに立派なオブジェだ。

麦茶を盆に載せ、キャスタチェアでゴロゴロと和知が戻ってきた。

「早速だが」

麦茶は手付かずにして、用件に入った。

空調は快適だったが、空間として居心地が悪かった。

押収品袋ごとお盆の上に置き、純也の受け売りそのままに話す。

対して和知の反応は、

「あ、無理無理。今やこんなものどこでも買えるもの」

と、取り付く島もないものだった。

またキャスタチェアごと動き、一台の大画面ＰＣに寄る。

すぐにどこかに繋がった。

ネット通販のサイトのようだ。

「ほら、セリさん。これとこれとこれなんかさ」

「セリさんって呼ぶな。で、どれだ」

「これですよ」

画面をスクロールしながらいちいち指で指し示す。

「ああ。美麗品・特級・滅多に出ないって書いてあるやつか。お、いい値段するな。それにしても綺麗すぎねえか。レプリカじゃねえのか」

「偽物のわけないでしょう。綺麗なのは当然です。なんたって」

何故か和知が胸を張るが、そんなときはどういうときか、長い付き合いからすぐにわかった。

「ああ？　あれか」

「それです。なんたって、全部僕が出品してんですから」

「どういうことだな」

バリトンの声とともに、不穏な空気が背後から流れた。

肩越しに見るだけでなんとも、矢崎を中心に渦を巻く感じだった。

こうなると猿丸としても、少々怖い。

察して和知も、さすがにだいぶ慌てたようだ。

「精一杯、調べてみましょう。あはっ。きっと大丈夫。僕には自作の情報解析ソフト、〈クモノス〉がありますから。あははっ」

矢崎が和知を睨んだまま、麦茶を勢いよく飲み干した。

六

矢崎は和知に、現時点での全出品物の取り下げを命じた。

なんというか、呆れるほどの数が出ていた。終えたときにはもう薄暗かった。

「お前の立場もあるのだ。もうするなよ」

「はぁい」

嘘か真《まこと》かはこの際置くとして、和知は右手を上げて応えた。

素っ頓狂な感じはいつものことだが、すでに直属の関係ではない自分の指示を、ストレートに聞いてくれたということで今は良しとする。

時間を確認し、一緒に飯をどうだと二人を誘った。

猿丸は一瞬目を泳がせたが、和知は右手を上げたまま、どこですかぁと聞いてきた。

「国分町《こくぶんちょう》だ。実は、知人と待ち合わせもあってな」

言った途端に和知は左手も上げ、見れば猿丸も手を上げていた。現金なものだ。

幕僚長が街中までの車を手配してくれていた。

過ぎた厚遇は遠慮しようとも思ったが、聞けば帰宅の道すがらだという若い隊員の自家用車だった。礼を言い、遠慮なく便乗させてもらった。

道の混み具合もあったが、目的地までは二十分ほど掛かった。

仙台FORUSの前で停めてもらった。

そこが待ち合わせ場所だった。大勢の若者達で賑わっていた。

「あは。ナンパアーケードですか。ここいらは陸自も御用達ですよぉ」

和知がFORUS脇に延々と続くドーム型アーケードを手庇で見上げた。

「おっと。ナンパかい」

なぜか猿丸が揉《も》み手だった。

矢崎は聞き咎めた。

「ナンパアーケード？　それがこのアーケードの名か？」

振り返って高い天井を見上げる。

「そうですよ。本当の呼び名は、ナンパされるアーケードですけど」

「ふむ。どうにもふざけた名称だな」

「違いますよぉ。誰が名称だって言いました？」

「誰がって。お前が」

「僕は本当の呼び名って言ったんです。正式名称はぶらんど～む一番町に決まってるじゃないですか」

「なるほど。決まっているのだな」

和知と話すと、昔からこういう気の抜ける会話になることが多いが、今となっては懐かしい気がしないでもない。

「師団長」

猿丸が揉み手のまま、矢崎に顔を向けた。

「待ち合わせの知人って、まさか若くて綺麗な女性じゃないですよね」

「なんだ。期待してるのかね」

「少しは。ほら、俺も師団長も健康な独り者だし」

「残念だが、男だ。私の元部下でね」

「ああ」

猿丸の揉み手が止まった。

「陸自の男、ですか」

「そう。優秀な男だよ」

「へえ。師団長に手放しでそう言わせるって、そりゃ凄いっすね。このキノコとは大違いだ」

猿丸は和知の、マッシュルームの頭を叩いた。

「痛いな。何言ってるんです。僕だって師団長が認めるところの優秀な部下ですよ。そうじゃなかったら駐屯地に秘密基地なんか、貰えるわけないじゃないですか」

「馬ぁ鹿。誰が優秀じゃないって言ったよ」

和知は首を傾げた。

「なんです？」

「手放しで優秀、ってそう言っただろ。何なら自分で師団長に聞いてみろよ」

「いいでしょう。――ええ、師団長。僕も優秀ですよね」

真っ直ぐに見てくる目はいじましくないこともないが、嘘は吐けない。

「そうだな。まあ、お前は優秀なのは間違いないんだが」

「――あ」

「みろ」

猿丸が得意げだった。

「ああ。和知、猿丸君。噂をすればなんとやらだ」

矢崎は人混みの中に待ち合わせの男の姿を見つけた。

向こうが先に手を上げた。

「ぐえ」

妙な声を出し、和知が猿丸の背後に隠れるようにした。

「なんだよ、おい。じゃれつくな」

引き剝がそうとするが、和知はなかなか猿丸の背を離れなかった。

「じゃれてるわけじゃありませんけど」

「じゃあ、なんだ」

「僕、あの人苦手なんです」

「へえ」

猿丸は動きを止め、感嘆の声を上げた。

「なんです？」

「地球上にそんなのがいるのかと思ってな」

「いますよ。ほら、あの人、目から正義ビームみたいなの出してるじゃないですか」

猿丸が遠くに目を凝らした。

「出してっか？」

そうこうしているうちに、男はやってきた。

時間ちょうどだった。

「師団長。お待たせしましたか」

「いや」

差し伸べてくる手を握る。

巌《いわお》の感触だった。

次いで男は、猿丸の背に隠れている和知に目をやった。

和知は頭頂部を猿丸の背につけ、まるで馬跳びの姿勢だった。

「おう。和知二尉。久し振りだな。頑張ってるか」

柔らかな笑顔で、和知の背中を叩く。

どしっ、と突き抜けたような音がした。

他人事《ひとごと》ながら猿丸がうわっと顔を顰《しか》めるほどの、破壊力がわかる音だ。

すこん、と和知が膝を突く。

が、和知も陸自の男だ。

逞《たくま》しかった。

「ぐぬぅう。二尉じゃないです。昇任したんです、僕」

顔を真っ赤にしつつも訂正し、立ち上がる。

「おお。そうか。一尉になったのか。じゃあ、俺のすぐ下だな。おめでとう」

「うう。その言い方がなんかイヤだなあ」

男は八戸駐屯地の、風間彰三佐だった。

仙台で会おうという、海外派遣隊隊旗返還式での約束を果たした格好だ。

短髪は相変わらずだったが、炭ほどに焼けていた肌は少し色が抜けたか。

アフリカ大陸から日本に戻って、約一カ月半が過ぎていた。

風間は、和知から目を猿丸に移した。

「ああ。風間。紹介しよう。こちらは警視庁の、猿丸警部補だ」

「警視庁」

風間は一瞬怪訝《けげん》な顔をしたが、

「ああ。もしかして、鬼っ子君の」

すぐにそう理解した。

第十師団長時代、何度か部下の前でJ分室の話をしたことがあった。

例えば猿丸が守山に来た後とかで、もちろん公に話せる程度にだ。

岐阜分屯地の小隊長である風間は猿丸と面識はないはずだ。

が、理解したということは、矢崎の話かその伝聞かを、一度は聞いたことがあるということだろう。

「そうッスね。その鬼っ子の部下です」

「風間です。よろしく」

二人が握手を交わしたところで、店の選定は今や地元の和知に任せた。

その辺の土地勘のこともあって、連れてきたという面もある。

「よーそろー。ではお任せを」

横断歩道を渡り、稲荷小路通りに入った辺りに和知は店を見つけた。

稲荷小路通りは裏通り感が濃いが、その分、こだわりの店も多いという。

和知が選んだのは一階がカウンタのみで、二階がテーブル席になっている居酒屋だった。その二階だ。

風間がどこかにメールを打っているうちに、猿丸と和知と三人でまず上がった。

「ここは仙台湾揚がりの白身魚が美味いんですよ。あとハラコ飯とかも定番で」

ちょうど窓の下に通りを見下ろせる席が、団体客が帰ったばかりだということでゆったりと空いていた。

通りを背にして矢崎が座り、隣を風間用に空け、風間の正面に猿丸が陣取った。

和知は矢崎の正面というか、テーブルから斜めにずいぶん離れて座った。

ずいぶん嫌われたものだ。自分か、風間が。

風間がすぐに上がってきて、取り敢えず生ビールで乾杯した。杯を掲げ、乾杯は発声のみだ。

注文も和知に任せた。

猿丸がメニューを覗き込んで和知に指図をし、和知が愚図った。

いつ見ても、なかなかいいコンビだと思う。

用意周到動脈硬化な陸上自衛隊に、和知のようなフレキシブルな存在は得難い。ただ、身中の虫となる危険も孕《はら》む。

和知の傍に猿丸がいれば、とは断ち切れない思いでもある。

猿丸を盾ともし、盾の覚悟も学べば、和知はいずれ陸自を導くに足る男だと矢崎は確信していた。

思えば隣に座る風間も、いずれ陸自内で頭角を現すはずの人物ではある。

和知や風間といった若い面々が、これからの陸自を作る。

そんな男達を率い、巣立って行くと思えば矢崎の感慨も深い。

「いやぁ。美味い。師団長と呑むのは、本当に久し振りですね」

ジョッキを干し、風間が唇に付いた泡を拭いた。

矢崎も干し、共に二杯目を頼んだ。

「休暇中だと聞いたが」

そう、最初は予定の摺り合わせをと思った。それで、某かの訓練、あるいは任務遂行中では悪いと思い、駐屯地に連絡した。

自衛隊の場合、昼夜の別はない。

過酷だと言われればその通りだが、過酷だと思う人間は自衛隊にはいない、と矢崎は思っている。いたら、職を辞するべきだとも思う。

国防とは、そういう精神の上に成り立っている。

――風間はただいま、長期の休暇を頂いておりますが。

駐屯地職員の答えが、それだった。

気になった。

予定を組み直してもいいと思ったが、気になった。

それで、隊旗返還式のときに教えてもらった携帯番号に掛けた。留守電だったので、用件だけ吹き込んだ。

自分のスケジュールパターンを、三つほど。

〈すいません。携帯を置き忘れて出掛けました。二番のパターンでお願いします。初日の1830に広瀬通り、仙台FORUSの前で〉

返事は同日の夜に、プラスメッセージで入った。

歯切れのいい、簡潔なものだった。風間らしい。

ほっと胸を撫で下ろす。

それから、特に返信もせず、今日になる。

自分は到着して、風間も来た。

それでいい。

問題はない。

二杯目のビールが来た。

風間は口を付けてから、はい、と言った。

「代休年休、全部掻き集めて合わせました。海外派遣分もありますから、特例で二カ月貰ってます。正直、申請だけで許可されるとは思ってませんでしたから、自分としても驚いてます」

「骨休めか」

風間は頷いた。

「こう見えて、やはり南スーダンは異国でした。帰ってからも夢に見ます。師団長ならおわかりでしょうが、あまり、いい夢ではありません」

「そうか。そうだな」

PTSDという言葉が脳裏に浮かんだ。

過酷なら過酷なほど、傷は深い。

小日向純也という男がそうだ。

矢崎もどうだろう。

純也を発見した喜びが勝《まさ》ったこともあるが、それがなければカンボジアの夢を見たかもしれない。

銃声、爆音、悲鳴、怒声、饐《す》えた汗と濃い草いきれと硝煙の入り交じった匂い、そして目に染みるほど青いカンボジアの空を。

――すいませぇん。

間の抜けた和知の声が、そんな矢崎を現実に引き戻す。

白身魚のお造りとぉ、長ナス漬けとぉ――。

「手前ぇ、和知。牛タン忘れた振りすんじゃねえよ」

「だって飽きたんですもん」

「すもん、じゃねえ。口を尖《とが》らせるな。牛タンだ」

「仕方ないなあ。ひと皿だけですよ」

「なら別にステーキも頼め。前沢牛」

「えぇえぇっ」

小さな笑いが聞こえた。

和知と猿丸の掛け合いに目を細め、風間がビールジョッキを傾けた。

七

頼んだ料理がすべて、テーブルに並べられた頃だった。

矢崎はジョッキを傾け、店内を見回した。

二階のテーブル席は、いつの間にか八割方まで埋まってきたようだった。

幾種類も混ざりあった会話が賑やかで、弾んで聞こえた。

お代わりぃ、と和知と猿丸が競うようにジョッキを高く掲げた。

と――。

風間の携帯が音を発した。着信メールがあったようだった。

「うおっと」

携帯を眺め、風間は頷いた。

「師団長」

矢崎を見て、白い歯を見せる。

「今日は他に、ゲストもいるんですが」

「ゲスト？」

「ええ。さっき、店に入る前に連絡しといたんです」

「そうか。ちなみに、それは私も知っている人かな」

部下ですよ、と風間が笑いつつ、

「私と同じ、師団長の部下です。あの隊旗返還式の後、呑んだんです。いずれ師団長と会うって言ったら懐かしがって、こっちで落ち合うことになったんです。最初はただ、酒の勢いかと思ってたんですが」

と、そう言ったときだった。

ドヤドヤとした足音が、階段の方から聞こえた。

「おっ。あそこみたいだぞ」

「えっ。どこだって」

酔客の賑わいを割って届くような、やけにでかく、陽気な声がした。

上がってきたのは風間に輪を掛けた、肉の塊のような二人だった。

白い半袖のポロシャツから突き出た腕が黒い丸太のようで、麻のスラックスはまず腿《もも》の辺りではち切れそうだ。

身長は一人が百八十オーバーで、一人が百七十そこそこか。そこに現れただけで、熱波のように感じられるエネルギーが半端ではなかった。

もっとも、現役の陸上自衛隊にはそんな輩が大勢いる。

現れた二人も風間が言うように、元矢崎の部下の、現役の陸自の男達だった。

「おお。堂林《どうばやし》に土方《ひじかた》じゃないか」

「あっ。堂林と土方っ」

声とすれば別々だが、矢崎と和知が同時に名前を呼んだ。

加えて、

――うわ。和知だ。

――げっ。和知二尉っ。

と、肉の塊から発せられた声もほぼ重なった。

「二尉じゃない。一尉だ」

和知が席を立ち、ビシリと割り箸を突き付けた。

百八十オーバーの堂林がまず近寄り、和知の手ごと割り箸をつかんで上方に引っ張った。

腕に肉のよじれが浮かんだ。

「ああ、一尉ね。って、だからどうした。居酒屋で刺身つまんで、一尉も二尉もないだろうが」

「あるぞ」

「じゃあ、おめでとうさん」

「有り難う。金返せ。ついでに祝儀も出せ。——土方も笑うな。お前も同罪だぞ」

和知も吊り上げられる格好で、けれど負けていなかった。

「なんすか。俺、金なんか借りてませんし、祝儀はイヤです」

そう言いながらも土方はにやついた。

「惚けるな。守山の僕の部屋からへそくり持ってったろう」

「持ち出したのは堂林さんですよ」

「お前がセキュリティを壊しまくったんだろうが。防犯カメラを映した防犯カメラの防犯カメラにしっかり映ってるんだ」

「なんです。それ？」

「相手にするな。土方」

堂林が土方を制し、和知の手を離す。

和知が普通に、床にころんと転がった。

「和知。ありゃあ、慰謝料だ」

「僕は医者じゃないぞ」

和知はまるで起き上がり小法師のように上体を起こした。

「阿呆が。勝手に俺らの身体ぁ、カレンダーにしたのはそっちだろうが」

「いいじゃないか。減るもんじゃないし、顔も出してないぞ」

「そういう問題じゃない。小学生か、お前は」

「仕方ないだろ。欲しいって言う女性自衛官が全国にいたんだ。それにお前だって一回は了承したじゃないか。使用料も払ったぞ」

「裏で売り買いするなんて聞いてねえ。人の身体ぁ、プレミアまで煽《あお》って裏で売るな。裏で」

――。

なんとも、今のままではやはり、和知に陸自を預けると危ないというのも、矢崎の中では確信に近い。

「わはは。やれやれぇっ」

三人の遣り取りを見て、そろそろいい調子の猿丸が囃《はや》し立てる。

「和知は、変わりませんね」

風間も楽しげに見ながら、通り掛かりの店員に新規のビールを二人分頼んだ。

「師団長。私同様に、二人とも守山以来ですか」

「ああ。そうなるな」

矢崎は深く頷いた。

堂林圭吾《けいご》一等陸曹と、同じく土方保明《やすあき》二等陸曹の、ともに二十代の若き日の姿が目に浮かんだ。

二〇一二年の、ハイチPKO最終派遣第七次隊にも選抜された二人だ。

部隊は真夏の八月に出発し、大雪の降る守山の、クリスマスイブに帰国したことを覚えている。

「今回の、第十一次派遣大隊で一緒だったんですよ。離れてはいましたが」

「派遣。ああ。そう言えば」

その後、年が改まり、三月に二人は秋田の第二十一普通科連隊に転属となった。

陸自において下士官の転属は主に近県が多いが、二人は特に秋田駐屯地に転属となった。

その三年前から即応近代化師団（ゲリラ・コマンド対処型）に改編された、連隊幹部要員として請われたからだ。

つまり、極めて優秀ということでもある。

「ああ。そうか。二十一連隊は第九師団だったな」

そう、第二十一普通科連隊は第九師団隷下だ。

「返還式では見掛けなかった」

「ええ」

風間はジョッキを傾けた。

「彼らは、こっちの師団からの派遣ではなかったので」

「ん？　どういうことだ」

「二十一の後、元守山の連隊長だった藤平《ふじひら》さんに引っ張られたようです」

「藤平に？　ほう。なら」

風間は頷いた。

「はい。中即団です」

中央即応集団とは、有事において冷静かつ迅速に行動及び対処をするために、防衛大臣直轄の機動運用部隊として二〇〇七年に創設された部隊で、国際平和協力活動においても機能する精鋭部隊だ。

二人の守山時代の、第三十五普通科連隊長だった藤平は、矢崎の退官直後の春に、中央即応集団司令部幕僚副長として異動している。

「コラァ、堂林ぃっ」

「なんだぁ。和知ぃ」

「早く帰れぇ。もう来るなぁ」

「せっかくの有給だぞ。簡単に帰れるかあ」

「そうだそうだぁ」

まだ、和知と堂林達の遣り取りが続いていた。

若い連中に目を細める。

次第に矢崎も、守山にいる気分になった。

あの頃は毎日が賑やかだった。

頭でっかちも筋肉馬鹿も混在で、毎日何かしらの騒動があった。

どこかで誰かが怒鳴り、怒鳴られていた。

楽しかったと言えば語弊があるが、辛いことなどは一つもなかった。

懐かしく、今更ながら遠い日々だ。

返せぬ日々を肴《さかな》に、幾ばくかの熱燗《あつかん》を嗜《たしな》みつつ時を過ごせば、もう一軒行くか、と知らぬ間に口から出ていた。

元部下の四人は何事もなかったように、ウッスと、はぁいと返事をした。

どうしたんすか、と目を丸くするのは猿丸だけだ。

「気にするな。昔に酔っただけだ」

それからまた和知のチョイスでもう一軒行って、カラオケにも行った。

久し振りに、浮ついた気分だった。

悪くない。

中即、歌えぇと和知が騒いだ。

第九施設大隊、歌うぞぉ、と風間が立ち上がった。

堂林が手を叩いてガハガハと笑った。

「いやあ。楽しいっすねえ。南スーダンには、カラオケなかったもんなあ」

土方が何リットル目かのビールジョッキを傾けた。

たまにはこんな夜も、悪くない。

心の底からそんなことを思った。

と——。

猿丸の携帯が明るくなった。どこからか連絡のようだった。

部屋を出て、すぐに帰ってきた。

表情に少し、硬さが見られた。酔いが飛んだという感じか。

相手は公安の腕利きだが、そのくらいは見抜けるほどに、人としての付き合いも長くなった。

「どうしたね」

風間のがなり立てるような歌声の中で、猿丸に身を寄せて聞いてみた。

「いえね。まあ、すぐにどうってこっちゃないんですけど。とにかく、海には一緒に行けそうもないっすね。東京に戻ることになりました」

猿丸は携帯のメール画面を呼び出し、矢崎に向けた。

発信者は純也だった。

〈休暇中に悪いんだけど、岡副《おかぞえ》前防衛省顧問が殺された。関係はわからないけど、括りからしたら案件に絡んでくる気がしないでもない。人手不足。一度、電話が欲しい〉

そう書かれていた。

「なんだと」

思わず声になった。

猿丸がさりげなく唇に手を当てた。

当然だろう。外部に漏らしていい話ではない。

「ああ。すまない」

矢崎もそんなことは重々わかっているが、それでも声が出たのは、何度も会ったことのある知己人物だったからだ。

殺された岡副一誠《いっせい》は内閣官房審議官から統合幕僚監部の統括官となり、その後防衛省顧問を務めて職責を全うした男だった。

前年にはその功績によって、瑞宝大綬章を叙勲しており、その祝賀会には鎌形と一緒に矢崎も招待された。

「まあ、仕事なら仕事でいいんですけど」

猿丸は携帯をしまって頭を搔いた。

「なんだね。難しいことでも」

「なんか俺、休暇中だったみたいです」

そっちかね、と思わず矢崎は口にした。

第四章　告別式

一

「へぇい。今帰りましたよ」

猿丸が翌日、J分室のドアを開けたのは午前十一時を回った頃だった。

恵子がいて、奥の定席で純也がコーヒーカップを掲げた。

鳥居の姿はなかった。

「ほいよ。恵子ちゃん」

まず受付のカウンタに紙袋を置いた。仙台土産ド定番の〈萩の月〉だ。

貰って文句を言う人はいないですよ、という駅ビルの売り子の姉ちゃんの言葉に、そういうものかと思った。

なるほど、と納得したのでまとめて十箱買ってきた。

こういう土産を選ぶのも楽しみという奇特な人もいるようだが、猿丸にそういう趣味はない。

土産はいわば、現場不在証明だ。どこに行ってきたかがハッキリわかればそれでいい。

「また、甘い物どっさりですね」

恵子が笑ってコーヒーを出してくれた。

濃く淹れてそのまま冷やしたアイスコーヒーだ。氷は使わない。

「いや、仙台も暑かったけど、こっちも暑っついわ」

一気に飲み干す。

美味かったが、感想は暑さというより、二日酔いに対する身体の希求からくるものかもしれない。

「朝の天気予報で梅雨が明けたって言ってましたよ」

萩の月をひと箱出しながら、恵子がそんなことを言った。

「道理でね。それにしても、ずいぶんな空梅雨だったよな。反動がなきゃいいけどな」

「反動って？」

「そうね。台風がこう、ドバッとくるとか。冬がクソ寒《さみ》ぃとか」

開けた箱から二個を貰い、ドーナツテーブルに向かって一つを純也に渡した。

「ああ。ありがとう」

純也が受け取る。飲んでいたのはホットのコーヒーだった。

どちらかといえば、萩の月はそっちに合うだろう。

「そう言えば、メイさんは今日は？」

「カイシャ内を漫《そぞ》ろ歩いてるよ。事件の詳細を知りたいからね。今頃はそうだね、検死官の所かな」

「なるほど。本当のホヤホヤなんすね。湯気が立ってるってやつだ」

背後から、セリさん、と恵子の声が掛かった。

「甘い物が甘くなくなります」

「おっと」

そんな感性も戻ってきたかい、とは言わない。壊れた心の、回復度合いを知る感じだ。

純也に顔を向ければ、片目を瞑って頷いてみせた。

「そっちはどうだった」

萩の月の包みを開けながら聞いてきた。

「そっすね。例の徽章についちゃあ、指示通り預けて来たって感じっすね。色々あって、やる気スイッチは入ったみてえです」

「うん。それでいい。他には？　夜はずいぶん盛り上がってたみたいだけど」

「そっすね。いや、自衛隊呑みの本領を見たって感じっすか。師団長の元部下達ってのも集まりまして」

「うわ。凄そうだね」

「ビールとサワーの、〈炭酸ガロン呑み〉ってやつです。十人もいて本気出したら、ありゃあ、バレル呑みも夢じゃないっすわ。ホントに自衛隊、いえ、陸自ってなあ恐ろしいとこで」

純也が萩の月に目を細めながら聞いていた。

矢崎と和知と、その他の昔の部下達の話。

「へえ。南スーダン」

萩の月を食べ終え、純也はキャスタチェアに足を組んだ。

「そりゃ大変だっていうか、そう、第九の施設と中即か。まあ、師団長は師団長だったって改めて思うね。万を超える元部下が、現実として全国にいるんだろう。つまりは、どこに行ってもキチッとしてなきゃいけないっていうか、悪さはできないってことでもあるのかな」

「かあ。息が詰まりますね」

「セリさんならね」

「いや、分室長。俺ぁ、――まあ、違わねえっすけど」

恵子が笑って、萩の月を千切った。

と、分室のドアが勢いよく開いた。

「お、帰ってきたかい」

とは、戻ってきた鳥居だった。

「仙台はどうだった？」

「和知のまたバージョンアップした基地見て、夜の国分町で酒呑んだだけです」

「かぁ。だけってよ、国分町の酒ってだけで十分じゃねぇのかい。贅沢《ぜいたく》言いやがって」

「師団長と和知と一緒ですよ」

「ああ。そうだったな。そりゃ、ご苦労さんよ」

恵子の差し出す、こちらはホットコーヒーを右手に、左手で萩の月を一つ摘《つま》み上げた。

「メイさん。拾えるものはあったかい？」

純也の後ろから窓側を回り、自分の席につこうとする鳥居に純也が声を掛けた。

「そうですね。まあ、捜一に混じって動けるほどには。って言っても、直接犯人につながる物なんざ、何一つありませんがね」

「ふうん」

純也は壁の時計を見た。

「そろそろ、昼だ。土用の丑《うし》には五日ばかり早いけど、鰻、行こうか」

「おっ」

鳥居が思わず手を叩く。

鰻は鳥居の好物だ。

猿丸も嫌いなわけではない。自分抜きで行かれると恨みがましい言葉の一つ二つは言いたくなるくらいには、まあ、好きではある。

なので、いいっすねと同意した。

「じゃあ、こいつは後にしとこう」

と鳥居がコーヒーだけ飲み干し、コートハンガに掛けたジャケットのポケットに萩の月を入れた。

ちゃちゃを入れるつもりは猿丸にはない。

鳥居は気の利いた、あるいは洒落た茶菓子が出るとそうしてポケットに入れ、愛娘のために持って帰るいい父さんだ。

恵子の、行ってらっしゃいの声に送られ外に出る。

純也はジャケットを着たが、鳥居と猿丸は開襟シャツ止まりだ。鍛え方が違う、と素直に認めて無理はしない。

純也が同行なら、特に猿丸は身一つの盾でいいのだ。

無理にヒップホルスターにジャケットを羽織って大汗を掻き、熱中症にでもなれば盾としてのパフォーマンスは表せない。

一階でエレベータの扉が開くと、待っていた人の中に受付の、菅生奈々の顔があった。

猿丸が口を開こうとすると、

「分室長」

と向こうから先に声が掛かった。

猿丸としては透かされた格好だ。

上げようとした手が泳ぎ、オラよ、と下げてくれたのは鳥居だ。

「分室長にお客様です。上に内線掛けたら、今ちょうど降りますよって大橋先輩が」

「え。僕に」

「はい。あそこに」

奈々は背後を振り返り、受付の斜め前を示した。

人待ち顔の何人かがいたが、恐らく純也と目が合って、手を上げた男がいた。

少し猫背の、長身の男だった。外務省の名前が印刷された茶封筒を抱えていた。

少し、表情が硬いか。

「二人とも、先に行っててくれるかい。ああ。僕の分も頼んでおいてくれるとありがたいかな。メイさんと同じ物で」

鳥居が、ヘイと返事をした。

「ありゃ、誰です」

猿丸が聞いた。

「田戸屋」

聞いた名前だった。

純也を残して、鳥居と二人で鰻屋に向かった。

日比谷公園近くの、晴海通りに面した老舗の鰻屋だ。小上がりがあって便利なので、J分室でたまに使う。

ちょうど昼どきで、鰻屋は混んでいた。

ただ小上がりだけは、出掛けに予約しておいたから場所としては空いていた。

鳥居が松を二つ頼み、猿丸は梅を頼んだ。

「んだよ。小食じゃねえか」

「へへっ。まだ昨日のが残ってんで」

「ちっ。暴飲暴食の結果が小食ってか。笑えねえな」

「反論はまったくないっすね」

出された茶を飲んだ。

待つ間に、

「恵子ちゃん、いい感じっすね」

鳥居にも聞いてみた。

「そうだな」

「いつまで置いとくんすか」

「ああ?」

「恵子ちゃんっすよ」

「ああ」

鳥居も茶を飲んだ。

「俺も言ったな。だから分室長も考えねえじゃねえんだろうけど。離すのはどうなんだろうな」

「まだ駄目なんすか」

「お前ぇは夜、ちゃんと寝られるようになったかよ」

「いや、それを言われると」

「遠くて近く、近くて遠い場所があれば、いいんだろうけどよ」

「なんすか、それ」

「天竺《てんじく》」

「へ?」

「前に愛美がＤＶＤで見てた西遊記だったかな。最後にお釈迦《しゃか》さんが三蔵《さんぞう》一行に示した言葉だ」

「西遊記っすか。なら、分室長が三蔵法師で、俺が猿で孫悟空《そんごくう》で、じゃあメイさんは――へへっ。猪八戒《ちょはっかい》」

「馬ぁ鹿。そもそも一人足りねぇだろが」

そんな話をしていると、純也が現れた。

先程の田戸屋が持っていた外務省の茶封筒が、純也の手にあった。

「あれ。早いっすね」

猿丸は手を上げ、茶をもう一つ頼んだ。

「そうだね。ちょっとフラれた感じかな。けんもほろろとまではいかないけど。けんもふるる、へれれって感じかな」

ジョーク、なのだろうか。

「けどね、取り敢えず資料はもらった。ただ、これ以上のことはできないって、そんな話だったよ。メールも危ないっていうか、記録に残したくないってことで紙で持ってきた。まあ、その辺は律儀な男だ」

「そんな重要な書類なんですか」

「いや。書類自体は大したことない。聞いたことの詳細か、周辺パーツそんなところだろう。問題は、そのことを田戸屋が調べようとしていたという事実だ」

「へえ」

「これ以上は、だから深入りしないって言われた。仕方ないけど、僕も友達はなくしたくないからね。ま、駄目なら駄目で、はっきりしてる方が他の手段を考えやすい」

「そりゃそうっすけど」

ちょうどそこへ、

「お待ちどお様でぇす」

と、鰻がやってくる。

「おっ。来た来た」

鳥居が手を叩く。

それぞれに行き渡ったところで蓋《ふた》を開け、掻くように食う。

土用の鰻は、やはり舌に格別だ。

胃の中では昨日の仙台の名物らと大喧嘩を始める感じだが、やむを得ない。なるに任せる。

「ああ。そうだ。セリさん」

純也が顔を上げた。

「内容は後で話すけど、重要度が繰り上がったり繰り下がったりで、ひとまずこっちはメイさんに任せる。だからセリさんは、食べたらまた、仙台に行ってくれるかい」

「へ？」

よくわからなかったから、気の抜けた返事になった。

「次の手段がね。今日は向こうで海水浴を楽しんでるみたいだよ。繋がらないから」

ああ、そういうことで、あの人か。

「別に構わないっすけど」

箸を置き、猿丸は腕を組んだ。

「なんだい、セリ。難しい顔しやがって」

鳥居が重箱の向こうから覗いてくる。

「いやね。次の土産、何がいいっすか」

「けっ。馬鹿臭ぇなあ」

早く食えよ、と言いながら鰻を搔き込み、鳥居が派手に噎せ返った。

二

猿丸を乗せた新幹線が仙台駅に滑り込んだのは、午後の七時近くだった。

まず鰻屋で鳥居のよもやま話に捜査状況を聞き、分室に戻ってから外務省の田戸屋からの資料を精査した。

その後、純也の方針に従って役割を確認し終えたのが、だいたい二時半過ぎだった。

それから猿丸もためしに、矢崎の携帯に連絡を入れたのだが、圏外だった。

仕方がないので、和知に掛けた。

――おっと。これがセリさんの、今の携帯番号ですかぁ。

「そういうこった」

半年ごとに一度、契約ごと番号を替える携帯の番号もアドレスも、別にその都度和知には教えていない。

和知との関係は矢崎を通じ、公安としての〈作業〉が絡むときだけでいい。

「早速だがよ」

矢崎の居場所を尋ねると、

――海は海だと思いますよぉ。金子司令がそう言ってたんで。僕は日焼けが嫌いで海の匂いが得意じゃなくて、今日は公休日でもないしそんなんで有給消化するなんて論外なんで行かなかったですけど。圏外だとすると、やっぱり海なんじゃないかなぁって思うくらいで。おそらく浜辺で携帯のGPSも電源電波の探知もできないんですよね。でも、セリさんがどうしてもって言うなら奥の手で。

「なんだよ。奥の手って」

――〈クモノス〉をですね、内緒ですけど防衛省のホストコンピュータと並列クラスタに繋いで展開すれば。

「いや、いい。なんかあったら頼まあ」

となって、まずは待機した。

所在がはっきりしないまま仙台に向かっても空振りになる可能性もある。

小所帯のJ分室では、何事も無駄は厳禁だ。

矢崎からようやく連絡があったのは、四時半を回った頃だった。

——いや。悪い悪い。浜に出たら圏外でね。気付かなかった。

「気付かなかったたって、二時間も甲羅干しっすか」

——何を言っているんだ。浜辺だぞ。浜辺と言ったら、走るに決まっているじゃないか。

「ああ、はいはい。さいですか」

それから支度を整え、五時半近くの新幹線に飛び乗った。

矢崎とは前日と同じ店で待ち合わせた。

ライターを貰っていたので、予約は猿丸がした。

店に到着したのは、七時半過ぎだった。

矢崎は先に入っていた。風間三佐も和知一尉も同席だった。

中即団の二人はいない。たしか昨日は有給だと喚いていたから、今日は帰隊したのだろう。

いてくれても構わない、どころかむしろその方が情報収集に厚みが出た気はするが、仕方ない。

少なくとも、師団長以下二人もいれば、駒は揃っている。

「多くは言いませんが、それなりには聞きたいことがありまして」

矢崎は頷いた。風間は怪訝な顔で、和知はどこ吹く風だ。

「ミスト、あるいは特務班についてですが」

けくっ、と変な音で喉を鳴らしたのは和知だった。

ちょうど、猿丸が注文した生ビールが運ばれてきた。

この日、正午前の純也と田戸屋の会話は、次の言葉から始まったらしい。

「小日向。お前は外務省と自衛隊の関係を、どこまで知っているんだ？」

受付前でいきなり言われたようだが、内容が深いものであることは言わずもがなだった。

それから純也は場所を、日比谷公園のベンチに移したらしい。

いつもの〈密談〉の場所だ。

「防衛駐在官や警備対策官に関してだ。川島さんと根本さん。特に根本さんの部署は、その派遣に関する諸手続きの受付・処理も担当していたようだ」

田戸屋はそう言ったという。

純也がその辺のことは弁えている前提だったようだ。

鰻屋から分室に帰ってまず、純也がレクチャーしてくれたのはこのことだった。

防衛駐在官とは、在外公館において軍事や安全保障に関わる情報収集や交流等を任務とする外交官、外務事務官のことだ。日本の場合は自衛官が派遣される。警備対策官も在外公館の警備立案を任務するだけで、派遣に関する諸条件は防衛駐在官と同様だ。

ただし、どちらも自衛官でありながら在外公館においては、外務大臣及び在外公館長の指揮監督下に入る職員となる。防衛省への連絡通信、情報伝達もすべて、外務省経由となるのだ。

「それがわかった上で言えばな。各国大使館の駐在武官にも、特にインテリジェンスに特化したのがいるようだし、それなら、逆もしかりだろうってことは、中《あた》らずといえども遠からずで、当たらず触らずが本来なら正しいのかもしれない」

田戸屋は猫背をさらに丸め、項垂《うなだ》れるように言ったという。

インテリジェンスは諜報・防諜と訳される。スパイ活動のことだ。

つまり、自衛官に防衛駐在官や警備対策官として職員の資格を与え、日本国在外公館に自衛隊からインテリジェンスを派遣する外務省側の省庁間窓口が、根本の部署だった。

「資料にも書いてあるが、いや、資料を眺めただけで小日向、お前なら外部の人間でも推測はできるはずだ。だから先に言うが、川島さんと根本さんの接点はちょうどその辺、なんだと思う」

時はちょうど、七月に国連安保理において国連南スーダン共和国ミッション（ＵＮＭＩ

ＳＳ）が全会一致で採択され、日本においても陸自施設部隊の派遣が閣議決定された頃だった。

防衛省は現地の治安を不安視し、徹頭徹尾、施設部隊の派遣には反対の立場だったが、国連平和維持活動への参加を外交カードに使いたいとする強い要望を以て、外務省側が押し切ったという。

当時からこのことはマスコミ各社が大々的に報道して周知のことだったが、

「そう。派遣を強引に押し切った、こちらにすれば立役者が、川島さんだったんだ」

マスコミにも出ていない名を、田戸屋は断言した。

川島が国際情報統括官組織の統括官から総合外交政策局長を経て、二〇一一年六月に外務審議官になったというのは、湯島で田戸屋に会ったときの情報として、純也から猿丸も聞いていた。

国際情報統括官組織は外交情報の収集・分析を専門に行う部署で、総合外交政策局には国際テロ情報収集ユニットという部署も近年新設され、ＰＫＯに関連する国際平和協力室もある。

「ここから先はもう、俺にはわからない。ただ、このＰＫＯ南スーダン派遣で、外務省を背負って陰で動いていたのは川島さんだった。その川島さんの手足が根本さんだったって話なら、あの平凡な根本さんが出世できた理由にはなる。まあ、俺が知りたかった、上への近道でも抜け道でもなかったがな。言うなら、地下道か」

川島は外務省のインテリジェンスを推進するために国連南スーダン共和国ミッションへの参加をアピールし、もしかしたら根本を使って防衛駐在官等の窓口業務において、派遣を渋った防衛省と何らかのコンセンサスを取った、のかもしれない。

田戸屋はそこまでで、ベンチを立った。

最後に純也に向かい、

「そこで、俺は今の総務課企画官に聞かれた。根本さんの次だ」

――田戸屋。ミスト、あるいは特務班って言葉、聞いたことあるか。

そう聞かれ、ないと答えたようだ。

すると、

――ないならいい、いや、ないならもう聞くな、俺も言わない。

と言われたという。

「小日向。悪いがここまでだ。俺は外務省で上を目指し、いずれドロップアウトして警備会社のトップに収まる。そんな人生を思い描いてる。根本さんを色々言ったがな。俺も大きな意味じゃあ、その程度の平凡な男だ」

それが、田戸屋の話のすべてだった。

猿丸はこれらの話を、圧縮というより掻き壊して話した。

こういう出所のあからさまに離れた情報すべてを伝え、理解してもらう必要はない。それは漏洩にもつながり、下手をしたら無関係な面々を巻き込むことにもなりかねないからだ。

駆け抜ける説明の時間は、常にだいたい決めている。

ホットコーヒーか中ジョッキなら一杯、アイスコーヒーなら一杯と水。

その程度だ。

「もう一回言いますけど、ミスト、あるいは特務班についてですが、何か知ってますかい？」

「ふむ。ミスト。ミリタリー・インテリジェンス・スペシャリスト・トレーニングか」

矢崎が腕を組んだ。

「おっ。早速当たりですか」

猿丸は手を打ったが、矢崎はほぼ同時に首を振った。

「いや。これはその昔、日米間で締結された協定の名称だ。朝霞《あさか》のキャンプ・ドレイクで訓練が開始されたことは、知識としては知っている」

「ありゃ。それだけっすか」

猿丸はジョッキを傾けた。

いい感じに冷えたビールだった。

「それだけといえばそれだけだが。ただ猿丸君、警視庁も同じじゃないかね？　たいがい、こういう訓練が始まると、そのものをチーム名にするとか。私としてはネーミングのセンスを疑うが」

「ああ」

カフェノワール、という言葉が浮かんだが、特には言わない。

とにかく、と矢崎は続けた。

「かつて陸幕二部にそんなものがあったと聞いたような気がするが、聞いた瞬間に溶けたようだ。手を替え品を替え、陸自の奥深くのどこかで生きているようでもあるが。和知、お前ならわかるか？」

いきなり振られ、

「さあ。どうだったかなあ。昭和な話なんで、さすがに、どうかなあ」

明らかにあからさまに怪しいが、この場合は泳がせる。

和知は陸自の男で、猿丸は警視庁公安部の男だ。

利害が一致すればタッグも組むが、相反すれば難《かた》く口を閉ざす。

そうなった場合の手練手管は、お互いに幾通りもあるだろう。将棋や囲碁の読み合いのようなものだ。

まあ、和知とだと千日手、三劫《さんこう》の可能性は捨て切れないが。

苦笑してジョッキを空け、この夜はバーボンソーダを頼んだ。

以降は、手探りにして読み合いのような呑み会になった。

最後に、情報を振るように聞いてみた。

「Jファイル、ご存じですか」

「ん？　それは、あれかね」

即座に反応したのは矢崎だ。

ただこの場合は、音として周知の言葉だったからだろう。

「あ、いえ。師団長のご存じの物ではないです。別の物。この、今の話に関わりそうな物っすけど」

「ジョーカー」

それまで黙って聞いているだけだった風間が、ぼそりと言った。

「ん？　知ってんのかい？」

問い掛けると苦笑をみせた。

「いや。Jって言葉からふと思い出したもんで。そんで、口にしてみただけです。特殊作戦群以上の、それこそ霧とも霞《かすみ》とも、ミストってのにも引っ掛かって。ジョーカー。そんな連中がいるとかいないとか。なあ和知。お前、知ってるかい？」

和知はビールジョッキに口をつけたまま、マッシュルーム頭を左右に振った。

「和知が知らないんじゃ、都市伝説、いや、これこそ、陸自伝説ってやつかな」

風間が言いながら、顔に散らばったジョッキの水滴を拭った。

三

同夜、猿丸を送り出した純也は、最後は一人で分室に居残っていた。

基本、恵子は定時で帰すことにしていた。

定時に登庁し、定時で退庁させる。

普段というものを穏やかな波のように繰り返し、精神を安定的なものに整えるのが上司としての自分の務めだと認識していた。

(いや、これは詭弁《きべん》だな)

上司ではない。

彼女の胸を撃ち抜き、心を壊した張本人としてだ。

永劫の責任、背負うべき罪業。

それももう、数えれば三年が過ぎようとしていた。

合わせてもうすぐ、犬塚の命日も来る。

恵子は三年で、思うよりずっと心を戻していた。

きっともとより、心がしなやかで強い女性なのだ。

そろそろ離すべきなのかとも思うが、反動を考えると躊躇われるところもある。

窮鳥を懐から放つには自然の怖さ、恐ろしさを再認識させることもまた、優しさであり配慮であり、必要なトレーニングだろう。

「その辺が、問題だね」

純也は果てない思考をとどめ、窓辺に寄った。

窓に映る自分がいた。

それ以外、誰もいない分室内とは空疎なものだ。

純也の心、そのものか。

（いや）

空疎でも、無明ではない。

自分を映す光がある。

朝が来れば仲間が来る。

それだけでも、まずは十分だ。

それにこの夜、鳥居は分室にいないだけで、同じホンシャ内にいて頑張っていた。

岡副前防衛省顧問が殺された件で、碑文谷《ひもんや》署に帳場が立つことが決まった。

今のところ岡副についてはワンクリックで調べられる略歴くらいしかわからないが、それだけでも捜査陣よりJ分室にアドバンテージはあった。

田戸屋が言っていた国連南スーダン共和国ミッションをフィルタに掛ければ、その当時岡副は内閣官房審議官から統合幕僚監部の統括官になったばかりだ。

内閣と陸自を繋ぎ、外務省に対する立場として、十分以上に関係はありそうだった。

その繋がりが殺される理由だとすれば、果たしてバラクラバの男は実行犯なのか。あるいは、どう関わるか。

互いに情報戦なので、無防備ノーガードで聞くことはしないが、国テロの氏家はまだこの一件に触ってはいないようだ。その辺の確認はオズの中のスジから取れている。

逆に氏家なら、誘い水を掛けるという意味で野放し、いや、野晒しにするかもしれない。

そうして、そうまでして、潰し切れないなら弾く。

辺り構わず、木っ端微塵に。

優秀ではあるが、氏家はそんな手法も最後には厭《いと》わない男だ。

だが、

(まあ、キーさえあれば、こっちで潰すさ)

鳥居には翌日から、帳場へのアクションを指示してあった。

幸い、鳥居が昔から子飼いにしている係長が所轄からも本庁からも揃うようだ。

それでまず捜一の担当係に探りを入れるべく、今もホンシャ内を動いていた。

──へへっ。今回は、南へ北へのセリにゃあ悪いっすけど、こっちは楽にやらせてもらいますわ。

出掛けに、鳥居はそんなことを言っていた。

そのセリこと、猿丸から連絡が入ったのが八時半過ぎだった。

内容は端的にしても、少しばかり長電話になった。

最後には、

「そうか。ご苦労様。──ああ。そのくらいはいいよ。泊まってくればいい」

通話を終えたのがついさっきで、そのときでもう時刻は九時を回っていた。

新幹線の最終には間に合うが、少し忙しいだろう。

事態はまだ混沌として、そこまで切迫しても煮詰まってもいない。

電話を切って、コーヒーメーカをセットする。

すると、計ったように分室に入ってくる者があった。

恵子だった。手に、最近日比谷界隈で話題だというベーカリーの紙袋を持っていた。

「あれ？」

「今日はきっと遅いと思ったので」

紙袋を掲げる。

「気が利くね。ああ、これはあまり褒め言葉じゃないね」

「いえ。そう取っておきます。でも、鳥居主任もきっといらっしゃると思ったんですけど」

笑ってドーナツデスクに紙袋を置き、中身を並べる。

数種類のサンドイッチだったが、なるほどすべて二セットずつあり、数は多かった。

「私も頂こうかしら」

「いいけど」

「邪魔はしません」

ちょうど、コーヒーができ上がったようだった。

ショルダーバッグを置き、恵子が二杯のコーヒーを注《つ》いだ。

それぞれの位置で、コーヒーを飲む。

緩く流れる、静かな時間があった。

サンドイッチを口に運びながら、純也は思考に埋没した。

繋がってくるものがいくつもあった。

同じ数ほど、浮かんでは消える泡もある。

霧の向こうから、ＭＩＳＴ。特務班。

外務省の川島、根本。

バラクラバの男。

国連南スーダン共和国ミッション。

どこの誰、馬の骨。

そして、防衛省の岡副。

「こんな時間が、続けばいいのに」

恵子がコーヒーカップを両手に包むようにして囁いた。

祈りに似ていた。

純也の思考が、一点に収斂《しゅうれん》した。

濃い霧の中はまだ間違いないが、五里の霧ではない。

おそらく感覚では、半里もあるかないか。

掻き乱せば払うことはできなくとも、一瞬の晴れ間なら見出せるかもしれない。

ならば危険も込みで霧の外に手を伸ばし、直に触ってみる価値は十二分にあるだろう。

「そう。政治家も一線を引くと、ときに馬の骨、かな」

呟きは、恵子の吐息にも似た溜息に絡んで溶けた。

「え？　何か言った？」

「いいえ。何も」

「そう」

純也はおもむろにスマホを取り出し、電話を掛けた。

すぐに出ないのはいつものことだったが、鳴らし続けた。

時間的にまだ寝静まる頃でなく、通常国会も閉会しており、特に災害対策本部なども立っていない。

ならば電話に出ない、ということに気を使う必要は皆無だった。そういう相手だ。

――なんだ。

やがて前置きもなく、繋がった電話の向こうで男はそう言った。

現内閣総理大臣、小日向和臣だった。

「お聞きしたいことがあります」

純也も、だからといって特に恐縮することも構えることもせず、淡々と告げた。

父ではあるが、父とはすべからく壁であり、純也の場合は敵でもあり、ただ、母香織が愛した男という一点で平坦になる。そこ止まりだ。

「三田さん。お元気ですか。――いえ、そっちじゃありません。ああ。そうですね。お元気という意味にも色々あります。日本語は難しい。まだ生きていらっしゃるかどうか。そう、倒れたというニュースはだいぶ以前に聞いた覚えがありますが、無礼を承知で言えば、死んだという報道は聞いておりませんでしたので。――なるほど。板橋の病院ですか。了解です」

それから少し、依頼のような進言のような話になって電話を切った。

それにしてもわずかな時間だ。

恵子の両手は、まだコーヒーカップを包んでいた。

「また火中に栗拾い、ですか」

「そんなことはないさ。これは間違いなく、正義の実践だよ。誰かがやらなきゃならないことだしね」

恵子が黙って見詰める。

純也は肩を竦め、チェシャ猫めいた笑みを見せた。

「ま、火中で生きるのが僕の人生。それも間違いじゃない。無明から望むべくは、真っ赤な炎だったりする。窓に映る無人の部屋よりも、僕を蠱惑《こわく》する」

恵子が、ショートボブの髪を傾けた。

「可哀想、と言ったら、分室長は怒りますか?」

「いや。笑って聞き流すだけさ」

「可哀想な人。誰よりも」

語尾に重なるように、ドアノブに音がした。鳥居が入ってきた。

「ありゃ。お邪魔さんでしたかね」

「そんなことはないよ」

純也はテーブル上のサンドイッチを鳥居に指し示した。

「大橋さんの差し入れ。食べないかい？」

「おっと。いいんかな」

鳥居の問いに、恵子は大きく頷いた。

「どうぞ。少しになっちゃいましたけど」

「ありがてえ。なら、遠慮なく」

鳥居はサンドイッチにかぶりつき、美味え、と言った。

声に張りが聞こえた。

そういうとき、鳥居は何かの発見を携えている。

長い付き合いだ。聞かなくともわかる。

「メイさん。何？」

鳥居は胸を叩き、サンドイッチを飲み込んだ。

「取り敢えず、初動の時期にね。所轄のスジの方に頼んどいたんすわ。あったら教えろって。その連絡が、今さっき来ましてね」

岡副はゴルフ好きだったらしく、そのスコアカードを大事に溜めていたようだ。

黒い革張りで鍵の付いた、Ｊのファイルに。

「へえ」

思わず身を乗り出せば、

「コーヒー、淹れますね」

そう言って恵子が、カップを持つ祈りの手を解いた。

四

恵子を帰し、「じゃあ、腹ごなしにもういっちょ捜一へ」と立ち上がった鳥居を送り出し、純也がJ分室を出る頃には日付が変わっていた。

（これって、サービス残業？）

ふと考えるが、〈飼い殺し〉が前提の純也の場合、そもそも勤務自体がサービスかと思えば思考は打ち止めとなり、苦笑しか出ない。

純也は愛車のステアリングを握り、そのまま夜の都内に走り出た。

といって、帰路につくわけではない。

純也はそのまま、大谷口《おおやぐち》にあるN大学医学部付属板橋病院に向かった。

特に何をするわけではないが、見ておきたかった。確認、現場調査というやつだ。

BMWが、院外駐車場も兼ねるコインパーキングに滑り込んだとき、時刻は深夜一時を大きく回っていた。

車外に出ると、昇り始めた二十六夜の月影に病院の威容が冴《さ》え冴《ざ》えと浮かんだ。

先程のサンドイッチの時間に、和臣から聞き出したのはこの病院のことだった。

正確にはこの病院に入院する前内閣総理大臣、三田聡の病状だ。

三田は昨年十月、人間ドックでステージ2の胃ガンが見つかったことを公表し、国立がんセンターで切除手術を受けた。七十七歳の年だった。

術式は成功し、術後経過も順調で今年の正月は自宅で迎えられたが、節分の豆撒きに訪れた寺社で、今度は軽い脳梗塞を発症して倒れた。

引退後も政界に隠然たる力を持つ三田聡もこれで終わりか、とは節分の後にマスコミを賑わせた話題であり、すぐに聞かなくなった話題でもある。

以降が特に公表されなかったからだが、その後は何度となく、入退院を繰り返していることを純也は知っていた。

曲がりなりにも遠戚という関係であることは隠しようのない事実なのだから、たとえ耳を塞《ふさ》ごうとどこかしらから情報は入るものだ。

三田聡は、純也にとっては伯父に当たる小日向憲次・現ＫＯＢＩＸ建設会長の妻・美登里の実兄だった。

現在は発熱があって入院中であり、今回こそ予断を許さない、とまでは知らなかった。

これは先の電話で、入院先とともに和臣に聞いた話だ。

しかも、

——手術までは順当だったが、年齢のこともある。脳梗塞の入院以降は足も相当に衰えたようだ。そろそろ寿命では、という話にもなっている。

　という状態らしい。

——で、聞くからには、三田さんをダシにして、今度はどんな暴挙を起こそうというのだ。

何もするなと、これはお前への命令というより、警察庁長官へ落とした厳命なのだがな。

「従順なつもりですが」

——従順と好き勝手は、お前の場合どう違うのだ。

「さて、そちらの感じ方、でしょうか」

——なるほど。言いようだ。だが、三田さんの晩節を汚《けが》そうとするなら、今度こそ本当に、
檻につなぐという手もあるが。

「お好きにどうぞ」

　ただしその前に、と純也は続けた。

「先ほど寿命と仰《おっしゃ》いましたが、寿命とは主に老衰、あるいは天命を意味する言葉だと思
いますが、いかが」

——何が言いたい。

「臨終を人の思惑に左右されることこそ、前総理の晩節を汚すかと」

　一瞬の間があくが、一瞬だけだ。

――狙われているのか。

先読みの鋭さは褒めていいか。さすがに一国の総理だ。

「可能性の問題です」

――どういうことだ。この期《ご》に及んで、三田さんが誰に狙われているというのだ。

「可能性と申し上げました。現段階では警備局もうちの警備部も動けないでしょうし、現に動いてはおりません」

――その程度ということか。

「現段階で、とも申し上げました。その代わり、ハッキリしたときにはもうまな板の上、というのは、前総理の人間ドックを見てもおわかりでしょう」

――お前なら動けると、そういうことか。

「人の触らない、あるいは触れないところで動く。ははっ。この従順にしてささやかな職務意識を、悲しいことにそちらは好き勝手と仰います」

――詭弁だな。言質は取らせない。何がどうなっているのか、きちんと説明しろ。

「やれやれ」

純也は溜息をついた。

「往々にして、人は聞かなくていいことばかりを聞きたがる傾向にあるようです。特に為政者は」

――なんだと。

「では、要点だけ」

外務省に関係する者達の死。防衛省に関係する者の死。

キーワードは、南スーダンへの自衛隊海外派遣。

何かご存じのことは。云々《などなど》。

――いや。

「やはり」

――やはりとはなんだ。

「その辺が、今晩ご連絡をしたポイントでもあります。貴方《あなた》ではないと、それを確認することも実は重要でして」

――俺ではない？

「はい」

――わからん。

「南スーダンへの陸自施設大隊派遣を当時、最終的に決めたのは誰だったでしょう。貴方ではないと、それは今確認しました。まあ、当然と言えば当然です」

電話の向こうからかすかに、和臣の低い唸《うな》りが聞こえた。

「そう。最終的な決定権を握っていたのは、二〇一二年の春まで内閣総理大臣だった、三田聡さんです。しかも殺された中の一人、統合幕僚監部統括官の岡副さんの前職は、内閣官房審議官でした」

その後、少しの説明を加えて電話を切った。

くれぐれも、晩節を汚さないように。

和臣は繰り返し、それだけを念押しした。

「晩節、ね。黒いことばかりやってきた人達の晩節は、そもそも炭のようだろうに。——ああ、炭なら炭で、熾火の輝きもあるか。せめて誰かを温める程度には、役に立つかもしれない」

車を降りた純也は、月影に誘われるように病院の外周を巡った。

N大板橋病院は、都下における大学付属の特定機能病院としては、品川のS大学付属病院と双璧を成す大きな病院だ。敷地内には緑も多く、ジョギングコースにもなりそうな遊歩道もあった。

明かりの消えた病棟を見上げながら漫ろ歩いた純也は、一周半を過ぎた辺りでふと何かを感じた。

遊歩道が目の前だった。

（なんだ）

ゆるゆると吹き寄せる風のようでもあるが、嫌な感じだった。

撫でられるようで、それが嫌だった。
咄嗟に背腰に腕を回した状態で、踏み出した足をそこで止める。
止めて動かなかった。
いや、動けない——。
ただし、この場合の動かないと動けないは背反するが同義だ。
相竦《すく》み、と言っていいか。
暗がりの向こうに、間違いなく何かがいた。
誰か、とも感得できない何かだ。
少なくとも黒いバラクラバの男ではなかった。
その気配なら知っている。二度も触った。
それよりもっと殺伐として——。
いや、上手くは言えない。
殺伐が漲《みなぎ》っている。
日本語は難しい。
殺伐がささくれ立っている。
それにしても、動けばただでは済まないことは瞬時にイメージできた。
緩く撫でる風は、その瞬間に万本の針に変わるだろう。

と同時に、動くなら躊躇うことなく撃つ覚悟も態勢もできていた。
万本の針を叩く剛気を孕む、カウンターショットだ。
純也は靴の中で、少しだけ指先に力を込めた。
それで、風が弛んだ。
相竦みの状態が解けた、とだけは理解できた。
――お前は誰だ。
現実の距離を超え、近くに聞こえる声がした。
シャドウ・ドクター事件の、ソンナム・ヘム・ハインにも近い声だ。
つまり戦士の声、一流の。
「狙いは三田さんだね」
純也も同じように声を投げた。
ほう、と唸ったようだった。
感情は聞こえない。唸りだけだ。
「沖縄もあなたが」
すぐには答えはなかった。
ただ、風が止んだ。
止めば遊歩道の向こうにあるものは、わだかまるような濃い闇だった。

純也は素立ちになった。

相手も同様だったろう。

――我らは、吹けば飛ぶような狭霧とは違う。目的は完遂する。邪魔者はすべて、排除する。それだけだ。ただ、それだけだ。

そうして濃い闇は、ただの闇に変化した。去ったのだ。

「ふうん」

何事もなかったように半周を巡り、二周を終えたところで純也は思考を定めた。

「なら、とことん邪魔してみようか」

口辺に浮かぶのは、チェシャ猫の笑みだった。携帯を取り出した。

深夜の二時に近かったが、携帯から登録の番号を呼び出した。

相手はすぐに出なかったが、鳴らし続けた。

一分は鳴らした。

――なんだ。何時だと思っている。

ようやく出たのは、皆川公安部長だった。

「何時か、などは常に、いついかなるときもあなたには問題ではありません。そうですね。言うならば、私からコールが掛かったときがすなわち、始業時間でしょうか」

――なっ。

皆川は何か言いたそうだったが、聞く気はなかった。時間は惜しい。

N大板橋病院に入院中の三田聡の警護を。

密かに。

今すぐに。

――ば、馬鹿を言うな。それこそ何時だと思っているのだ。

「部長」

純也は欠けた月に、静かに笑った。

「逆らうことをしちゃいけない。いえ、逆らうことは許さない。あなたが生きる、息をするということすらもう、私との契約なしでは成り立たないのだから」

喘鳴《ぜんめい》だけが聞こえた。

「一時間。それ以上は待ちません」

一方的に切って、純也は病棟を見上げた。

「あなたは、勝手に死ねばいい。取り敢えず、その邪魔は誰にもさせませんよ」

和臣に聞いて知っていた。

三田の病室は、八階の角だった。

五

この三日後のことだった。

七月二十四日午前二時二十分。

親族その他、大勢に見守られながら三田聡前総理が身罷《みまか》った。

この大勢の中には当然、純也が指示した警備部の物々しいガード達も含まれる。

晩節を汚す、ことはなかっただろうが、そこに果たして、安息はあったのだろうか。

——今、亡くなったようだ。俺もこれから病院に向かう。

純也は、和臣からの連絡でまず、三田の死を知った。

蘇る記憶が、なくはない。

三田は小日向和臣という政治家を介し、常に純也には〈見える〉存在だった。

三田が国家公安委員会委員長になったのは純也が日本に帰った三年後、インターナショナルスクール中等部二年のときだ。

そしてその任期中に、純也とガロアの関係が発覚した。

三田はすべてを飲み込み、建設政務次官であった和臣を、自分の後任として国家公安委員長に据えた。

以降代々、警視庁公安部長に引き継がれる小日向純也の〈Ｊファイル〉及び境遇はつまり、三田なくしては語れない。

だが――。

「そうですか。では、警備を解かせます」

そう答えるだけで、特に感慨はなかった。記憶にはあるが、それだけだ。

――お前は今どこだ。

和臣が聞いてきた。

「病院の駐車場です」

――仕事熱心、と普通なら褒めるところか。お前でなければな。

「ご安心を。三田前総理が死んだ瞬間に、私は就業時間外となりました」

――タイムカードもなしに自在か。それにしてもだ。亡くなってしまえば、本当にあれほど物々しいガードが、三田さんの晩節に必要だったのかと思わないでもない。

「思ったところで文句は受け付けません。往生ではなく、末路に足を踏み込む気概がなくては、為政者たり得ないと私は思いますが」

――そんな気概は危険だ。ファシズムの走りでしかないだろうが。

「ファシズムなど、ナショナリズムのひと欠片でしかありません。主権在民。為政者とは常に、ネーションとの折り合いを求めて藻掻《もが》くものです」

──ふん。ご高説はまたの機会に聞かせてもらおうか。すぐにマスコミも動く。その場から消えろ。

「了解しました。──ああ、ついでと言ってはなんですが」

──なんだ。

純也は思うところを口にした。

和臣は最後まで聞き、唸った。

──使えるものは、死してまで使うか。

「虫魚禽獣、死せばみな仏、と聞いたことがあります。是非とも、仏の慈悲にすがりたいものです。前総理も、虫魚禽獣に劣るものでないのなら」

純也は新月の月なき夜を見上げた。

かくしてこの後、星の瞬きの中で語られた内容にそって、〈仏の慈悲〉は発動された。

慌ただしくも取り敢えず、三田聡前総理大臣逝去の一報は、同日の早朝の内になされた。

ただし、通夜と告別式の場所と日時がマスコミ各社に発表されたのは日をまたぎ、二十五日の夕方になってからだった。

通夜は二十六日で、告別式は二十七日に設定された。

場所は厩橋《うまやばし》近くにある、ＫＯＢＩＸミュージアムと決められた。

これらがつまり、〈仏の慈悲〉によって発動された事々だった。

発表が逝去翌日の夕方になったのは、喪主の正式な承諾と、数は少ないがミュージアムレストランの予約客へのキャンセル及び変更の対応のためだ。

葬儀そのものは親族と政府関係者、その他友人知人による密葬というアナウンスはされたが、弔問に規制は特に掛けられなかった。

ただ、後日、内閣と民政党による合同葬有りという発表も同時にされたが、これは当然、日時の確定したものではない。

二十六日は穏やかな夕べで、西の端に三日月が白々としていた。

通夜の式場として使用されるのは、急遽整えられたミュージアム併設のレストランの貴賓室だった。

そもそもこのレストランは、ＫＯＢＩＸが海外からの賓客の接待に使う、いわゆる迎賓館の役割を担っている関係もあり、なんの式典を催そうと広さに申し分はない場所だった。

加えてこの施設は、非公開の核シェルタを地下に持ち、常に綿密な警備計画を運用する実績も持つ。

参列者の安全を担保するという意味からも、三田聡の通夜及び告別式の会場として納得できる選択だったろう。

――どこかではやるのだ。かえって提案として、悪くもないかもしれない。

和臣も納得できるからこそ、その場で応諾したようだ。

開式の約二時間半前、陸続《りくぞく》と集まる親族の中に、純也の姿もあった。

小日向からは現内閣総理大臣の和臣と秘書の和也《かずや》、KOBIX社長の良隆《よしたか》や、KOBIX建設会長の憲次とその家族などがいた。

三田家からは、善次郎《ぜんじろう》以来三代の地盤を継いだ現衆議院議員の将司《まさし》とその家族、聡の妹の愛子《あいこ》や末弟の伸次郎《しんじろう》と、それぞれの家族が集っていた。

この三田伸次郎は、KOBIXに関連のある新日本重工の社長でもある。

──国粋の会社だが、戦後の日本を支えてきた技術力は評価できる。本来なら吸収合併だが、三田に関わるから、今は業務提携までだ。今はな。

小日向大蔵《だいぞう》が死んで間もない頃の、このミュージアムでの晩餐会の席だったか。大蔵の跡を継いだ良一《りょういち》が新日本重工に関して、たしかそんなことを言っていた。

もう十年以上前のことだが、その良一も今はいない。

その他、この夜の通夜には政財界から主だった面々が勢揃いだった。

警察庁からも、純也にとって見知った者達が来た。純也のファイルにJの文字を書いたという当時警察庁長官で、現オーシャン生命相談役の吉田堅剛や、そのとき同席で次長だった、現共済組合理事長の国枝五郎《くにえだごろう》もいた。

なんにせよ、全員が純也を見ても素通りだった。

祖母の春子は、

「やぁね。大人って」

などと口にするが、そもそも純也が親類縁者の待合に顔を出したのは、春子がこの夜の列席を望んだからだ。

そうでなければ不在のまま、純也は目的の作業に入ったはずだった。

開式一時間半前になって、

「じゃあ、婆ちゃんは頼みます」

渋い顔の義理の息子に春子を宛《あて》がい、純也は待合の席を離れた。

貴賓室の直前には、総支配人の前田が待機していた。

純也を認めると、老支配人は静かに腰を折った。

慇懃《いんぎん》はいつものことだが、

「純也様のご希望とお聞きしましたが、なんとも、私は昭和の人間だと思わざるを得ません」

どうにも、この同じ場所で和臣と香織の結婚式も取り仕切った前田には、通夜の式場に使われること自体に戸惑いがあるようだった。

「でも、ただ黒を着た人間が集まってるだけだよ。まあ、いつもの晩餐会とかに比べれば、たしかに地味かなとは思うけど」

「それだけですか」

「それだけですかって？」

「香《こう》の匂いがまた、ずいぶん漂ってきますが」

「ああ、いい香りだよね。最高級の沈香だってさ。それがなにか」

「いえ。ただ、抜くのにも相当の時間が掛かりそうだと思いまして」

「ええっと」

さすがにそこまでは考えなかった。さてどう答えたものかと考えていると、

「おい」

と人を人とも思わない、いつもの声が聞こえた。

良隆だった。

聞き流してもよかったが、このときは前田の近くを離れる理由になった。

良隆は恰幅《かっぷく》のいい、一人の男を連れていた。三田伸次郎だった。

「なんでしょう」

近づけば、良隆は伸次郎を顎で示した。

「彼がな。お前に何か話があるそうだ」

同年代ということで、よく二人で銀座に繰り出すとは聞いたことがあった。

もちろん、主導するのは伸次郎の方だ。接待というか、新日本重工存続に必死なのだろう。

両社の業務提携は、十数年の時を経て現在は資本業務提携へと発展し、そう遠くない将来のKOBIXによるM&Aも噂されていた。

政界においても三田閥が小日向閥というか、小日向和臣という現職の総理の威勢に巻き込まれるようにして縮小している。

それらをあからさまにしたように、良隆の伸次郎に対する扱いはずいぶん軽い。

「ほう」

見れば、伸次郎はたしかに俯《うつむ》き加減で浮かない顔だった。兄・聡の通夜ではあるが、悲しみや哀悼とは別の感じがした。

純也は時刻を確認した。

通夜の開式まで、一時間十五分を切っていた。

「今日でなければ拙《まず》いですか」

聞けば伸次郎は顔を上げ、良隆の顔色を窺う素振りを見せながら、首を横に振った。

「いや、まあ、そんなことは」

「では近々、お伺いするということでいかがでしょう。警視庁の中でも、孤立無援の部署なもので」

和臣がこの場にいたら、苦い顔をするだろうか。

代わりにではないが良隆が、

「おいおい。勝手に話を進めるな。会うなら俺のところでやれ。俺の目の届く範囲の中でな」

と口を挟んだ。

「なるほど。では、取り敢えず後日ということで。失礼」

タイミングとばかりに、純也は踵を返した。

そのまま大理石の床に、リズミカルな靴音を立てる。

ただし、外に出るかと思いきや、純也が向かったのは屋上だった。

やおら、礼服のポケットから取り出したのはインカムだ。耳に装着する。

「おまたせ。準備はいいかい」

分室員全員の声が、揃ってインカムから聞こえた。

恵子まで含めた分室の三人がいるのは、KOBIXミュージアム敷地内の、コンサートホールの地下にある警備コントロール室だった。

レストランからは百メートルほど、メインゲートに近い辺りだ。

ミュージアム内に設置された百台のカメラや赤外線レーザー等の、すべての警備システムはそこでコントロールされる。

三田聡の葬儀に際し、二十六日正午から二十七日午後三時までの二十七時間に限り、純也はミュージアムの警備側から全権を委譲させていた。

その責任において純也は恵子をメインに、J分室員全員を二十七時間の監視体制でコントロール室に配した。

恵子に対しては降って湧いたような心理トレーニングと言えなくもないが、それは余禄だ。

なんと言っても恵子はそもそも警視庁のサイバーが目をつけた逸材であり、オリエンタル・ゲリラ事件以来、ミュージアムの警備システムに精通していた。

分室員総出ではあるが、鳥居は恵子の休憩時のみの交代要員で、猿丸に至っては、どちらかと言えば次の段階の要員だった。

あくまで、コントロール室の主体は恵子ということになる。

そうして純也自身はと言えば、インカムをつけてメインホールの屋上に陣取った。近くには、準備しておいたキルフラッシュ付きの軍事用双眼鏡があった。

純也はそこで、通夜と告別式を監視するつもりだった。

ただし、動かず集中するのは、開式時間プラス前後に一時間だ。

試しではある。トライアルだ。

――我らは、吹けば飛ぶような狭霧とは違う。目的は完遂する。邪魔者はすべて、排除する。それだけだ。ただ、それだけだ。

濃い闇は、闇の中でそう言った。

目的が三田の死なら達成だろうが、そんなことはないだろう。

殺すことが目的のはずで、それなら未達成だ。

だからこそ皆川に依頼して警護を敷き詰めるようにし、三田の死に手は出させなかった。関わらせなかった。

妄執があるなら、逆に来るだろうという気がした。

来てせめて、遺影に手を合わせながら怨念でも吐き散らしでもするかもしれない。

来るなら光の下に、濃い闇を浮かび上がらせる。

それが今回の通夜及び告別式における、純也の目的だった。

目の配り、足の運び。

この辺はコントロール室の三人の目でも炙《あぶ》り出せる。

ただ隠形《おんぎょう》や、気配の硬度あるいは温度などは、ニュアンスですら言葉で説明できるものではない。

だから全体を肌で感じるため、自らは屋上に陣取った。

これは余人には代われない、純也にしかできない役回りだ。

と――。

ここまで思考を煮詰めたとき、間違いのない一人の〈余人〉に純也は思い至った。

それで、二十五日の午後になって電話を掛けた。

――なんでしょうか。

組対特捜の東堂絆は、すぐに出た。

背後に音響が、やけに賑やかに聞こえた。

「どこにいるんだい？」

――中野です。ブロードウェイ。

「中野？」

――用事がありまして。分室長なら、自堕落屋《じだらくや》ってご存じですか。

聞いたことはあった。

たしか、陸自の和知のライバルだが、興味はなかった。

「アルバイトしないかい」

用件を切り出した。

――公務員です。禁止ですが。

「家賃、上げちゃおうかな」

――なんとかしましょう。

それで、警視庁の化け物を通夜から告別式まで借り受けることに成功した。

六

ミュージアムの敷地内への入り口は、普段なら最寄りのバス停や大駐車場から三カ所開放されているが、この夜はメインゲートの一カ所だけに設定した。

少数精鋭と胸を張っても、所詮四人は四人で、化け物一人補っても五人は五人で、幼児でも数えられる人数だ。

現実として警備システムを恵子が掌握してくれなかったら、進入路をメインゲートの一カ所だけにしたところで意味はない。

逆に言えば、周囲が鉄壁ならばこそ、化け物一人を配すだけでメインゲートはそれでいい。

東堂にはこれ見よがしの喪章とインカムを装着した〈いかにも〉の姿で、堂々とメインゲート脇の欅《けやき》の下に待機させた。

もちろん純也同様、集中するのは開式時間プラス、前後に一時間だ。

それでいくらのアルバイト料を請求してくるかは疑問だが、新潟で北の城、北城《きたじょう》と名乗った姜成沢のように、一千万を口にする度胸がないのはわかっている。

警視庁の組対の化け物は、案外、小市民だ。

とにかく、ゲートで東堂が何かを感得してくれれば手間要らずだが、そう上手くいくかどうか。

東堂は取り敢えず、〈巌壁のような関門〉の役目を担ってくれればそれでいい。それだけでいい。

相手が抜き身の東堂に最大限の注意を払い、通り過ぎて少しでも緩むようなら、それを見逃さず純也が捉える。

どうしようもない、生理的緊張と弛緩の応用だ。

午後六時になった。

開式一時間前だった。

「じゃあ、作業開始だ」

——了解です。

純也の合図に、警備コントロール室を代表して恵子が答えた。

鳥居もその奥で返事をした気がしたが、猿丸の声はなかった。

おそらく、いつ始まるかわからない次の段階に備えて、仮眠を取っているのかもしれない。

猿丸の場合、夜に熟睡できない分、代わりに昼夜を問わずどこでも分割で睡眠でき、それで事足りるという強みもある。

――欅の下、了解。

インカムを通じてさえ、心胆を震わすような声が聞こえた。

それが東堂絆という化け物だった。

「よろしく」

そうして、J分室の作業は始まった。

インカムの中の無音がそれだけで緊張を増幅し、参列の雑音が胸騒ぎを助長した。

が、純也の思惑に反して、この通夜の場に異分子が姿を見せることはなかった。

参列の人は多かったが、それだけだ。悲しみの列が騒《ざわ》めくだけだった。

作業は丸々、翌日に持ち越される格好になった。

二十七日は朝から曇り空だったが、告別式開式前の九時の段階で、気温は早くも三十度を超えようとしていた。

Yシャツ姿の純也はメインホールの屋上に腹這《はらば》い、パラペットの上に双眼鏡を装着するようにして監視し続けた。

薄陽でも背中がジリジリと焼けつくようだったが、サウジアラビアやカンボジアの、隠れようのない空の下に比べれば何ほどのこともない。

それでも、ただ腹這って見るだけの何事もない時間が過ぎ、告別式の誦経が始まる頃には、

「ううん。参った、かな」

さすがに弱音が口を衝いて出た。

暑さにではない。

目論見の帰結に関してだ。

あろうことか人は前夜に四倍も五倍もして多く、一斉にゾロゾロと動く人はまるで波だった。

見え隠れも激しく、今のところ手応えはゼロだが、監視と索敵が百パーセント機能しているかは心許《こころもと》なかった。

失敗と和臣の冷ややかな目が、どうにも現実味を帯びてきた頃だった。

——あの。

東堂が声を投げてきた。

「なんだい」

——変なのがいますけど。奇妙な気の発し方です。なんて言うか、そう、触らないとわからないような。

ようやくゴングが鳴った。

行動開始だった。

——身長は人の波から頭半分。口元の白マスクまで見えます。黒縁の眼鏡は、サングラスじゃないですね。黒のスーツで、身幅は厚いです。髪は黒。形に特徴なし。けど、奇妙です。行けばわかると思いますが。ああ、波がそのままそっちに寄せてくなら、直前にツバなしで黒いヴェールの付いた、あれ、トークハットって言うんでしたっけ？　それを被った年配の女性が三人歩いてます。そのすぐ後ろです。

「了解」

こっちでも見てみます、とインカムから恵子の声がしたが、初詣でのような波の中からは難しいだろう。

しばらく待った。

（いた）

トークハットの集団はいい目印だった。純也のいる屋上からなら捉えられた。

「見つけたよ」

インカムにそう告げた。

見たことのない男だった。

身幅の厚い堂々とした体格。軽くウェーブの掛かった黒髪、白いマスク。薄く偏光の入った、おそらく伊達眼鏡。その奥に垣間見える、よく光る黒瞳。

そして、堅く自身の周囲のみにわだかまるというか、一種のバリアのように張り詰められた動きのない、気の紗幕。

なるほど一般の弔問客にして、そんな気配も、揺るぎのない姿勢も、少々どころか大いに異質だった。

「ふうん」

それにしても、波のような人混みの中からよく抽出したものだ。

東堂が言うように、近くでしかも、そうとして見なければわからないだろう。

離れたら到底無理で、その距離は練達錬磨の度合いに拠る。

「東堂君。今月の家賃、サービス」

うおっしゃ、というインカムの中の喜びはさておき、男がメインホールのエントランスに辿り着いたところで、純也は屋上から室内に入った。

式場に向かい、それとなく目視で確認する。

男は焼香台に向かって十列目にいた。

レンズで見るより、異質の度合いは格段にアップした。

そこだけ空気が、なんとも言えず違う気がした。

温度というか、彩度というか、密度というか。

「当たり、だろうね」

記憶に留め、純也は会場を後にした。途中コンサートホールの一階で軽装に着替え、メインゲートに向かう。

ゲート脇の東堂にそれとなく終了の合図を出し、自身は少し離れて昼闇に沈んだ。

純也を、そこに佇《たたず》む人間だと関知できる人がどれほどいただろう。

身近で例を挙げれば東堂くらいか。警務部の小田垣では無理だ。同じ化け物でも質が違う。

やがて会葬御礼の紙袋を提げ、メインゲートから男が出てきた。向かう先は大駐車場だった。

男は、中央寄りのスペースに停められたシルバーのセダンに乗り込んだ。

同乗者は無しで、〈わ〉ナンバーだ。

そこまでわかればまず十分で、おもむろに純也は、大駐車場に隣接する職員駐車場の方に回った。

一般の駐車場から公道に出た車両は、必ず職員駐車場の前を通過することになる。

特に急ぎはしなかった。一般駐車場の出口付近は帰りの車で混んでいた。

純也はあらかじめ停めておいたドゥカティのエンジンを掛けた。

シート下から取り出したフルフェイスのヘルメットをかぶる。

「大橋さん、聞こえるかい？」

――良好です。

ヘルメットの中にはブルートゥースの通信機器が仕込まれていた。

「〈わ〉ナンバーだ。照会しておいて欲しい」

――了解しました。

出てきたセダンを、純也はつかず離れず追った。

警視庁の刑事部や公安部、あるいはオズといったプロの尾行を、純也はことごとく巻いてきた。かえってそれらで鍛えられたと言ってもいい。

巻くことに長《た》ければ、追うことなど造作もない。しかも都内の常に渋滞を生む公道で、二輪を駆るなら。

そのつもりのドゥカティだ。

男のセダンは特に急ぐこともなく、尾行に気付かれた感じはなかったが、細心の注意を払う意味でか、迷走を繰り返した。

――どうっすか。

と聞いてきたのは猿丸だった。

ここからは主に猿丸との遣り取りになった。

「今のところわからない。江戸川も渡ったし、荒川も渡ったけど、どうだろう。千葉や埼玉へは行かないみたいだね」

――了解っす。

二時間ほども追った後、結局セダンは西へ向かって多摩川を渡り、八王子の辺りで環状十六号に入って南下した。

この辺りから、純也は車両に迷走の気を感じなくなった。

「どこへ行くか。それはわからないけど、どこかへは向かってる」

――アバウトっすね。

「でも、明らかにさっきまでとは違うから。少し、触ってみてもいいかな。何かのアクションを引き出せるかもしれない」

その後、セダンは小田急小田原線を越えた辺りで環状十六号から離れた。

右折で相模大野駅方面に向かう。

純也のバイクはそちらへの右折レーンの二台目で、赤信号で止まったところだった。

曲がった先は中央分離帯のある片側二車線の道路だが、通行量はさほど多くは見えなかった。

五十メートルも行かない辺りで、レンタカーはハザードランプをつけてゆっくりと路肩に停車した。

運転席から降りたマスクの男はそのまま徒歩で中央分離帯と車道を横断し、反対側の路地に姿を消した。

信号が変わって右折し、純也はレンタカーの脇を通り過ぎながら素早く確認した。

右方、マスクの男が入って行った道は大型マンションの裏手になる一方通行のようだったが、男の姿は早、どこにも見えなかった。

すぐ先の、相模大野駅への大きな交差点でUターンした。

純也はマンションを左手に見ながら、男が消えた一方通行にドゥカティで侵入した。

奥に小田急の線路が見える、真っ直ぐに延びる路地だった。

七

マンションの裏手でバイクを降り、ヘルメットをシート下に仕舞って、純也はゆっくりと周囲を確認した。

路地の手前側、ドゥカティを停めた辺り全体が大型マンションで、その奥には四、五階建てのテナントビルがあり、さらに奥には地元の住居兼店舗と思しき居酒屋があり、恐らく床屋があった。

時間を確認すればまだ午後の二時前で、テナントビルも居酒屋も静かなものだった。床屋に至っては、赤と青のサインポールも回っていない。

思えば、平日の木曜日だった。定休日なのかもしれない。

マンションの裏手は歩道一杯まで自走式三階建ての駐車場になっていて、その駐車場を囲むように、大通り側と鉤《かぎ》の手に曲がった向こう側にL型に、それぞれ十二階建てが建っていた。

結構な大型マンションだったが、裏通りはマンション自体に遮られて陽がほとんど射さず、そもそも道も狭く、人通りはあまりないように思われた。

そのせいか、周囲を歩いてみたが、防犯カメラの類は驚くほど少なかった。

公共監視の、一種エアポケットに入ったかのような場所といえた。

「さて」

一周にたっぷり十五分は掛けたか。

元に戻り、停めたままのドゥカティをまた通り過ぎる。

さらにもう一度マンションの立体駐車場脇を歩き、隣のテナントビルに差し掛かろうとした、そのときだった。

「おい」

危険というほどの距離ではなかったが、上方から声を掛けられた。

くぐもった感じに聞こえたのは、相変わらずマスクを着用しているからだろう。

気付くのは、純也にして少々遅れた。

立駐の二階から飛び降りたマスクの男が、純也の後方約七メートルに立っていた。

それにしても、特に迂闊《うかつ》というわけではない。

銃口を向けられれば否応なしに気付く。狙いを定めるという行為には、わずかなりとも意識が指向されるからだ。

男からは、特になんの邪気も感じられなかった。相変わらずバリアのような気を張るだけだ。

唯一、伊達眼鏡なしの黒瞳が、全身の生気を集めて放散させるものか、輝くようだった。

「なんの用だ。どこからついてきた」

純也の尾行についてだろう。

走行中のセダンに、先ほど敢えて意識を向けてみた結果ということになる。

当然と言えば当然だが、そのくらいには鋭いようだ。

「さぁて」

空惚けてみせれば、男はマスクの中で笑ったようだった。

「面白いな」

と、いきなり男がボクシングスタイルから突っ掛けてきた。

咄嗟に身体を振るが、唸りを上げる右の拳が純也のこめかみを掠めた。

男はそのまま丸太のような腕を、純也の頭を抱え込むように曲げてきた。

流れるような一連だったが、純也の動きはそんな流れを遥かに上回った。

恐れることなく一歩踏み込み、先に男の脇腹を突き上げるようにして左で打った。

岩の手応えだったが、男の動きは一瞬止まった。

それで十分だった。
打った左拳をそこから差し上げるようにして、男の右腕の外から回した。
逆に男の腕を巻き落とすように搦めた。
肘を極《き》められれば、躊躇うことなく折るつもりだった。
だが——。
純也は男から飛び離れた。右の踵《かかと》で純也の左足を潰そうとしてきたからだ。
離れて即、大きく足を振り出した。
前蹴りの爪先が男の腹筋にカウンターで決まった。
「くおっ」
顔を歪め、男は左手の立駐の一階に走り込んだ。
純也も追えば、柱の向こうから鞭《むち》のような蹴りが飛んできた。
十字ブロックで受けるが、体格差もあって衝撃は強かった。
耐えたが、わずかによろけた。腕にも痺れを感じた。
男が引いた足をもう一度振ってきた。
唸るような一撃だった。
受けることはせず今度は頭上に流し、純也はそのまま沈み込んで相手の支点となる足を
刈った。

普通ならそれで後頭部を打つ。

男はバランスを崩しながらも見事な体術で、猫のように後方に転がってから油断なく跳ね起きた。

そうして、距離四メートルほどで向き合った。

取り敢えず五分と五分だった。

距離を変えず、どちらともなくまた立体駐車場から外の歩道に出た。

「きゃあっ。な、なんですあなた達！」

掃除用具を持った、マンション管理会社の制服を着た女性が悲鳴を上げた。

男が、ボクシングスタイルを解いた。

マスクを摘んで呼吸も整えた、ようだ。

そうして、

「どうやら、時間切れだな」

一歩二歩と、ゆっくり男は後退《あとじさ》った。

ここまで、一切の殺気も闘気もなかった。

だから初手、純也も気付くのが遅れたのだが、男は最初から小手調べ、あるいは腕試しのつもりだったのだろう。

「それにしても、やるな、あんた。本気になった」

本気ならそれこそ漏れ出る気はあってしかるべきだが、それすら皆無なのはある意味、見事という外はない。

やがて男は、懐から千枚通しのような武器を取り出した。

暗器の類か。

立つ位置は、ドゥカティの近くだった。

「それを使わなかったのは、俠気《おとこぎ》かい」

純也が聞いた。

マスクの男は、先ほどより大きく笑ったようだった。

「使おうとしたらあんた、背中の銃を抜いただろうが」

「あ。バレた？」

「いい根性をしている。やっぱり面白いな。あんた」

やおら、男は千枚通しを逆手に持った。

見もせず突き出した先は、ドゥカティのタンクの右側部だった。

前後に二度突いた。

「うわ」

ガソリンが細く噴き出した。

そこからさらに一歩、二歩、三歩引いたところで男はジッポー形ライターを取り出し、着火して投げた。

地面のガソリンが一気に燃え上がる。

男は悠然と背を返した。

また会おう、と言ったかどうか。

「うわ」

とにかく、純也はドゥカティに走り寄った。

手前に燃え広がる炎を飛び越し、そのままの勢いで愛車を蹴倒す。

タンクの大きさ、ガソリンの残量などから爆発限界に遠いということは見て取れたが、火災をそのまま放置するわけには当然、いかなかった。

ドゥカティを左側に倒してガソリンの流出を止め、地面で燃え広がる炎を脱いだ上着で押さえた。

ドラマや小説ではない。

応急としてはそれで十分だった。

その間に、男の姿はどこにもなかった。

純也の額を、汗が流れた。

「でもまあ、ここからはこっちのターン、かな」

おもむろに携帯を取り出し、二度、手短に話をした。

最初は現状の後始末をどうにかさせるつもりの皆川で、後の一人は猿丸だった。

「聞こえる?」

――バッチリっす。

「マスクマンは?」

――レンタに乗って動き出しました。どこからついてきたって言ってたから、尾行には案外、慣れてないようだけど」

「じゃあ、よろしく。

そう――。

純也は誘導された振りをして、逆に油断を誘ったと言ってよかった。

そうして油断の先は、別のバイクで追いついてきているはずの猿丸が引き継ぐ手筈《てはず》だった。

それが猿丸の、次の段階の作業だ。

――任せてください。

「それにしても、油断は禁物だよ」

――わかってます。

「駄目だったら駄目だったで、いや、危険を回避するためなら駄目でいいっていうか、駄目で元々っていうか」

──あの、分室長。

「ん？」

──やる気が削《そ》がれます。

「ああ。ごめん。でも本音だよ。命に勝るものはない」

──了解っすよ。離脱前提で追っ掛けます。無理はしません。

それでひとまず、通話は終了だった。

純也はマンションに目をやった。

「さて。あっちもこっちも、鬼が出るか、蛇が出るか」

マスクの男は、立体駐車場の二階から降ってきた。

無手で。

セダンを降りたとき、男はたしかに会葬御礼の紙袋を提げていた。二十分の間にそれがなくなっていた。

捨てるつもりでわざわざ車から持って降りる確率は、ほぼゼロに等しいだろう。馬鹿馬鹿しい限りだ。

ならばどうしたか。

当然、どこかに置いてきたのだ。

そう考えれば遊びのつもりで襲ってきたのも、こちらの尾行を逆手にとって、自分に有利な場所を選択したからかもしれない。だから、見事に防犯カメラの類がない場所だったとも言える。

さらに、もう少しうがって考えれば、セダンから降りた目的をカムフラージュするために襲ってきたとも考えられる。

「鬼か蛇なら、蛇の方が御し易いかな」

すでに、野次馬があちらこちらから集まり始めていた。

管理会社の人間が通報したものか、交番の警官が警笛を吹きながら走ってくるのも見えた。

若い巡査だった。

「コラァッ。何があったぁ」

純也は苦笑しつつ、飛び掛からんばかりの警官の鼻先に警察手帳を見せた。

「は？　えっ。け、警視正っ」

敬礼は背筋指先が伸び、なかなか様になっていた。

「取り敢えず、何か上着を貸してくれないかな？」

「はっ」

元気のいい声が、マンションに跳ね返ってよく響いた。

第五章　反撃

一

純也と猿丸による、二段階追跡の二日後だった。三田聡の告別式からも二日後ということになる。

七月最後の土曜日だ。

「オラ。セリ。起きろ」

猿丸は鳥居の声と某かの衝撃で起こされた。

衝撃は間違いなく、蹴りだろう。

拠点を設けて監視に入ると、分割睡眠の猿丸の起床はコンビが鳥居の場合、たいがい蹴りになる。

「ふぇえい」

猿丸が寝袋から這い出したのは、例のマンションの一室だ。

ここを拠点にして、マンションの調査を進めるようにというのが純也からの指示だった。純也は純也で、現在二段階追跡の二段目に動いている。

猿丸によるセダンの追尾も、結果は上々だった。さほど付け回すことなく、セダンは次の目的地にして、おそらく最初からの目的地に到着した。

これが仮に一時間も付け回すことになったとしたら、相手のこれまでの行動能力を見る限り、猿丸としても少々心許なかった。

道程で十キロ程度、時間にして三十分足らずで済んだのは幸いだった。

セダンが滑り込んだのは、わずかに相模川を渡った向こう岸だった。日系ペルー人のコミュニティがある工業団地で、オリエンタル・ゲリラ事件の折り、純也が潜入していた場所でもある。

牧里《まきさと》工業団地。

そのときにパイプ爆弾の製造に関わった工場が、自爆テロにあって大破したのは当時マスコミにも取り上げられていた。

その後、J分室自体そこに深く関わるわけではなかった。

案件としての最終目的がそこではなかったからだ。

だが、このセダンの追尾で猿丸は知った。

工業団地自体、全体的に寂れた感じではあったが、中でも焼け焦げて廃墟と化した工場は一カ所しかなかった。

マスクの男は、その廃墟の中にセダンを進入させた。

三十分ほど待ち、出てこないことを確認してから純也に報告した。

――了解。いいよ。そっちは僕が引き継ぐ。

猿丸の役目は、そちらに関してはそこまでだった。

三時過ぎには取って返し、相模大野の駅前でまず鳥居と合流し、純也の待つ近くのファミレスに集合した。

作戦会議の態になった。

「あのマンション。気になるんだ」

マスクの男との接触における考察。

会葬御礼の不可思議。

「ということは、あそこなんだ」

裏路地界隈、特に大型マンションが重要なファクターだ。

「何もなくても、それはそれでいい。空振りは日常だからね」

という話をしているうちに、純也の携帯が振動した。

「分室からだ」

つまり、恵子からだった。

通話を終えた純也は肩を竦めた。

「何もないということはなくなった、かな」

セダンのレンタカー会社と営業所が判明した。

「乗り出しは、ここの駅前にある支店だった。ただし」

レンタカー屋に提出された免許証はよくある〈偽造〉だったようだ。

都内二十三区だけでも新宿・大久保・秋葉原・神田・上野・池袋・小岩・北千住その他、どこでも作れる日常品だ。

免許証と住民票で〈カップセット〉とも言われる。三分から五分ででき上がるからだ。

「だからセリさん。そっちのスジでも」

「了解」

純也が何を言いたいのかはすぐにわかった。阿吽《あうん》の呼吸というやつだ。

で、とにかくいつもの仲介業者のスジに頼んで、マンションの住人登録を調べた。

ちなみに純也も、自身がKOBIXエステートに持つスジから調べた。

猿丸のスジは業界最大手で、KOBIXエステートは第三位だ。

その二カ所で調べれば、日本全国のエリアでも、入居データのたいがいは判明するかもしれない。

全三百四十戸中、この日現在での九割以上の入居状況が、所有者と入居者の別も含め、二時間のうちには把握された。

そこからまず、入居一年以上で所有者が法人以外の個人物件はすべて排除した。

法人物件は警視庁のホストコンピュータと恵子に任せた。

そうして疑問符が付くものや、逆に何も引っ掛かってこないものだけを吸い上げる。

賃貸の場合は子供や老人がいる世帯は排除し、独居でも年金世代は排除した。

法人所有あるいは契約物件でも、入居者がこの分類に含まれる世帯の場合は排除だ。

交番の巡回連絡カードや事業所等連絡カードがあればなお便利だが、神奈川県警を突《つっ》いてまで必要ではない。

動きの規模は少人数が好ましい。目立たないことが第一だ。

そうして取捨選択をすると、公安作業として注視しなければならない部屋は大して多くなかった。

十二階建てのL字型二棟のマンションの、各階毎に平均してひと部屋ずつだ。

六階は大通り側の一番手前、B棟の角部屋がちょうど空いていた。

空き部屋はそこしかなかった。

まず拠点を確保すべく、すぐに猿丸はスジに強引に押し込んで短期の入居契約を結んだ。

使えるものはエアコンしかなかったが、それで十分だった。部屋から出て共用廊下に立てば、取り敢えずA棟は全戸が確認できた。

B棟に関しては自分達がいる六階のみだが、B棟の全体は眼下の自走式駐車場の、屋上階となる三階に一台分を確保し、そこに調達した車両を置いて中に定点観測のワイヤレスカメラを仕込んだ。

それで、マンション各戸への出入りは網羅された。

スジには悪いが、ドアにも細工を施した。サッシ枠から壁沿いに持ち出し、部屋の前がエンドとなる手摺りから回して密かにファイバーカメラを取り付けた。

穴は後で補修するとして、それで準備は万全だった。

そうして、現実的な人の出入りからもデータの補完からもさらなる詳細な確認作業を進める。

結果、二十七日の夕方からこの日午前までの約四十三時間で、残る部屋はこのB棟六階とA棟三階のそれぞれ一室のみとなった。

六階は都心の企業が所有している3LDKで、三階は横浜で百貨店に勤めるという三十四歳の女性が、六年前から住んでいる賃貸の2LDKだった。

このふた部屋が作業上に残ったのは、3LDKを所有する法人が広域指定暴力団竜神《りゅうじん》会《かい》系の旧沖田《おきた》組二次団体、黒川《くろかわ》組のフロント企業として警視庁に登録があったからであり、2LDKの方は単に〈ひとり暮らし〉だったからだ。

この日まで、どちらの部屋にも特に大きな変化はなかった。

六階の部屋にはそもそも人の出入りがなく、おそらく常時誰かが住んでいる、というわけではないようだった。

三階の女性は逆に、判で押したように決まった時間にマンションを出、決まった時間に帰宅した。

それで前夜に、それぞれの部屋を〈内部調査〉することを決めた。

六階の部屋には、日中それまで出入りがないことを鳥居が確かめたのち、引き継いだ猿丸が深夜になって入った。

防犯カメラの確認はしてある。

オートロックやディンプルキーで安心したものか、案外内部は脆《もろ》いものだ。

六階の部屋は予想通り、生活臭のない部屋だった。

暴対法以降、暴力団にとって〈いつでもどうとでも使える固定資産〉は大事だ。この部屋もその類なのだろう。

確認を済ませ、適当に盗聴機器をセットし、早朝に戻った猿丸はそれから仮眠を取った。

猿丸の眠りは仮眠が常態だ。一人で自宅なら酒の力を大いに借りて気を失うようにして眠るが、こういう作業中だと、昼間に仮眠が適当だった。

で、鳥居に蹴り起こされたのが今さっきだ。

女性の部屋を調査するなら判で押して不在の日中しかなく、それが安全確実だった。

「土曜だがな。今日も出てったよ。昨日と髪型も化粧もカバンも一緒。靴も服装も似たり寄ったりだ。百貨店勤務だろ。仕事で間違いねえな。行けるよ」

猿丸は買い置きの飯を食いながら、そんな説明を聞いた。

その後、顔を洗い、せめて無精髭を剃り、猿丸は身支度を整えた。

こういう潜入の場合、どこからも誰からも注目されない、そんな地味で軽めの身繕いが大事だった。

「オラ。忘れんなよ」

出掛けに、鳥居がインカムを投げて寄越した。

「へいへいっとくらぁ」

身軽に気軽に、何気なくを装ってエレベータに乗り、一階まで降りてから三階に上がった。

共用廊下に人の姿はなかった。

目的の部屋の前に立ち、インカムを付けて背後を見上げる。

B棟端の共用廊下に、鳥居の姿があった。

——前後左右、問題ねえよ。抜かんじゃねえぞ。

——うぃっす。

片手を上げて応え、猿丸は作業に入った。

部屋の表札に名前はないが、その辺はすでに丸裸だった。

加納麻美《かのうあさみ》。宇都宮出身。横浜のK女子短大卒。両親共に宇都宮に健在。二人兄妹。

侵入の手順は、六階の部屋と一緒だ。ディンプルキーも元々備え付けの物で、それは前日に確認済みだった。

六階で手慣れた分、時短でスムーズに侵入できた。

「ん？」

ドアを閉めると、いきなり立ち込めるような香の匂いがした。

靴を脱ぎ、素足に下足カバーをつけて奥に向かった。

左手にバス・トイレ、右手に洋室があり、正面のドアを開ければオープンキッチンと居間があった。

居間の右手奥がもう一つの部屋になっていた。襖《ふすま》の和室だった。

居間の中は、さらに香の匂いが強かった。

注意深く進めば、和室に二台並べられた文机《ふづくえ》があった。

手前の一台には大振りの香炉が載り、何かがくべられていた。

間違いなく匂いの元はそこだったが、くべられた何かが発する匂いでないのはすぐにわかった。

香炉の近くには線香立てもあったが、小さく切り裂かれた紙片もあった。文机の脇に見知った会葬御礼の紙袋があれば、切り刻まれた紙片はその案内だと易く知れた。

香炉の中にくべられたものは、燃え滓《かす》の形からしてその紙片だった。

「ふうん」

猿丸は和室に一歩踏み込んだ。

奥側の文机には、四つ切りの大きな写真立てが載っていた。

何かの記念写真なのだろうか。この二日、出勤帰宅のしかつめらしい顔しか見たことがない麻美が、同年代の男性に寄り添い、柔らかく微笑んでいた。

隣の男性は迷彩の開襟シャツで、真っ直ぐカメラを見据えて緊張の面持ちだった。

開襟のシャツは、間違いなく迷彩二型のドットパターンだ。

それだけでも陸自隊員には間違いのないところだが、さらに、男性の襟には徽章があった。

勝利の月桂冠に、堅固な意思を表すダイヤモンド。

栄光のレンジャー徽章だった。

誰もが付けられる代物ではない。泥水を飲み、命さえ危うい、過酷極限の訓練を健全に全うした者だけが授与される、いわば陸自最強の証でもあるのだ。

「へえ」

と言ったきり、猿丸はしばし言葉を失った。

写真立てに近寄るとその真後ろに、正面に何も書かれていない位牌があった。隠れるようだったので、すぐにはわからなかった。しかも、無記名だ。

さらに近づけば、写真立てと位牌の間に、黒い髪を半紙でくるんだような束があった。

（遺髪、なのか）

位牌を手に取り、裏を確認した。

〈進藤研吾《しんどうけんご》〉

そう書かれていた。

続けて記された二〇一七年三月十八日、行年三十七歳はまたずいぶんと若いが——。

「んなことより、おいおい」

思わず呟きが漏れた。

——なんだセリ、何があった。

鳥居の声に対し、反応は少し遅れた。

「なんだって、メイさんよ。そりゃあ、こっちが聞きてえよ」

言いながらも、位牌裏面の左端に書かれた文字に、猿丸は目が引きつけられて動かせなかった。

〈ジュベック州　白ナイルに眠る〉

最後の一行には、そう書かれていた。

二

同日、猿丸が進藤研吾の位牌を前に頭を抱える頃、純也の姿は牧里工業団地にあった。

オリエンタル・ゲリラ事件以来、訪れるのはかれこれ二年振りになった。

前回は団地内の長我部《おさかべ》工業という会社に、ＫＯＢＩＸテクノツール㈱の業務部長から繋いで貰った。

長我部工業はＫＯＢＩＸテクノツールの下請け工場だった。

一も二もなく、純也は住み込みで臨時採用された。

日系トルコ人、鈴木・マリオ・太郎。

それが純也の、潜入当時の変名だ。

牧里工業団地では、昔から様々な地域の日系人が働いていたようで、日系人を雇い入れる態勢や環境が整っていた。中でも、工業団地で働く日系ペルー人のコミュニティは、おそらく日本でも有数ということだった。

当時のこととして思い出されるのは、作業班長だった大下という青年に、作業中にミスを頻発してずいぶん怒鳴られたことだ。

人生初だった。

変装用に作ったいかにも度が強そうに見えるセルロイドの眼鏡が、ことのほか使い勝手が悪かったせいだが、そんな説明をできるわけもなく、ただ怒鳴られた。

そのときの経験を生かし、今回は同じフレームだが素通しの伊達眼鏡にした。

といって、二年前と同じように、製造ラインに立って作業をするつもりも必要もない。

眼鏡はただ、それであのときの、鈴木・マリオ・太郎の印象さえ継続させられれば十分だった。

今回、純也は長我部工業の臨時雇いではなく、ＫＯＢＩＸテクノツールの営業の名刺で工業団地を訪れた。だからスーツだ。

権威を笠に着るいやらしさは重々承知だが、物事をスムーズに進めるために、あえて着させて貰った。

オリエンタル・ゲリラの折りは、工業団地内でペルーゲリラの自爆があって、純也はわずか数日で消えざるを得なかった。関わりを知られるわけにはいかないからだ。

長我部工業の方には後で、その爆発に巻き込まれて重傷を負ったという話に、ＫＯＢＩＸテクノツールの業務部長からしてもらったが、あまり納得した様子ではなかったということは聞いていた。

ＫＯＢＩＸテクノツールの営業という肩書は、彼らの不満を、ひいては工業団地全体の疑問を封じる、武装のようなものだ。

何も語らず、名刺一枚。

元々、鈴木・マリオ・太郎はKOBIXテクノツールの口利きで長我部工業に臨時採用されたのだ。

それが研修の一環だったとすれば、二年を経て晴れて上場企業の正社員となり、営業職に就いたと、そんなふうに〈勘繰って〉くれる人も数多くいるはずだった。

実際、長我部工業では社長以下、何か言いたそうな顔はしたが、向こうから切り出してくることはなかった。

愛想笑いをさせる心苦しさはあったが、とにかく、聞きたいことにはそれなりに答えてくれた。

長我部工業の社員だけでなく、工業団地内で働く外国人就労者などは向こうから声を掛けてくれた。

「ヘイ。アミーゴ。見ないうちにいい格好になったな」

「サラーム。久し振りね。元気だった」

工業団地内には、当時の顔見知りもまだまだいて、懐かしい陽気な笑顔があった。

そんな連中と言葉を交わした後、純也はセダンが入って行ったという、焼け焦げて廃墟と化した工場の前に立った。

C&C金属加工研磨㈱。

今にも崩れそうな建物のパラペットに、かろうじてそう読めた。

「久し振りだね。あの後、大変だったんだぜ」

ふと、背後から声が掛かった。声だけで誰だかわかった。

「やあ。フリオ」

男はかつて、長我部工業で同僚として働いたフリオだった。

――マリオ、たくさん、食べろよ。身体、大事。この国で生きてくには、身体だよ。

大下に怒鳴られた晩、誘われた新人歓迎パーティでそんな心配をしてくれた男だ。

二年を経て、少し日本語が上手くなったようだ。その分、額に横皺《よこじわ》が一本増えたか。

少し、四方山《よもやま》話をした。

フリオは今、長我部工業ではなく、同じ工業団地内で別の工場にいるという。

「結構、労基署とか、入管とかね。でも、ちょっと動けば、はいお終《しま》い。みんなでグルグルだよ」

そう言ってフリオは陽気な笑顔を見せた。

ついでに、と言ってはなんだが聞いてみた。

「フリオ。この廃工場にさ、最近人の出入りはなかったかい？」

「ああ。いたみたいだね。どこかが買って、何かの工場を再開するのかって、コミュニティでは話題だったけど」

「何人くらいだい」

「四、五人？　わからない。純粋な日本人、みんな顔似てるし。それに昼間はいたのかなあ。見たことないね」

「それでも日本人、だったんだね」

「そう。日系人みんながそう言ってるから、間違いないね」

「へえ。面白いね」

大筋では長我部工業で聞いた通りだが、おまけがついた。

長我部でも日本人と言ってはいたが、違うのかい、とも聞き返された。

フリオの話は、情報の確度を上げた。

「トラックなんだけど」

つい最近まで、大型のトラックが入っていたと長我部で聞いた。そのこともフリオに振ってみた。

「そうね。この間までね、なんか馬鹿デカい、この工業団地内でも滅多に見ない大型トラックが入ってたよ」

「いつ頃だかわかる？」

「そうだねぇ。入ったのは今月になってからだったなあ。出てったのは、たぶん先週の金曜日だね。木曜日にはあったはずだから」

　ということは、二十一日か。

「車種は？」

「へへ。俺、車好きなんだ。プロフィアだったよ」

　すぐにスマートフォンで簡単な検索を掛けた。

　詳細は後で調べるとして、現行法における日本最大級のトラックだということはわかった。

　でも、ちょっと変だったな、とフリオは続けた。

「ん？　何がだい」

「トラックって言われて思い出した。工場を再開するかって話だったから、一回だけ夜中に覗いてみたんだ。作業してるような音が聞こえたしさ」

「へえ」

「中から、目張りって言うの？　そんなの色々やってたみたいだけど、爆発以降隙間だらけだからね。覗ける場所ならいくらでもあってさ。そしたら、工場の準備っていうより、なんかトラックのカスタムしてたかな」

　純也は思わず、指を鳴らした。

　僥倖、と言えた。長我部工業では車種でさえわからなかった。

「カスタムって、何を?」

「そうだね。アルミブリッジの引っ掛け角度をなんかやってたかな。大物を積み下ろしする、架け橋みたいなやつ。あと、ボディの補強と、両サイドに油圧ジャッキをつけようかもしてたみたいだけど」

上々だった。

「ちなみに、ナンバーなんてわからないかな?」

ダメ元で聞いてみた。

フリオは腕を組んだ。

「わかる、かな」

背後を振り返り、斜向かいの工場を指差した。

〈株式会社　星野塗装工業〉とあった。

「あそこ、いいカメラがついてるんだ。たぶん映ってるよ。あとで調べて送るよ」

「えっ。調べるって——」

「ああ。俺、今あそこの塗装職人。オリンピック景気だね。ガン吹き塗装、やってもやっても終わらないんだ。だから土曜もイケイケだよ。フォルツァッってね」

思わず純也は吹き出した。フリオの肩に腕を回す。

「いいね。ありがとう。何かお礼をしなきゃならないくらいだ」

「お礼？　そう、ならみんなでまた、〈アントーニオ〉でパーティしよう。俺達はパーティが好きなんだ」

〈アントーニオ〉は工業団地近くにある、元コミュニティの日系ペルー人が日本の娘と結婚して開いた店だ。純也の歓迎パーティもそこだった。

「ＯＫ。じゃあ、今夜、待ち合わせだ。好きなだけ連れて来ていいよ。なんならコミュニティ全員だ」

「え、そんなにいいのかい？　――ああ。いいよね。マリオはスーツを着てる。ＫＯＢＩＸテクノツール。日本の凄くいい会社に勤められたんだもんな」

純也は軽く頷いてみせた。

「そういうことだよ」

「じゃあ、後でね」

そう言って手を振り、フリオは仕事に戻って行った。

純也も車に向かった。

立場上スーツを着たが、同様の理由で、さすがに車は国産の軽をレンタルした。町田の駅前で借りた。

レンタカーを戻し、猿丸と鳥居が潜む相模大野の拠点に顔を出そうかと考えていると、携帯が振動した。

当の猿丸からだった。

歩きながら受けた。

「どうだい？　そっちは」

――そっすね。進んじゃあいるみたいっすけど。

少々浮かない声だった。

「ふうん。聞こうか」

引き裂かれ、焼かれた会葬御礼。

レンジャー徽章を付けた男。彼氏か親族。おそらく彼氏。

髪の束。遺髪。

表書きのない位牌。

進藤研吾。

白ナイルに眠る。

「そう。わかった。そうだね。ちょうど、そっちに寄ろうかと思ってた。レンタカーを返して、町田から回るよ」

電話を切った。

考えて歩き、車に寄った。

ドアノブに手を掛けたところで立ち止まり、一度辺りをゆっくり眺めた。

静かな区画の工場は、休日だろうか。

機械が動いているところからは、駆動音に混じって二つや三つではない言語が聞こえてくる。

どれも元気で、陽気な声だ。

「フォルツァ」

口にしてみた。

それだけで、自分も元気を受け取れる気がした。

「なら、僕も考えてみようか。マンドリンやケーナの、フォルクローレの調べを聞きながら。ピスコサワーを呑んで」

軽に乗り込み、すぐに純也はエンジンを掛けた。

「ああ。ピスコサワーは、アーネスト・ヘミングウェイも好んだっけ。そんな小話を教えてくれたのは、たしかあの人だったたな。甘い酒はどうにも苦手だって言いながら」

猫のように笑い、純也は軽を発進させた。

【やあ、Jボーイ。久し振りだね。いついかなるときも、君からの連絡は嬉《うれ》しいものだ。たとえそれが無味乾燥に、常にビジネスライクな発想にしか動機付けられていなかったとしてもだ。

チョイスされるべきカードの中に、私が入っているという、この喜び。そして結果チョイスされ、こうして声が聞けるという無上の喜び。なにものにも勝るものだ。

そう、それがたとえ、私からの連絡は好き放題に無視し、そちらからは何事もなかったかのようにしてくる連絡だったとしてもね。

え、ああ。これは愚痴ではないよ。そう聞こえたかな。失礼。嬉しさも度を越すと、言葉が滑るのかもしれない。齢《とし》、だとは思いたくないけれど。

Jボーイ。私はね、嘘偽りなく本当に嬉しいんだよ。これは本心だ。

そう。だから嬉しいついでに、一つ教えてあげようか。本人の狙いが何かは私にも不明だが、なんと言ったかな。そう、トーリ・イソベ。リー・ジェインがね。日本に渡ったよ。

え、ああ、知っているのかい。――そう、本人から連絡があったのかい。なら、――ああ、首に鈴はつけたと。ふうん。さすがに、君も小さな島国の神だ。抜かりはないね。まあ、なさすぎな気もするが。

案外、Jボーイもリーも、お互いに意識しすぎてないかい？　島国は、心身の距離を、思う以上に近いものにする。いや、感じさせる、かな。錯覚かも知れないが、それはそれでいいものだよ。

去年、私もそっちを漫遊して思ったものだ。人の距離がなんと近く、だから〈外国人には〉遠い、とね。私は嫌いではないが、人の温《ぬく》もりを欲しない輩も中にはいる。デザートゲリラなどはまさしくそのものだろう。

で、今回のおねだりはなんだね。ははっ。時期だからね。もう覚えたよ。そう、お中元代わりに、なんでも聞こうじゃないか。

えっ。ああ、そのデザートゲリラそのものだって？　奇遇だね。

今現在で、サーティ・サタンのメンバー、あるいはエージェント、あるいは私の友達で、アフリカにいる連中か――。

うん、いるよ。コンゴにもルワンダにも。私自身が南スーダンで矢崎を見たっていう話は、この前したね。

えっ。まだいるかって。

ふふっ。お任せあれだよ、Ｊボーイ。

いついかなるときも、どこにでも。

私の思いは、今や全世界に満ちつつあるからね。そうなるともう、君の住む島国と何も変わらない。

私にとって世界は、狭いものだ。人の距離が近く、〈外国人には〉遠いのも変わらない。

それを良しとしない者達が騒擾《そうじょう》する。

それを良しとしない私が騒擾を食らうと言ったら、これこそウロボロスの蛇だろうか。

となると私にとって人の温もりとは、どこまで行っても、人の流す血潮の温かさ、ということになるのだろうか。

Jボーイ、君はこの矛盾を、どう思うのだろうね】

三

「おらぁ。愛美。そっちじゃねえよ。勝手に行くな。母さんが困ってるだろうが」

「ええ。だって新幹線だよ新幹線。仙台だよ仙台。生きてるうちに、お父さんに連れてってもらえるなんて思わなかったもん」

猿丸が加納麻美の部屋に侵入した、翌日の日曜日だった。

相模大野の拠点は猿丸に任せ、前日のうちに鳥居は自宅に戻った。

そうして朝の九時過ぎ、鳥居が家族で立つのは東京駅の新幹線ホームだ。

家族旅行を兼ね、一路仙台へ。

これは、昨日の午後になって純也に提案されたことだった。

猿丸が純也に連絡を入れた後、三十分もしないうちに、今度は鳥居の携帯に純也から連絡が入った。

——ねえ。家族旅行しないかい？

純也はそう切り出した。

「えっ。旅行って」

付き合いは長い。言い方と雰囲気でなんとなく読める。

「あの、どこへですかね」

——えっと。セリさんにはもう言えないとこ。

「あ、やっぱり。仙台ですか」

——急で悪いけど明日から。ああ、奥さんと愛美ちゃんの都合がつくなら。

「まあ、家族なら明日、一人なら今からってとこですか？」

——鋭いね。でもね。

是非、行ってきたらいい、と純也は続けた。

——愛美ちゃん、夏休みじゃないか。海もある。美味しいものもある。ぜひ行ってきたらいいよ。

「はあ。海ですか」

——そう。セリさんなんて、休暇だったのに行かなかったみたいだけどね。

「休暇ね。あんときゃ、本人にそんな気はさらさらなかったみたいですがね」

――あれ？　そうなんだ。

電話の声は、いやに楽しげだった。

――セリさんはともかく、メイさんは堂々と取らないと。師団長じゃないけど、僕も休暇は奨励してるよ。とくに、長年頑張ってきた人達にはね。仕事もいいけど、人生をもっともっと、余裕を持って生きるべきなんだ。

「余裕ですか」

――そう。で、奥さんと愛美ちゃんに余裕はあるかな。

「大丈夫だとは思いますが。和子《かずこ》の予定は特にねえはずですし、愛美も宿題でアップアップするのはまだまだ先でしょうし」

確認したらメールを入れて、と言って純也は電話を切った。

「なんとも、慌ただしいな」

思わず電話に向かって呟く。

近くで聞いていた猿丸がにやついた。

「へへっ。メイさん。考え無しに慌ただしくねえと、旅行にも連れってやれねえよ。俺らの商売は」

「ふん。セリのくせに、真っ当なこと言うじゃねえか」

「真っ当じゃねえ商売だからね」

その後、家に電話を掛けて和子と愛美の予定を聞いた。

胡散臭そうに答えられたところが、猿丸が言う真っ当でない商売の従事者だと改めて思い知るところだ。

特に無し、とメールを入れれば、四時過ぎに現れた純也は早くも新幹線のチケットを持っていた。

「町田の駅で買ってきた。宿とかその他は、追っ付け連絡が来ると思う。婆ちゃんの関連の旅行社に頼んどいたから」

そうして訪れた、今日だった。

ただし、純也から受け取ったチケットは五枚あった。

至れり尽くせりの家族旅行には、純也の手配でボディ・ガード兼運転手と、その補佐がついてきた。

「悪《わり》ぃな、啓太。あんなのと一緒でよ」

鳥居は頭を掻きながら、近くで微笑む犬塚啓太に顔を向けた。

「いえ。一般職の二次試験も終わって、なんか急に暇だったし。それに俺、兄妹がいないから、こういうの嫌いじゃないっすよ」

隣で寄り添うようにしていた重守彩乃も、同意を示して大きく頷く。二人とも同じような一人っ子だ。

彩乃は、細面《ほそおもて》に大きな目とえくぼが実に印象的な娘だ。普段はハワイのコンドミニアムに暮らすが、移植した腎臓の定期的な検査のために、ちょうど帰国していた。

――まあ、その回数も啓太君と付き合うようになってから、倍以上に増えたようだけどね。

そんな情報も純也から聞いてはいた。

新幹線の中でも愛美は大いにはしゃぎ、鳥居が声を荒らげ、それでも愛美ははしゃいだ。

「よっぽど楽しいんですね、家族旅行が。いえ、お父さんとの旅行がかしら」

彩乃の言葉が、大いに愛美の心の代弁だったかもしれない。

仙台では、駅に旅行会社手配のレンタカーが用意してあった。

駅構内にある牛タンの有名どころで昼食を済ませた後、夜までの行動は二手に分かれる手筈になっていた。

啓太が運転するレンタカーで鳥居は駐屯地へ、彩乃は和子と愛美を引率するように、青葉山公園に行く予定だった。

「彩乃ちゃん。済まねえけどよ。啓太ぁ、借りるよ」

彩乃に言えば、どうぞどうぞ、じゃんじゃん、ともう雰囲気は姉さん女房のようだった。

女性陣と別れて、レンタカーで仙台駐屯地に向かう。

駅からだと北門が近いが、駐屯地司令部である東北方面総監部が南門近くなので、基本、南門が正門ということになる。

純也から来訪の連絡は行っていたようで、正門の内側では矢崎が待っていた。

「和知のところは、なんと言うか入りづらいんでね。鳥居君は初めてだったろう」

「ええ。暑い中お出迎え、すいませんね」

鳥居が頭を下げれば、矢崎は運転席の啓太を見て目を細めた。

「一般職一次試験、合格したそうじゃないか。おめでとう」

「有り難うございます」

二人にはすでに何度かの面識があったことを鳥居は知っている。

告別式、命日。

線香の煙の中、だけではあるが。

後部座席に矢崎が乗り込み、北門近くの資料館を目指した。車両通行の許可は矢崎が取ってくれていた。

「やあ。君が犬塚啓太君だね。初めまして。和知友彦一等陸尉です。君、大きいねえ」

トラップのような認証を経て入った部屋では、鳥居に言わせれば〈どこに行っても図々しい屈託のなさ〉が売りの和知が、キャスタチェアごとゴロゴロとやってきて、啓太に向けて手を差し伸べた。

「初めまして。お噂はかねがね、生前の父から聞いています」

「あ、そうなの。じゃあ間違えないでね。昇任してるから。僕は二尉じゃなくて、一等陸尉。それにしても君、大きいねえ」

どうにも、啓太を長く留めておくと何かに毒される気がした。

言いようのない何かだ。

それで、

「単刀直入に聞きますぜ。ああ、和知。茶はいい。長居はしねえよ。家族も彼女も待ってんだ」

「えっ。彼女って、啓太君の。ああ、神奈川選出の農林族の世襲三世の重守幸太郎の一人娘の二十四歳の。————いいなぁっ」

椅子で悶《もだ》えるが、まあ、放っておく。

和知は馬鹿はやっても聞くとき見るべきときは、聞き逃さず見逃さない、したたかな男だ。

鳥居はまず、携帯を開いて一枚の画像を呼び出した。

猿丸が加納麻美の部屋で撮った、四つ切り写真の画像だ。

「彼は？」

覗き込んで矢崎が聞いた。

「それをお聞きしてぇんで。いいですかい」

鳥居は大きく息を吸った。

進藤研吾。この年でおそらく、三十七歳か三十八歳。レンジャー徽章。

そして、

〈ジュベック州　白ナイルに眠る〉

言った途端、矢崎が鷹の目を光らせた。

しばらく、部屋内を無言が支配した。

ただし、無音ではない。和知はカチャカチャと忙しく、キーボードを叩いていた。

やがて矢崎が、わからないと唸るように言って腕を組んだ。

「少なくとも、レンジャー資格を得た部下なら全員の姓名を覚えている。忘れるものか。つまり進藤は、私の部下ではないということだ。だが、いや、それにしても、ジュベック州と言うからには南スーダンだろうが、どういうことだ。仮に彼が南スーダンに派遣されていたとして、現地で死亡した自衛隊員は一次から最終十一次まで、一人もいなかったはずだ」

矢崎はもう一度唸り、「和知」と吼《ほ》えるように呼んだ。

「はぁい」

慣れた感じで、和知の動きが止まった。

振り返って肩を竦めるが、

「全然、わかりませんねえ」

言ったことはそれだけだった。

矢崎は眉を顰めた。

「不明とは、どういうことだ」

「不明じゃないですよぉ」

「なんだ。わからんぞ」

「つまりですねぇ。そんな男は陸上自衛隊には存在していないということです。正確には、存在した形跡すらないということですけど」

そう言うと、和知はキャスタチェアで回り始めた。

ゆっくりと、クルクルと回った。

「メイさん。どうしますぅ」

回りながら、そんなことを聞いてきた。

「メイさんって呼ぶな」

「わかりましたぁ。で、メイさん、どうしますぅ」

「だから言ってるだろうが。——どうするって、なんだ」

「調べてみますかぁ。例の格闘徽章のことも、ミストのこともそうですしぃ。なぁんか、結構ドロドロな中に、むやみに素手を突っ込む気もしますがぁ」

形跡も痕跡も、跡形もなく消し去ってる存在なんて、結構いるでしょ。公安にだっているでしょうし、陸自だって、いないとは言いませんし、それがミストだなんて言えませんよぉ、とも聞かないうちから言った。

「あの人、なんか面白いですね」

啓太が鳥居の耳元でそう囁いた。

「まあな。百聞は一見に如《し》かずだろ」

そんな会話中も、和知はぶつぶつと言っていた。

鳥居が勝手にその内容の取捨選択をしていると、ふと和知は椅子の回転を止めた。

「そう言えばぁ、師団長。同じ南スーダン帰りの風間三佐が、ジョーカーなんて言ってましたよねぇ。意味不明だけど。でも、意味不明なことなんか、昔から口にするような玉じゃなかったですよねえ。あれなんかも、本格的に調べちゃいますかねえ」

「ああ。そう言えば、たしかにそんなことを言っていたな」

どうしますぅ、と和知は繰り返した。

「ちょっと待て。もう一度、直接風間に聞いてみよう」

矢崎は携帯を取り出し、どこかへ掛けた。

すぐに渋い顔になった。

鳥居が声を掛けた。

「どうしました」

「今回も留守電だった。いや、それはいいんだが、今回は電源も入っていないようだ。それが少し妙だと」

妙なんてことはありませんよぉ、と言って、和知はまたクルクルと回り始めた。

なんとも、落ち着きのない男だ。いや、落ち着くと頭も回らないのかもしれない。

きっとそうだ、ということにしておこう。

「そういう指揮系統に入っている場合、結構、誰が掛けても繋がりませんから。この間来た堂林とか土方とか。あいつらも繋がらない輩なんで。もう金返させようと必死で追い掛けたんですけどねぇ。僕の力をもってしても撥《は》ね返されまして。ははっ」

「堂林？　土方？　——どういうことだ」

「あれ。師団長はご存じなかったですかぁ」

あいつら、今じゃ特殊作戦群の猛者ですよぉ、と和知は言い切った。

特殊作戦群なら、仕事柄その編成までは鳥居も弁えていた。

特殊作戦群は、中央即応集団に属する部隊だ。そもそも陸自の精鋭で編成されるが、中でも特に、〈精鋭無比〉を標榜する陸自最精鋭の第一空挺団から選抜された特殊作戦群は現在、陸自最精鋭と自他ともに認めるところだという。アメリカ陸軍特殊部隊群〈グリーンベレー）とも実践訓練研修を行う部隊だ。

隊員の氏名は非公表で、群長のみが対外対応のすべてを受ける、はずだが。

「なんでお前が知っている」

鳥居の疑問を矢崎が口にした。

蛇の道はヘビですよぉ、と自慢げに言い、和知はキャスタチェアの回転を止めた。

「うわ。目が回った。気持ち悪ぃ」

「待て。ならば、それこそおかしいじゃないか。堂林や土方は南スーダン帰りだぞ。第十一次派遣施設大隊で一緒だったと風間も言っていた。特殊作戦群は特殊部隊で、いわゆる戦闘部隊だ。そんな連中が、どうしてＰＫＯの派遣施設大隊に混じって南スーダンに行っていたんだ。よしんば必要だったとして、向かうならジブチからだろう」

ジブチには海・陸による、自衛隊唯一の海外活動拠点が常設されている。

「知りませんよぅ。だからこそ、コソコソとした任務でもあったんじゃないですかぁ。そこに素手を突っ込む気がありますかぁって聞いてんですけど。あ、本当に気持ち悪いっ」

和知はそこまで言うと青い顔で、トイレのある方に駆けて行った。

鳥居は何も言わなかった。啓太もただ、そこに立っていた。

「南スーダンで何があった。陸自は今、どうなっている」

天を仰いだ矢崎の、地を這うような呟きが、鳥居の耳から離れなかった。

四

週が明けて水曜日になった。八月に入っている。

——おかげさまで、愛美ぁ、和知を引っ張り出して連日の海です。真っ黒んなってますわ。

そんな連絡が前日、昼過ぎに入った。

家族をほぼ知らない純也にとって、鳥居ファミリーはいつも眩しい。

現実的な案件の進捗《しんちょく》はさておき、微笑ましいことだ。

(さて、僕は僕にできることをしようか)

この日、純也は午前十時を回って、丸の内にあるKOBIX本社を訪れた。

本来なら土曜日に予定していたことだ。

一旦は三田伸次郎と調整し、その日程を三田がKOBIX本社側に伝え、応接室の一室を予約する手筈になっていた。

良隆に釘を刺されていたから手順を踏んだつもりだったが、日時を決めると分室に直接良隆から連絡が入った。ちょうど純也が在室のときだった。

——土、日は北海道でゴルフだ。外せん。

「おや。特にあなたの同席が必要だとは思えませんが」

──勝手に、とはな、会うなという文言だけでなく、すべてに掛かる言葉だ。

「ああ」

勝手に二人で会うな、勝手に日時を決めるな、勝手に応接室を使うな、か。

日本語は難しいが、性根が捻《ね》じれるとさらに難度は跳ね上がる。

──月曜は慌ただしい。ついでに言えば月末だ。ああ、月初も、言わずもがなだな。

逆らうのも馬鹿らしく、流れのままに受諾した結果がこの水曜だ。

さすがに、話だけはきちんと受付に通っていた。用意されたセキュリティカードを首から掛け、案内されたのは三十階の重役フロアにある、やけに広い応接室だった。

大理石のテーブルに革張りのアームチェアが六脚。

あるのはそれだけだ。内線電話もコンセントもなく、天井照明はたぶん全面埋め込み型の有機ＥＬパネルだろう。

すぐに冷えた麦茶が饗され、ドアが閉められると一切の物音が絶えた。

エアコンの稼働音が少しだけ聞こえるか。

大企業になれば必ずある、徹底した防諜部屋だろう。

ＫＯＢＩＸ本社ともなるとおそらく、最高精度の監視カメラは言うに及ばず、外部からのアタックに対する高度なジャミングが施されているに違いない。

ジャミングに関しては分室に施したジャマーとどちらが高性能かに興味は尽きないが、

少なくとも分室のように壁沿いすべてに、無骨なモールの類は一切見られなかった。

麦茶一杯をゆっくり飲めば予定の時間となり、そこからさらに十五分も過ぎた頃にドアがノックされた。

入ってきたのは三田伸次郎一人だった。

「おや、偉大な社長さんは？」

「お忙しいようでな」

三田は、目も合わせず対面に座った。

「向こうの都合ですよね。なら、特に必要はないと思いますが、私がここまで待たされたわけは」

「だから、お忙しいのだ。勝手に始めるわけにはいかないだろう。滅多なことを口にするもんじゃない」

なるほど。気にはしないが、現在、〈滅多なこと〉が監視カメラに撮られ続けている。

「呼ばれた身です。卑屈でいる気は毛頭ありませんが」

「お伺いは立てた。進めろとなってな、だから来た」

「ああ。そのお伺いに十五分ですか」

再びドアがノックされた。

入ってきたのは、おそらく秘書課の女性社員だった。コーヒーを運んできた。

三田は女子社員にセキュリティの確認をした。

大丈夫だろうね、とはこの場合、録画や録音の類は切れということだろう。

曖昧な日本語の会話こそ、実は世界最高レベルのセキュリティかもしれない。

「では、お聞きしましょうか」

コーヒーをひと口飲んで、純也は本題に入った。

「ああ。そうだな。そのために来てもらった」

三田も同じようにひと口飲んだ。

「いや、来ては貰ったが、大した用件ではないかもしれないんだ。実際、だから通夜の席では後日でもいいということにしたのだが」

「さて。先が見えませんが」

「そう。私にもよく見えない、というか。――というのはだね、その、盗難にあったというか、いや、そのこと自体が別に大事というか、そんなことはないと思われるのだがね」

どうにも三田は煮え切らなかった。

純也は黙って足を組み、ただコーヒーを飲んだ。

こちらから聞かせてくれと頼んだわけではない。

コーヒー一杯。

それがタイムリミットだ。

急げばひと口、となる頃にいきなりドアが開いた。
良隆だった。
挨拶もなく入り込み、三田の隣に音も荒く座った。
「話は終わったのか」
第一声がそれだった。
純也は両手を横に広げた。
ふんと鼻を鳴らし、良隆は冷ややかな目を隣に向けた。
「何をどう言い繕おうと、不手際不注意には違いないのだがな」
すぐに良隆の分のコーヒーが運ばれた。
ひと口飲んでカップを置くなり、
「盗《と》られたそうだ。彼の会社の倉庫から、古い１５５ミリの榴弾砲を」
良隆はそう言った。
さすがに純也も一瞬固まった。
最初、何を言っているのか、純也をして理解できなかった。
平和立国を標榜する日本の中で、火砲が盗まれる。
いや、盗んだとして、一体なんの目的が。
思考を巡らせていると、

「いえ。小日向さん。社長。盗られたと言うのは時期尚早というか、そのために話を聞いて貰うのですから、先入観を持たれてもと言いますか」

三田が苦笑しつつ、むくんだような手を振った。

「この期に及んでまだそんなことを言いますか」

怒気が一瞬、良隆の全身に膨れたが、目頭を揉む動作でよく耐えたようだ。良隆なりの処世術、社交術というものの一端か。

それにしても、さすがに呆れ加減だ。

「いい加減、お認めになったらいかがです？　リスクマネジメントから言っても、逃げ腰はいずれ発覚したときに、社会的制裁を助長するばかりだ。株価が底を打ちでもしたら、それこそ現経営陣の責任論に発展しますよ」

「いやいや」

三田はこめかみから流れる汗を拭いた。

「すいませんが」

純也は手を上げ、会話に棹《さお》をさした。

「古い１５５ミリの榴弾砲ということは、Ｍ１ですか」

「五八式、だ」

三田は力なく、肩ごと落とすようにして頷いた。

Ｍ１　１５５ミリ榴弾砲はアメリカが開発した牽引式榴弾砲だ。陸自でも米軍供与品のＭ１を野戦特科部隊が保有している。

一九八三年以降、新日本重工のライセンス生産によって牽引・自走両用式１５５ミリ榴弾砲　ＦＨ70、通称ＦＨが配備されて退役したものの、今なお世界各国で運用され、カスタマイズ型が製造されているという。

三田が口にした五八式は、新日本重工の技術力なくしては製造し得ない、Ｍ１そのもののデッドコピーだ。

「最初、陸自と名乗る男から連絡があったらしい。それが先月の十八日だ。中央即応集団とか」

五八式を口にしたことでようやく観念したようで、三田の話が前に進んだ。

純也は思わず鼻頭を掻いた。

――フォルツァッ。

脳裏で牧里工業団地のフリオが笑った。

プロフィアのカスタムは、このためかもしれない。

飽くことなく地道に、丹念に拾ってゆけば、物事はふとしたところで繋がり、やがて一つ所に収斂する。

それを導くのが、公安作業というものだ。

とはいえ、鳥居がいたなら言ったかもしれない。

また、事件を面白がってますね。

そんなつもりはさらさらないのだが、このときも、

「何を笑っているのだ」

良隆は眉根に不快感を寄せ、純也は咳払《せきばら》いで誤魔化《ごまか》した。

「中央観閲式、と言ったそうだ」

三田は話を続けた。

「観閲式に、陸自の中即団がですか？」

純也は首を傾げた。

「今年はたしか空自の番で、百里《ひゃくり》で航空観閲式のはずですが」

三田は頷いた。

「相手も自分からそう説明したらしい。その上で、礼砲扱いとして155ミリを陸自から百里に派遣したい、と言ったそうだ」

そうして――。

〈天皇退位特例法が発布されたばかりの折り、本来の礼砲である105ミリを観閲式に派遣するのは、いささか世論が気になる。時期は未定だが、霞ヶ浦の関東補給処に保有の105ミリ榴弾砲は即位礼正殿の儀に向け、今後間違いなくメンテナンスに入るからだ。

それらを踏まえ、少々の悪戯心《いたずらごころ》もあって百里とは、御社で保管している五八式で折り合いがついた。借り受けたい〉

という話になったという。

その上で、

——当然、保管している以上、メンテナンスはできているのでしょうね。

と強く確認されたらしい。

「所長は最初、返事に窮したそうだ」

「所長とは」

「うちの八王子研究所の所長だ。待遇としては取締役になる。ライセンスの資料や実機の製作は本社第一工場だが、ライセンシーとしての二次研究はそちらの扱いだ。まあ、昔のスピンオフ、デッドコピーほどの自由度はないが。それでも進めておかないと、いずれギア一枚、プーリー一本にも法外な金額を要求されたりするかもしれない。備えは常に必要なのだ」

「なるほど。八王子はそういう場所ですか。——そこに五八式が保管されていることを知るのは？」

「ただの鉄の塊だぞ。別に隠しもしていない。誰が持っていくと思うんだ。盗んで売るにしろ奇特なマニアが密かに保有するにしろ、例えば県外に運ぶだけでも、一体どれだけの費用が掛かると思う」

聞かれても、純也は特に答えなかった。話の腰を折るだけだ。どうでもいい。

小首を傾げて先を促す。アクションはわずかにそれだけだ。

「相手はずいぶん高飛車な物言いだったそうだが、文句を言う前に所長は慌てたらしい。換装はしたものの試射までで、以降は倉庫の奥で埃をかぶっていた代物だ。メンテナンスと言われても、その後すぐ新型の導入が決まった。だから何もしていなかった。もう金を生まないのだ。保管料だけは毎年貰っていたが。それをいきなり、三日後の正午に引き取りだと――」

「ちょっと待ってください。換装とは」

「えっ。ああ」

マズルブレーキをつけた砲身延長に、ちょっとした駆動補助エンジン、と三田は言った。

「だから保管場所が、二次研究の八王子研究所だったのだ」

純也は手で顔を覆った。

M1でも射程距離は十四キロメートル以上あったはずだが、砲身延長なら間違いなく二十キロを超えるだろう。しかも駆動補助エンジンとは、FH70同様にある程度の自走が可能ということか。

「遺物どころじゃなく、現行に匹敵する立派な兵器じゃないですか」

「そりゃ、性能としてはそうだ。そうなるべく、旧防衛庁から密かに依頼されたのだから」

三田は止まらない汗を拭いた。

「で、それで渡したのですか。そんな兵器を。簡単に」

「渡した、と所長は言っていた。大型トラックに、所員共々で積み込みまで手伝ったようだ。その後、入念に幌《ほろ》まで掛けてやって。もちろん、一時管理移譲の確認はその場でした。書類も印も、怪しむべきところはどこにもなかったそうだ。逆に、こちらの本社印が必要な個所に問題があった。引き取りに来た連中のリーダーから叱責さえあったらしい」

平謝りに謝り、後になってその書類を座間駐屯地の中央即応集団司令部に返送した。

「何かの間違いではないですかと言われたと聞いた。書類に印のあった人間もいない。それ以前に、借り受けの事実はまったくないと。なんとも狐につままれた気分だったらしいが、それ以上言えば墓穴を掘るだけだ。引き下がった。それが、五八式をトラックに積んだ四日後だ」

「防犯カメラは」

「いや。特にはない」

「ない？」

「いや。あるにはある。残っていないだけだ。研究所の敷地内の映像や音声は、室内外、もちろん駐車場も含めて、個人のプライバシーの問題もあって二十四時間で上書きされる。その代わり、情報やデータの持ち出しには自慢できるほど高度なセキュリティが掛けてある。さっきも言ったが、誰がそんな鉄の塊を盗むなどと想像できるんだ。しかも、君は兵器だというが、弾はないんだ。実弾もなく、運用されることもう有り得ない。こちらにしても、五八式はもう無用の長物だった」

「なるほど。せめて、弾はないと」

「当たり前だ。それは我が社の範疇《はんちゅう》外だ」

三田は妙なことを誇示した。

悲しいほど平和惚けの、けれど、それが日本の現実だろう。

「せめて、ゲートでナンバーくらいはわかりませんか」

「それくらいなら、わかると思う」

「メールで結構。後で連絡を」

純也は、冷たくなったカップの残りを飲み干した。

五

話を終え純也が席を立とうとすると、

と、良隆に声を掛けられた。

「ちょっと待て。そこにいろ」

横柄なものだったが、取り敢えず従った。代わりに三田が席を立った。

その退出を確認して後、良隆は椅子に深く沈んだ。

「とまあ、そういうことだ。助けてやってくれ。もちろん、内々にだ。最悪、揉み消せ」

「それを、私にやれと」

「そうだ」

「私なんかより力のある人が、この国の上の方にいると思いますが」

「ああ、総理に頼むというのはない。頼んだところで、自分で動くわけではないしな。内々で処理したい事柄が、人の口から口へ伝わってゆく危険がある。トップダウンとは、下手をすればそういうものだ」

良隆はさも面白くもなさそうに、真顔で答えた。

「それに頼んだとして、万が一にも情報が漏れたとしたら内容が内容だけに、ダメージはうちの社だけでなく、総理自身にも跳ね返る恐れがある」

「なるほど」

「だから、お前なのだ。無駄飯食いでも、現職の公安なのだろうが。遣り方は色々あるだろう」

「それはまあ。それにしても、〈目の上のほくろ〉程度には邪魔な私を、呼んでまで新日本重工の三田さんにあてがうとは、ずいぶんとお優しいことで」

ふん、と良隆は鼻を鳴らした。

「もっとも、そのまま発覚すれば株価が暴落して、一気にM＆Aもやりやすくなると提言する重役もいるがな。その前に、資本提供している分の短期的な欠損によって、我が社の株価にも影響が出るのは必至だ。当面の私の持ち株にも——」

良隆は純也に指を突きつけた。

「お前の持ち株にもな」

純也は肩を竦めた。

「そういう嫌らしい物言いは、亡くなったお父さんにそっくりですね」

「ふん。自分でどう思っているのかはしらんが、お前もな」

特に答えず、純也は立ち上がった。

ドアに向かうと、先に外からノックが聞こえた。

入ってきたのは男性の社員だった。

「失礼します。——社長」

だいぶ慌てているように見えた。

「なんだ」

社員が良隆に寄っていった。

純也は外に出た。

エレベータで一階に降りる。

乗り込む瞬間、何か奇声が聞こえたような気がしたが構わなかった。

一階に降りると、来たときよりもだいぶ人が多くなっていた。

セキュリティカードを受付に返し、エントランスへ向かうと三十階で聞いた奇声が追い掛けてきた。

「お、おい。おぉいっ」

特に気にもしなかった。

おい、とはそれだけではなんの意味もなさない奇声だ。

「じゅ、純也。待った。待ってくれっ」

純也は立ち止まって嘆息した。意味が自身に収斂したら、やむを得ない。

振り返れば、何事かと注視する周囲の目も気にせず、良隆が泳ぐようにこちらに向かってくるところだった。

「参ったな」

苦笑いで純也はサングラスを掛け、至る所に配された柱型の観葉植物にさりげなく寄った。

それで少しだけでも、自分の存在が曖昧にできれば幸いだ。

「純也。いや、純也君っ」

良隆は息を切らせつつ走り寄ってきた。

そのまま純也のジャケットの襟元をつかみ、紅潮した顔を寄せてくる。

「た、助けてくれ。新日本の株価どころではない。た、助けてくれぇっ」

近くのわりに声が大きい。気が動転して、自身を制御できていないようだ。

「仕方ないな」

純也は良隆を突き放し、逆に襟をつかんで引き寄せた。

「騒ぐな」

低く静かに、言葉の楔《くさび》を打ち込む。

それで良隆に、最低限の自制が戻ったようだった。

「あ、ああ」

声だけは小さくなった。

「何があった」

聞けば、良隆は大きく息を吸った。

「ぬ、盗まれていた。そういう報告が今来た。どうしましょうと言うから止めた。止めておいた。まったく、うちの研究所も新日本と同じだ。馬鹿と阿呆ばっかりだ」

「どうでもいい。で、何を盗まれたと」

「ら、ＲＡＰ弾だ。１５５ミリの」

「えっ」

眉を顰め、純也は良隆を突き離した。

ＲＡＰ弾とはロケットアシスト弾のことで、射程距離を延ばすために砲弾にロケットエンジンを組み込んだものだ。

換装された五八式に使用すれば、射程距離は一気に三十キロにも達するか。その分命中精度は不定だが、レーザーガイドやＧＰＳ誘導を装備すれば、誤差はわずかなものだという。

「ふうん。――そんな物を、よくも盗られたものだ。場所は」

「千葉だ。袖ケ浦の」

「了解です」

最後まで聞かなかった。

ＫＯＢＩＸで袖ケ浦といえば、それだけでわかる。

京葉工業地域にある臨海工場のことだ。第一から第三まであり、袖ケ浦といえば第三工場のことを指す。

純也は良隆に背を向けた。

「今から行くことを伝えておいて下さい」

「わ、わかった」

息を切らしながら良隆は言った。

「それ、それだけか」

「それだけ？」

純也は歩き始めた足を止めた。

「あなたにそれ以外、できることなど何もありません」

靴音高くその場を離れ、純也はエントランスから外に出た。コインパーキングでM６に乗り込み、動き出した車内ですぐに、ハンズフリーにした電話を掛ける。

――はいよ。なんだ？

「頼みがある」

相手は、本庁捜一の斉藤だった。

「Nで照会して欲しいトラックがある。ダメ元で。スタートは相模原の牧里工業団地、いや、新日本重工の八王子研究所付近でいいかな。スタートは先月二十一日の正午」

そうして、フリオから送られてきたナンバーを告げた。

――ま、当たらせてみる。結果の如何《いかん》に拘らず、掛かるものは掛かるぞ。

「わかってる。よろしくな」

その後、M6は千葉に入った。

目的の臨海第三工場に到着したのは二時半過ぎだった。

といって、来はしたものの、何がどう動くわけではない。

盗難は実弾二発。盗難が発覚したのが今朝で、その他は一切が不明だった。

格納倉庫の鍵は簡単な南京錠で、防犯カメラは近くになく、工場自体への出入りに特に持ち物のチェックはなく、ゲートでは記名制だが全員の必要はなく、事前申し込みの工場見学も多いという環境は、目の粗い笊《ざる》だ。

だからというわけではないだろうが、工場長は責任逃れの弁明に終始した。三田と大して変わらない。

どうにも危機感に薄い。薄いから管理しようとしても脆弱《ぜいじゃく》になる。脆弱でも管理すれば、安心する。

結果、盗まれても薄いから危機感はない。どうしてあんな物を、と首を傾げることになる。

薄い危機感に端を発した盗難は、一週間もすれば風化するに違いない。酒宴の肴が関の山か。

たとえそれが、155ミリロケットアシストの実弾でも。

純也の役目は今はとにかく、警察として現場に立ち会い、以降の丸投げを受理してやることだろう。

だから身分証明には、持っていた警視庁捜査一課の斉藤の名刺を使った。工場長にしてみれば県警だろうと警視庁だろうと、間違いなく関係はない。

取り敢えず工場長の話を聞くだけ聞き、捲《まく》し立てるような弁明の中に、必要最小限の理屈だけは拾った。

二〇〇四年十二月に閣議決定された、『平成17年度以降に係る防衛計画の大綱について』において、陸自は保有する戦車や特科装備（火砲）の定数が見直され、大幅な削減が決定された。

火砲数も削減された。砲弾数も然《しか》りだ。

ただ、安全管理の問題で備蓄庫自体が場所も広さも予算も限られる関係上、そもそも有事に必要十分な弾薬が確保されているとは到底言い難いのが現状らしい。

そこにさらなる削減が決定され、防衛庁内、特に制服組に近い辺りからは悲鳴があがったという。

「だから？」

と、純也は聞いた。

「だから、あったのです。ここだけの話、我が社だけに限ったことではありませんが。銃弾やミサイルをライセンス生産する企業は、どこもある程度量は備蓄しているはずです。もちろん――」

ただではありませんが、とそういうことらしい。

中でも105ミリから160ミリまでのミサイルは、KOBIXが小日向重化学工業だった頃から、ほぼ独占的に生産していたという。

「我が社の歴史の中でも、こんな物の盗難があったなんて初めてのことです。聞いたことがない。それがよりにもよって、なんで」

俺が工場長のときに、とは言わなくともわかったし、聞きたくもなかったから素知らぬ振りをした。

他に聞くことはなかった。

「では、後はこちらで」

そう言ってやれば終わりだった。

よろしくお願いしますと頭を下げる工場長を尻目に、そのまま第三工場を後にした。

「五八式榴弾砲に、155ミリRAP弾か」

榴弾砲については、来る途中に早速、斉藤から連絡があった。

研究所近くのNに大型トラックはヒットしたが、その後が不発だったらしい。

高速に乗り、関越で長岡までは間違いなく行ったが、北陸道には乗らなかったようだ。

そこで途絶えた。

長岡周辺に拠点があるか、その近辺で、偽造か窃盗かした前方ナンバープレートの交換。

斉藤が簡単にそう言った。

妥当なところだ。

——これ以上は大掛かりになるが、どうする。

やらないとも言わず曖昧に保留したが、斉藤もわかっているだろう。

そこまでだ。

三十キロ射程の榴弾砲が盗まれたなど、言えるわけもない。

問題はこれから先で、当然、その行方だが。

「関越道に乗ったのも、偽装の一部かな」

考えつつ、京葉道路に入ったときだった。

Ｍ６の車内に軽快なメロディが流れた。春子からの電話だった。

——どう？　純ちゃんは、今晩は帰ってくるの？

いつもながら、穏やかに変わらない声だった。一気に車内の空気まで和むようだ。

「もう帰り道、みたいな感じだけど」

——ならよかった。じゃあ、晩御飯は家で？

「ああ。そうだね。久し振りにそれもいいかな。色々、考えたいこともあるし」

「りょうかぁい」

ふと、純也は首を傾げた。

いつもながら、と感じつつ、思えばいつもより、

「なんか婆ちゃん。返事がハイカラだね」

——えっ。そう？

「だいたい、どうして今日に限って晩飯の心配を？」

——ああ。それ？　だって、明日の朝はいるのって聞くのも変じゃない？　今日の夜いれば、明日の朝はいるものよ。

「そうだね。まだ、前提がまったくわからないけど」

——矢崎さんとの契約が明日になったのよ。純ちゃんにも同席して欲しいけど、駄目でもせめて、送ってくれないかなあって。

「いいけど、なんでまた急に」

——ふと気づいたら、明日が大安だったのよ。大事じゃない？

苦笑が洩れた。

「ああ。絶対的理由だね。——いいよ。送るだけなら」

通話を終えた後、M6は特に大きな渋滞にはまることもなく、順調に進んだ。

六時を過ぎる頃には、もう国立の駅の近くだった。

と、車内に無骨な着信音が流れた。
知らない番号だった。出ると切れた。
それでたいがい、誰であるかはわかった。
すぐにまた掛かってきたが、出るとまた切れた。
三度目が鳴ったが出なかった。
切れた後に、こちらから掛け直した。
番号は毎回違うが、二度出て三度目に出ることなく、切れて後リダイアルで掛け直す。
それが、周到で小心で甘い酒が苦手なフランス人との、通話の約束事だった。

【やあ。Ｊボーイ。君からの頼み事だ。私は早速に動いたよ。もっとも、アフリカは地理的には遠いが、話は早かった。君もわかっているように、南スーダンにはまだ、直接に入っているエージェントがいるからね。

さて、君が欲した情報だがね、Jボーイ。どうやら戦闘があったのは間違いないようだ。

ああ、君の国では、戦闘だか揉め事だかで国を割って議論になったらしいが、相変わらずいい国だね。

いや、これは決して悪口を言っているわけではないよ。平和惚けという言葉を、私は嫌いではない。惚けるほどの平和を国民が全体で甘受できる国が、今この世界に一体どれくらいあると思うんだね？

私は、羨ましいとさえ思うんだよ。ときに、この世の楽園なのではないかともね。〈漫遊〉の旅をした私も、危うく取り込まれるところだった。

ぜひ今度はJボーイ。君と秘境なる所の温泉に――。

ん？　また今度にしろって？　つれないね。

そう、現地ジュバで聞く限りでは、こちらではたしかに、揉め事程度があったらしい。

――うん。Jボーイ。君が言う三月十八日で間違いないよ。

――ああ。陸自の隊員五人が、現地三月十八日に南スーダン兵士に連行されたというニュースはもう伝わっていたんだっけ。

えっ。宿営地の南およそ一・五キロと報道されてるって？

ああ。たぶん、その辺かな。そうだね。それだよ。

あれは、間違いなく揉め事だったようだ。連行された陸自の人間は、相手が東南アジア系のゲリラと言っていたようだが、現地の人間からすると、どこが違うのかということだったね。相手も五人いたようだ。言葉は英語でなく、何語かわからないが会話も少ししていたようだ。同じリズム、同じイントネーションに聞こえたと言っていたな。なんにしても、動物の鳴き声にしか聞こえないとも言っていたがね。

Jボーイ。言語とは本当に難しいものだ。

で、その揉め事のときは、偶然居合わせた現地の人間が、慌てて国の兵士を呼びに行ったらしい。

その間に何があったかは不明だが、南スーダンの兵士が駆け付けたときには、相手の五人の姿はもうそこには〈なかった〉ようだ。

ただね、Jボーイ。周辺を確認した兵士達が、確認した結果として、一時的にも陸自の五人を連行したというのだから、これは推して知るべしだろう。

間違いなく、何かの揉め事はあったのだろうね。

後にも先にも、その消えた五人の姿を見た者は誰もいないらしい。

そうそう。Jボーイ。

ただ、陸自の最終派遣隊が国に帰る直前、抱え切れないほどの花束が、その付近に置かれたそうだ。

誰が置いて行ったかは不明だが、現地で花は貴重なものだよ。

抱え切れない花束は、ずいぶん香《かぐわ》しかったそうだ。

ジュベック州ラジャフ郡の白ナイル川を渡る、柔らかな風に送られてね】

第六章　発射

一

助手席に春子を乗せたＢＭＷ　Ｍ６は、九時半近くになって湯島に到着した。

矢崎達との約束は九時だった。

思った以上の渋滞に巻き込まれて少し遅れた格好だが、十時過ぎには滞りなく賃貸借契約が終了した。

この瞬間から、矢崎は三階の住人となった。

では私はこれで、とＫＯＢＩＸエステートの今谷が鞄《かばん》を抱えていそいそと出てゆく。

見送って純也は、

「師団長。ちょっと歩きませんか」

と矢崎を誘った。

春子は訳知らぬ顔でコーヒーを飲んでいた。

帰りが自力になることは最初から念を押した。広小路からアメ横辺りをブラついて、タクシーを拾うと本人は言っていた。

純也は、矢崎を連れて池之端に出た。

思えば田戸屋のときと同じコース、同じ場所だった。

湯島から坂を下ると、すべからく行き着くのかもしれない。

喜怒哀楽も、常に同じ場所に抱えて溜まれば、それは澱みだ。

澱みに咲く蓮の花は、大輪になるという。

不忍池には今、見頃を迎えた蓮の花が大きく咲き誇っていた。

田戸屋のときにはあまりなかった、敷き詰められたような花だ。

「湯島は、そうか。上野不忍池にこんなに近かったんだね」

塗りの剝げた手摺りに摑まり、矢崎は池一面に目を細めた。

「防衛省の内部を、それとなく触ってみた。それこそ、様々なところをだ。光の中も、闇の奥も」

先に話を切り出したのは矢崎だった。この辺はもう、呼吸だろう。

「触ってみてわかった。私はもう門外漢なのだとね。触れるところは上っ面ばかり、いや、目的がなければ上っ面だともわからなかった。伸ばして触れて、それで満足していただろう。今となっては悲しいばかりだが。――光の中の先、闇の奥の底。どちらにも手が届かない。いや、ミスト、特務班と言うのか。そこにすら、私は実際の手が届かなかったよ」

矢崎は、思いを晴らすように手摺りを叩いた。

「そうですか。まあ、いいんじゃないですか」

純也は矢崎に並んだ。

「すでに過去の話です。過去は未来に忖度《そんたく》しない。縛りもしませんが。――未来を創るのは、今だけです。今を必死に生きるということだけが、未来の扉を抉《こ》じ開ける鍵です」

すぐ近くで、蓮の花が一つ開いた。

「さて、師団長。では、考えなければならないリアルタイムの話をしましょう」

盗まれた五八式やＲＡＰ弾、ダニエル・ガロアに聞いた話。

「なんだって！」

さすがに事の重大さは、この男なら理解している。

「ただ、師団長。わからないのは進藤研吾という男の存在です。間違いなく、白ナイル川に消えたのだとしたら、何者だったのでしょうか」

矢崎は大きく息をついた。

考えるためでもあり、落ち着くためでもあったろう。

「その答えを持つのは、私の周りには数人しかいないのだがね」

矢崎は携帯を取り出し、電話を掛けてスピーカにした。

いつ止むともない、長いコールだった。

「この通りだ」

切ろうとしたとき、いきなり繋がった。

矢崎が急ぎ、携帯を耳に当てた。スピーカはそのままだ。

「風間か」

すぐには返事はなかった。

「もしもし。風間、どうした」

もう一度矢崎が呼んだ。

――もしもし。

ようやく反応があった。純也にはわからなかったが、声を聞いて矢崎は妙な顔をした。

こちらが黙っていると、

――どちらさんでしょうか。

言葉は丁寧だが、明らかに警戒した口調の声がスピーカの向こうから聞こえた。

「これは、風間彰君の携帯ではないですか」

――そうですが。色々ありまして。

「どういうことでしょう。風間彰君に掛けているのですが」

――そちらは？　風間さんとはどういったご関係で。

戸惑いの目を向ける矢崎を、純也は手で促した。

「矢崎啓介といいます。ああ、現在は、鎌形幸彦防衛大臣の政策参与をしています」

――は？　あの。あ、いえ。あれ？　こ、これは失礼いたしました。

いきなり態度が改まった。

――こちらは、高島平《たかしまだいら》警察署刑事課の者ですが。

「警察？」

――はい。風間彰さんは怪我をされまして。

「怪我、ですか。しかし今、あなたは刑事課と言われましたよね」

――ええ。正しくは風間さん、喧嘩といいますか。はい。なので扱いは、傷害事件です。

そこで矢崎から携帯を奪うようにして、純也が割って入った。

「今からお伺いします」

電話越しでは詳細は当然、話してくれるわけもない。時間の無駄だ。

いきなり別人の声で面食らったようだが、構わず畳み掛けた。

――えっ。

「警視庁の小日向といいます。高島平ですと、署長は安部《あべ》さんでしたね。皆川公安部長から署長宛てに連絡を入れさせます」

——え、こ、公安部長っ。あの。

「刑事課の、ええっと、あなたのお名前は」

——あ、相田《あいだ》です。巡査部長です。

「相田さんは今どちらに」

——署内におりますが。

「待機していてください」

——は、はい。

そのまま純也は、矢崎と共にM6で高島平署に向かった。

当然、途中で皆川に〈指示〉を出すのは忘れない。

純也としてはあまり力業は示したくないが、胡散臭がられて情報を小出しにされるのは、現状に限り得策ではないだろう。

署長が同席の上、モニタまで用意された奇妙な応接室で、純也達は直立不動の相田巡査部長から話を聞いた。

新河岸川《しんがし》にほど近い公園で、風間彰が倒れているのを警邏《けいら》中の警官が発見したのが昨日深夜、八月二日の午前一時四十七分だった。

その後、機捜が臨場したのが午前二時ジャスト。救急車で運ばれた風間が、東京警察病院に収容されたのが午前二時二十四分のことだった。

「ガイシャは、発見時から意識不明の重態でした。現在もＩＣＵに入っていて予断は許さない状態で、事情聴取も行えてはいません」

その後、防犯カメラの映像を確認した。そのために用意されたモニタだったようだ。

「ここはスクールゾーンですが、公園のこの辺りを範囲に収めるカメラは、街灯の近くに一台だけです。なので公園内への出入りは不明ですが、マル被からは手慣れた印象を受けます。だいたい、街灯の光は受けながら外れた場所に立つってのがどうにも」

画像は、たしかに街灯が落とす光の輪の外で暗かった。一対三だということはわかった。

シルエットは何かを話しているようだった。口論、だったろうか。

揉めているようではあったが、顔は見えない。体格もあやふやだ。

「三対一の、この一の方がガイシャの風間彰です」

相田はモニタを指差した。

風間の方が身振り手振りは激しかった。

やがて話が決裂したか、風間が離れようとした。携帯を取り出した。

次の瞬間、三人に風間が追い縋《すが》り、争いになった。

なかなか激しい争いだった。

街灯の明かりに一瞬、風間以外の二人が顔を晒したようだったが、それにしても遠い。

「へえ。新格闘かな」

純也は思わず呟いた。

新格闘は、陸上自衛隊を中心に広く自衛隊内に導入された、新体系の近接格闘術だ。

矢崎も、もちろん知っているはずだ。だから純也の呟きに何も反応はしなかったが、モニタを見る目は厳しい。

三対一でも、激しい揉み合いはなかなか決着がつかなかった。

やがて三人の中の、残る一人が何かを手にした。

それが街灯の光を撥《は》ね——。

「ええ。凶器はナイフでした」

相田が言葉をかぶせた。

「ただ、このナイフは刃渡り十センチ程度の汎用《はんよう》品で、刺創は一カ所だけです。怯《ひる》んだ後の拳というか足というか、とにかく捻挫《ねんざ》や骨折、打撲痕は全身広範囲に及び、結果として凶器は素手、と言った方が正しいというのは、いったいなんなんですかね」

相田の言葉とほぼ同時に、モニタの映像も終わった。

純也は膝を叩き、立ち上がった。

「なんなんだかわからないものは、じゃあ、こちらで引き取りましょう」

「——はあ?」

相田は一瞬、呆けたような顔になったが、

「面倒でしょ」

と署長に顔を向ければ、意を得たりとばかりに頷いた。

「あ、そうそう。いやあ、残念ですが、仕方ありませんね。皆川公安部長にもそんなことを言われてますし、よろしくお伝えください」

「では」

純也が先に動き、矢崎が従った。

相田には悪いが、置いてけ堀だ。説明している暇はなく、すべてを明かせない以上、説明には必ず嘘も隠しも混じる。

〈けっ。これだから公安は〉

というのは良くも悪くも、とにかく案件の引き継ぎを明確にする、奇跡のワンワードかも知れない。

そのままM６に戻り、中野の東京警察病院に向かった。

相田が説明したように、風間はＩＣＵに入っていて、面会謝絶の札が下げられていた。

担当医が言うには、今はまだ昏睡状態が続いているということだった。

ここで安静であれば、とにかく命に別状はない、と断言もした。

この、ここで、という言葉には、ＩＣＵで、つまり、電子音を響かせる数々の装置に囲まれて、という意味合いが強く聞こえた。

「意識が戻ったら連絡ください」

「わかりました」

担当医と別れて一階に降り、エントランスに出た。

終始、矢崎が難しい顔のまま無言だった。

終始とは、どこからか。

高島平署の応接で、防犯カメラの映像を見た辺りからだ。

「あの防犯カメラの映像、どうかしましたか？」

回りくどいことはしない。単刀直入に聞いてみた。

腹を割らせるなら腹に切り込む。単純なことだ。

「あの顔。知っているのだ」

「へえ。あの顔、ですか」

風間のことではない。

残りの三人の方だ。

何故なら風間は、最初から最後まで一度として防犯カメラの中に素顔を晒さなかった。

堂林、土方、と矢崎は言った。

その名前は鳥居や猿丸の報告に聞いていた。どちらも矢崎の元部下で、現在は、南スーダンにも派遣された特殊作戦群のレンジャーだ。

「では、このまま習志野《ならしの》に向かいますか」

「無駄だ」

矢崎は、間髪容《い》れることなく首を振った。

「私では無理だろうからと、和知にメールでそれとなく探らせた。署を出る直前だ」

「なるほど」

さすがに、遺漏はないということか。

「で、無駄というからには、いないと」

「そう。ただ留守というわけではない。任務遂行中というわけでもない。そのくらいなら和知が突き止める」

「では」

「さっき和知から届いた返信だ」

矢崎は携帯の画面を受信メールにして、純也に差し出した。

メールにしては、長い文章だった。

〈堂林を始め、土方、松田、芦原、矢口（ああ、松田以下の三人は師団長は知らない連中です。経歴的に、擦れ違いすらありません）。表に出ない特殊作戦群のこの五人分の、依願退職の届け出が先々月末日付で先月末に座間の司令部に送り付けられたそうです。（先

月末って、まだ三日ですよ。情報、早いでしょ。実は座間にも、僕の下僕みたいのがいまして)
そもそもこの五人、PTSDの疑いが濃厚ってことで、密かに通院してたようですね。全員が南スーダン帰りです。
仲間に迷惑を掛けないよう。
そんな添え書きはあったみたいですけど、本人達とは連絡も取れず営内の居室も片付いてたみたいです。
ただ、特殊作戦群の奴らが部屋にいて寛《くつろ》ぐなんて姿は最初から想像できませんけどね。部屋が綺麗なのは、そもそも使ってなかったんじゃないですかね。
ああ、話が長くなりましたが、結果として、
堂林とその仲間達、七月中旬以降、それぞれに勤務状況のずれはありますが、順次離脱するようにして現在、全員が行方不明です（ああ。座間に下僕がいること、くれぐれも内密にお願いします。そうでないと次に座間で何かあったとき、今度は板妻《いたづま》から行かせなきゃならないもんで）。
師団長、聞かれたから答えましたけど、これ、結構危ないですよ〉
読み終えて純也は、携帯を矢崎に返した。

メールは、書き方も内容も和知らしいものだった。

表層を撫でるような軽やかさで、メガトン級の爆弾を落とす。

いや、表層から小魚でも釣り上げるように小気味よく、深部に秘匿《ひとく》された物を晒すことこそ、和知の真骨頂か。

「だから習志野は、無駄なのだ」

矢崎はおもむろにエントランスから陽の下に出、広がる夏空を仰ぎ見た。

「風間。南スーダンで何があった。堂林、土方。お前らは今、何をしようとしている」

純也は矢崎の横顔を見詰めた。

「純也君。元部下達のこと、私に任せてもらえないだろうか」

矢崎が空を見上げたまま言った。

「他ならぬ師団長です。ただし」

純也は肩を竦め、チェシャ猫めいた笑みを見せた。

「それは当然、覚悟を持って、ということになりますが」

無論、と矢崎は言った。

その声を追って、純也も夏空を見上げた。

今年初めて、蟬《せみ》の鳴き声を聞いた気がした。

二

週が明けて月曜日になった。

休暇明けの鳥居はまず、定時に登庁した。

この日純也はいなかったが、恵子はいつも通りだった。

なんの花かは知らないが、この日は鮮やかなピンクの花が飾られていた。いい匂いがした。

日替わりにして多種多様だが、草花の濃い香りは分室の匂いだ。嗅ぐと身も心も引き締まる。

ここからまた鳥居にとって、J分室員としての下半期が始まる。

真っ黒ですね、シャープに見えます、などと言ってくれる恵子と、他愛もない話の中にも、不在にした間のリアルな話を聞く。

電話やメールでの遣り取りはしたが、ちょっとしたものでも実際に接した者の手触りを加味するだけで、風聞《ふうぶん》は大いに味わいを増す。

十時を回って、鳥居はJ分室を後にした。

時系列に沿った恵子の話で、案件に対する感覚は大分戻った。

もちろん、恵子は事務要員であって案件のすべてを知るわけはない。

その隙間を埋めるのが、相模大野にいるもう一人のJ分室員だ。この日から何日間かは、鳥居も泊まり込むつもりだった。

二人分のコンビニ弁当とペットボトルの冷茶を買い込んでから拠点に向かう。

ドアを開けると、ちょうど正午を知らせるメロディが近隣の公共スピーカから流れた。

猿丸は仮眠を取っていた。比較的、午前中は眠りの深度が上がるらしい。

もっとも、鳥居に言わせれば仮眠は仮眠だ。軽く蹴るだけで猿丸は即座に目を開ける。

「ふえっ」

起き上がった寝袋の脇に弁当を置く。

「ああ。メイさん。お帰んなさい」

「顔、洗って来い」

「へいへい」

洗面所から戻る頃には、覚醒してすっかりいつもの猿丸のでき上がりだ。

「おお。メイさん。話にゃ聞きましたけど、本当に真っ黒っすね」

「まあな。最初は身体中が痛かったが」

弁当を思い思いに開けて食う。

「愛美ちゃん。喜んだっしょ」

「ああ。大喜びだ。それより女房がな」

「えっ。和子さんっすか」

「おう。三日目辺りから緊張も取れたんかな。やけに元気だった。和子の方が喜んだんじゃねえかな」

「てぇか、三日目まで緊張してたって、どんだけ旅行連れてってなかったんすか」

「行った覚えがねえくらいだな。そんな仕事じゃねえか」

「それ言われっとね。でも、そっから捻出すんのが妻帯者でしょ。俺ぁ、そんな覚悟ができねえからさ」

「ほう。たまにゃあ、至極真っ当なこと言うじゃねえか」

ふと気づき、鳥居は自分の横に置いた紙袋を猿丸の方に押した。

「ほらよ。土産だ」

猿丸は一瞥するだけで、手も出さなかった。

「んだよ。折角《せっかく》買ってきたのによ。萩の月」

「けっ。だいたい、なんで同じ物買ってくんすか」

「そりゃお前ぇ。ド定番だからだろ」

そんな会話の内に弁当を食い終え、冷茶を飲みながら今度は、休暇ボケの隙間にリアルを塗り込む。

「で、どうだい」

猿丸に聞く、拠点での話だ。

「どうもこうもねえっすよ」

猿丸はそんなところから話を始めた。

それでもいい。

それでも、それはそれでリアルだ。

「なんにもないっすね。仕込んでおいた盗聴器にも、なんもねえ。なんもねえってのは、文字通りなんもねえっすよ。固定電話は最初っから置かれてねえとしても、鼻歌ひとつ聞こえねえ」

「ふうん。そうかい」

「たまに聞こえてくんのはテレビの音か、ＰＣのスピーカですかね。それも、ニュースとかＢＧＭだけ。あとは水音、洗濯機の音。ときおりライターをつける音、〈りん〉を叩く音。涙混じりに進藤との思い出を呟く声。そんなもんっす」

猿丸は、冷茶のペットボトルを両手の間で転がした。

「会社関係もね、できるだけ触ってみましたけど、なんも出なかったっす。月曜は休日みてえですけどね。誰も来ねえし、どこにも行かねえし。どうにも、哀しい感じっすよ。一人あの部屋で、ってなもんで」

ペットボトルが猿丸の手を離れ、床を転がった。

特に追わなかった。そのままにした。

「メイさん。なんて言うんすかね。なんか、大きな意味で引き籠《こも》りみてえです。楽な監視っすけど、やってらんねえ監視っすわ」

「なるほどな」

鳥居は腕を組み、目を瞑った。

もう惚けている場合ではなかった。

「セリ。少し、掻き回してみっかね」

「そっすね。このままじゃあね」

阿も吽もない。

言わなくとも疎通はできた。

敢えて堂々と、会ってみようという算段だ。

「じゃあ俺がよ」

鳥居が腰を浮かし掛けると、馬鹿言っちゃいけねえ、と猿丸が伸ばした手で肩を押さえてきた。左手だ。肩に小指の感触はなかった。

「勝手知ったるだ。俺が行くよ。メイさんはもう、あんまり嘘っこはしちゃいけねえよ。愛美ちゃんが泣くぜ」

「ああ？　仕事だぜ」

気色《けしき》ばんでみせるが、猿丸は動じなかった。

「んなもん、あと少しだろうが。それによ」

俺の方が馴染む、と猿丸は無精髭の顎を撫でながら続けた。

「男臭さってえか、苦み走った感じってえか。俺の方が連中に近《ちけ》ぇ。顔を見せる理由も付こうってもんだ」

なるほど、と言うしかなかった。

連中に近いという辺りには納得だ。

鳥居は時計を見た。一時は大きく回っていた。

その間に猿丸は無骨な機器に繋がれたヘッドホンを片耳だけ当て、しばらく聞いた。

「洗濯機の音だ」

ヘッドホンを置き、猿丸は髪を撫で付けた。

「善は急げだね」

「そうだな」

準備は特に何もなかった。

当然、インカムなど付けられるわけもない。要らぬ警戒心を起こさせるだけだ。

逆に、これも、と言って猿丸はシグ・ザウエルをホルスターごと外し、テーブルに置いた。

「おいおい」

鳥居の注意に、猿丸は片目を瞑ってみせた。

「なぁに。これぁ俺流のエチケットさ。――メイさん。外、頼んでいいっすか」

「しょうがねえ」

一緒に外に出た。

ただし、出ただけで鳥居はそこで待機だ。

「じゃあ、なんかあったら鳴らせよ。こっちも、ローテクもいいとこだが、なんかあったら鳴らして知らせる」

鳥居は携帯を振った。

「へいへい」

片手を上げて応え、階段で三階へ降りていった。

月曜午後イチのマンションは、茹だるような暑さの盛りということもあって戸外に人影はほとんどなかった。陽炎《かげろう》ばかりが騒がしい。

三階の、麻美の部屋の前に猿丸が立った。チャイムを押し、何かを話し、中に入っていくのは見えた。

取り敢えず、上々だった。あとは猿丸任せだ。

手摺りに凭れるようにして、一階から十二階までの共用廊下を順次確認し、自走式駐車場に目を光らせ、裏の通りに人の往来をチェックする。

飽くことなく繰り返すが、不穏も不測もありはしなかった。

額からの汗が目に染みた。

尻ポケットから濡れたようなハンカチを出し、撫でるように顔中を拭く。

と、いつの間にか猿丸がA棟三階の共用廊下を歩いていた。

少し背中が丸い感じだった。

猿丸はA棟側で一階に降り、エントランスの集合ポストを回ってこちら側に抜けてきた。

鳥居は先に拠点内に入って待った。せめて買い置きの常温の缶コーヒーを、猿丸の定位置の脇に置いてやった。

猿丸は戻ってくるなり、参ったな、と頭を掻きながら下を向いて座った。

缶コーヒーを開けて啜り、ぬるいな、と言って顔を上げた。

それで、いつもの猿丸俊彦だった。

「風間のことは知らないようでした。堂林もあやふやでしたけどね、駄目かと思ったら、土方で引っ掛かりました。そうしたら逆に堂林も」

――ああ、堂林さんって、土方さんの上官の方。

と、麻美は納得したようだ。

「そうかい」

鳥居は頷いた。

風間三佐の部下です、あるいは仲間ですと、猿丸はその辺りから始めたのだろう。

お焼香、させて下さい。

そう言って部屋に入れて貰ったという。

〈勝手知ったる〉風情は打ち消し、いちいちに立ち止まり、目を細め、そうして香炉の前に座った。

線香を付け、無記名の位牌に合掌する。

その様子を〈遺影〉に見せるように、麻美は四つ切り写真を抱えて座っていたようだ。

――このたびは、ご愁傷様です。

――ありがとうございます。

――お辛かったでしょう。

通り一遍の会話でも、麻美は鼻を詰まらせた。

――帰ってくるって、言ってたんです。だから待ってたんです。ずっと。ずっと。

声を震わせ、写真の向こうに隠れたという。

「メイさん。だから、掛ける言葉ぁなくってね。だから、掛ける言葉ぁ、間違えた」

猿丸は頭を掻いた。

――位牌ですね。遺髪も。

猿丸は話を繋ぐつもりで、顔をそちらに向けたらしい。

――落ち着いたら、きちんと納めたいですね。お墓は、どうされるつもりなんですか？

どちらへ。

するると、途端に麻美の啜り泣きが止んだ。

瞬間的に、猿丸は失敗を悟ったと言った。

――そうですか。

涙を拭き、麻美は毅然とした顔を上げた。

――どちらの方かは存じませんが、何もお話しすることはありません。

――加納さん。

――どなたにどうお話ししても、もう何もしていただけないのはわかりきってますから。

――いえ。そんなことは。たとえ海外で行方不明になったとしてもですね。

――無理ですよ。もう。Ｊファイルはどこにもないんですから。

――えっ。それは。

――お帰り下さい。警察を呼びますよ。

取り付く島はなかったようだ。

「マズったのはわかったが、ポイントはわからねえ。それにしてもメイさん。Ｊファイルってなあ、いったい何なんだろうね」

「さぁてな。ただ、いい物じゃねえわな」

「そりゃそうだ。だから彼女は泣くんだ」

猿丸は缶コーヒーを飲み干した。

「でもよ。潜入はマズったが、動くかもしれねえよ」

「ああ？　負け惜しみか？」

そんなんじゃねえよ、と猿丸は左右に頭を振った。

「じゃあ、なんだよ。言ってみろ」

「女ぁ、目ぇ見りゃわかんだよ。一途《いちず》な女ぁ、特にね」

その後、加納麻美に動きはこの日、何もなかった。近所への買い物にすら出なかった。

夜の監視は猿丸に任せ、鳥居は寝袋に入った。

翌朝、目を覚ますと室内に猿丸の姿はなかった。

代わりに一枚の書き置きがあった。

〈彼女が動いたんで、動きます。メイさんは帰っていいですよ。休み疲れもあるでしょーし。もう歳なんだから、自分ちで布団敷いて寝てください〉

「けっ。何言ってやがる。馬鹿野郎が」

思わず頬の肉が上がった顔をひと撫でする。

「俺ぁ、ベッドだぜ」

メモを丸め、鳥居はゴミ箱に投げ捨てた。

三

木曜の朝、定時前に地下駐車場に入った純也は、いつも通り一階ロビーに上がった。

この時間だと、広い意味での同僚達がほぼ全員、同じ方向に向かっている。

砂時計を想像して、純也は少し笑えた。

「あ、お早うございまぁすって、本当に早いですね」

受付に花を飾りながら、白根が挨拶した。

この日の花は、溢れるような三本立ちの、黄色いシンビジウムだった。

奈々の姿はなかったが、気にはならなかった。理由はわかっていた。

「もうすぐだね」

「そうですね。今日、明日からの方が多いみたいですけど、私は来週からです。でも、私の場合は有給とかくっつけて、もうそのままです」

「えっ。ああ、そう」

噛み合っていないようで噛み合っている会話。

日本語の妙、奇妙。

純也は白根の結婚について言ったつもりだったが、どうやら白根は夏休みについて返答したようだ。

ただ結果として、夏休みに入ったまま寿退職になるということが自動的にわかった。

「お世話になりました」

白根は純也に向かって頭を下げた。

「いや。何もできなかったけど」

「いえ。このお花達。知ってますよ。分室長のポケットマネーだって。毎朝の楽しみでした。もうホントに、感謝感謝です」

「ああ」

純也は苦笑いで応えた。

褒められることには、どうにも不慣れだ。

片手を上げ、その場を離れる。

そのまま十四階の分室へ向かうと、

「あら、お早うございまぁすって、本当に早いですね」

ほぼ変わらない文言の女声、溢れんばかりの三本立ちの黄色いシンビジウム。

デジャビュのような光景が迎えた。

苦笑いも一階の繰り返しだ。

「どうしました」

奈々は聞きながら、生け終えた花の包みを束ねた。

「いや。まるでさ、一階がそのまま移ってきたみたいだと思ってね」

「ふうん。――どうもすいませんね。少しだけ年寄りで」

「あ、いや。そんなことはないよ」

「わかってます。冗談ですよ」

この日から、J分室では恵子が夏休みだった。

といって、菅生が代わりのわけもない。恵子はJ分室の運営資金、つまり純也のポケットマネーで雇われた嘱託員だが、奈々はれっきとした警視庁の職員だ。

花を生けに来てくれただけで、それが終わったら自分の持ち場に戻る。

「へへっ。奈々ちゃんも言うようになったじゃねえか」

鳥居がゴミ出しを手伝っていた。

「そう。思うんですよ。言いたいことはどんどん言わなくちゃって」

「言いたいことね。他に例えば？」

「花の命は長い」

「なぁるほど。奈々ちゃんなら、間違いねえや」

コーヒー、飲んでくかいと鳥居が聞いたが、奈々は生け花の残滓《ざんし》を抱えて頭を下げた。

「根っこが生えちゃうから」

奈々を見送り、鳥居がコーヒーメーカのスイッチを入れた。

純也も形ばかりに二客のカップをドーナツテーブルに並べた。

恵子がいないと、たいがいの庶務がセルフサービスとなる。

これは男女間の役割差別ではなく単に分担で、能力の差と言うものか。

あるいは、率先して室内を切り盛りしてくれる者への甘えかもしれない。

自分のことは自分でする、とは、ときに鳥居が電話で一人娘に説教していることだ。

「ねえ、分室長。あれですわ。いるといるもんだと思っちまいますが、いないと便利に遣っちまってる毎日を思いますね」

「ああ。そうだね」

「――いいんすかね」

「どうだろう」

でき上がったコーヒーを飲む。

「さぁてと」

鳥居が手を打って立ち上がった。

自分のコーヒーカップを洗い、出掛ける準備のようだ。ホルスターにシグも装備する。

「相模大野のマンションかい?」

「ええ。セリもなんだか、長期出張みてぇになっちまいましたからね。私も、自分のできることをしておかねえと」

加納麻美の行確についた猿丸は、初日が名古屋、昨日が大阪で、今朝方は早くに城崎《きのさき》温泉に向けて観光バスに乗ったらしい。

とにかく観光地を渡り歩くような行動に振り回されているようだ。

誰かと接触することはないらしいが、自宅に帰る気配は今のところないらしい。

猿丸も朝一番の連絡で、

——彼女の格好が軽装だったんで、抜かったかもしれないっすね。時期的に夏休みだったかもわかりません。

と言っていた。

「私ぁとにかく、マンションに行って、録画の確認してきます。ダメ元ですから」

出て行こうとする鳥居に、

「ああ。メイさん」

ふと気になって純也は声を掛けた。

「その、加納麻美だっけ」

「ええ」

「会社の方、それとなく聞き込んでみてくれない？　聞くことは一つだけ。今、彼女が休暇中かどうか」

「えっ。それって」

「いや。少し引っ掛かってね。ほら、こういう些細な情報こそ、最近電話だと構えられるちゃうからね」

電話を悪用した詐欺の影響で、簡単な調査すら、どうにもやりにくい世の中だ。

「了解です」

鳥居が出て行ってから、純也はもう一杯コーヒーを淹れた。

様々な思考に身を委ねる。

──無理ですよ。もう。Jファイルはどこにもないんですから。

猿丸に言い放ったという、加納麻美の言葉が気になっていた。

外務省関係の二人、防衛省関係の一人がそれを持っていた。

三人とも殺された。

繋がりはJファイルと、南スーダンミッション。

その派遣を決定した総理も、おそらくターゲットだった。

南スーダンに派遣された、第九師団施設大隊の風間彰、中央即応集団特殊作戦群の堂林圭吾、同じく土方保明、間違いなく他にも数名の陸自隊員、おそらく派遣隊員。

南スーダンでの、三月十八日の揉め事。

その日から白ナイル川に眠るという進藤研吾。その恋人の加納麻美。

そして、盗まれた五八式一基、ＲＡＰ弾二発。

千々に、ただ渦を巻くような思考の中心点に純也は居続けた。

すると、午後になって電話が鳴った。

東京警察病院にいるスジからだった。

警察関係者だけでなく、被疑者や被害者から一般人まで、警察病院には様々な人が集う以上、スジの一人、いや、数人を抱えてもおかしくはない場所だ。

同様の理由で、純也は自衛隊病院にもスジを持っている。

――ご依頼の人物の意識が戻りました。先ほど主治医の方から、矢崎啓介さんには連絡を入れました。午後四時には到着するそうです。

「ありがとう」

純也は身支度を整え、ＢＭＷで中野に向かった。

病院そのもの、ＩＣＵそのものに行くわけではない。

その辺のコインパーキングで十分だ。

意識が戻ったらベッドサイドに、高機能盗聴器を仕込んでくれるようスジには頼んでおいた。

実際、生命維持の各種装置に精通していなければ、ノイズ等々、盗聴器など仕込めるものではない。

三時半過ぎにはパーキングに着いた。エンジンは切らなかった。

まだ外は猛暑の熱に、濃い陽炎が萌え立つようだった。

受信機をオンにするとかすかに電子音と、おそらく酸素吸入器の音が聞こえた。盗聴器は正しく機能しているようだった。

矢崎を信用しないわけではない。

ただ、矢崎も風間も自衛隊の人間だ。隠すかもしれない。

自衛隊的正義、必要悪のヴェールの向こうに。

ドアの開閉音が聞こえた。

きっかり四時だったことによって、それは間違いなく矢崎の入室を告げていた。

純也はリクライニングにしたＢＭＷのドライバーズシートに深く沈み、ＩＣＵの音声に集中した。

矢崎と風間の会話は、時折休憩を挟んで一時間に及んだ。

風間の体調は推して知るべしで、まだまだのようだ。ゆっくりとした会話だった。

最後は、ふたたび気を失うように風間が眠りに落ちた。

それから、少しの間があった。

かすかな電子音だけが聞こえ続けた。ＢＧＭのようだった。

純也でさえ、細く長く息をついた。

少し、息を詰めていたかもしれない。

夏の夕べ近くに、もの悲しい話だった。


――風間。陸自の最も深い階層のリストに、君の名前があった。もっとも、現在の私の権限では覗き見もできんところだがね。

――和知、ですか。

――それはさておこう。

――了解、しました。

――風間。君はミスト、特務班の人間だね。

二人の会話は矢崎が口火を切り、この問いに、風間が、はい、と答えたところから始まった。

四

風間彰は、特務班の人間だった。

各方面隊の施設大隊という所属部隊の陰に隠れ、主に海外に根を張るヒューミントの総括をしていたようだ。

ただ今回は、この施設大隊所属という肩書に意味があり、白羽の矢が立ったという。

南スーダン派遣施設大隊第十一次最終部隊。

直前に八戸に異動し、風間は誰にも怪しまれることなく派遣大隊に加わった。

この場合の怪しまれたくない誰、とは矢崎らのこと、すなわち、防衛大臣及びその直轄隊のことだった。

ミスト、あるいは特務班は文民統制、シビリアンコントロールの枠外にあって、防衛大臣も省内上層部も知らない部隊だという。

〈防衛大臣が密かに南スーダン最終派遣隊に対し、どこかに何某かの指令を発したようだ。それを見届けて来い。見るだけでいい。決して手は出すな〉

そんな厳命を陸上幕僚監部運用支援・情報部の上官から受けたようだ。

この三月に組織改編があり、現在は指揮通信システム・情報部という。その深部であり、暗部が特務班だった。

「師団長。ジョーカー、と私は仙台で申し上げましたが、覚えていらっしゃいますか」

ひと息入れた風間は、そのことから話を継いだ。

覚えている、と矢崎は言った。

「ジョーカーとは大多数の場合の使用例と同じ意味で、自衛隊海外派遣隊、特に南スーダン派遣隊にとっては文字通りの、つまりは切り札でした」

一九九一年のペルシャ湾以降、ジョーカーという部隊は、ときに海外派遣隊の影として、必要に応じて〈陸上自衛隊〉から送り込まれたらしい。

「これは私同様の、いえ、私以上の、陸自の闇です」

そう、風間は呟いた。

ジョーカーは海外派遣の現地にあって、自衛隊員を密かに守る部隊で、イラクや東ティモールにも派遣されたという。

この場合の守るは、国内に背広組の連中が胸を張る、専守防衛とは意味合いがまったく違う。

この場合の守るとは、戦うということを意味するのだ。

ジョーカーとはつまり、海外に派遣された自衛隊員を守るために、常に派遣隊員達の近くにあってしかし、誰にも知られることなく密かに敵を殲滅《せんめつ》する、殺人部隊ということに他ならない。

今回の南スーダンへの自衛隊の派遣は、外務省側の川島と防衛省で引き合った結果、外務省が押し切った結果の派遣だった。

その派遣を主導し、最終的にジョーカーの導入を決めたのが、外務省側の川島であり、川島に理解を示した三田総理に忖度し、内閣と防衛省に橋を架けたのが岡副だった。

根本は川島の部下として、もともと特務班等、自衛隊の闇が海外で活動する際、外交官等の身分を〈偽証〉するための窓口だった。

約五年半前、ジョーカーも同様の手法で身分を偽って南スーダンに派遣された。

逆に言えば、帰って来たとき、身分を〈保証〉するのもこの根本であり、広く言えば派遣を密かに決めた川島や岡副だったろう。

ただ――。

イラクや東ティモールのときと違い、南スーダンは派遣が長かった。

いや、今回の派遣を決定した連中の、保身と平和ボケがあまりにひどかった。

その前に、と、風間はまたひと息ついた。長い話になった。

「自分は正々堂々と派遣施設大隊に加わりましたが、向こうへ行って驚きました。堂林や土方が、五人組で合流してきたのです。向こうも驚いたようです。もっとも、向こうは私がいるということに驚いただけで、特務班だとは当然、知るわけもなかったのですが。しかし、私はそうではありません。私は、彼らが防衛大臣直轄隊の、特殊作戦群の人間だということを知っていました。このとき、私の目的は明確になりました」

と風間は言った。

風間は堂林達とは距離を置き、密かに監視を続けたようだ。

その結果明らかになった堂林達の任務は、驚くべきものだった。

今回の一連を引き起こした元凶は、どうやら防衛大臣、鎌形幸彦その人のようだ。

のらりくらりと答弁をかわすようにしながら、やはり鎌形幸彦は小日向和臣の片腕、いや、小日向和臣さえいなければ小日向和臣になれた男だ。ある意味では傑物であり、ある意味では怪物だった。

前内閣の負の遺産。陸上自衛隊の奥深くから、南スーダンに派遣されたジョーカーという名の独立部隊を鎌形は探り当てたらしい。

それこそ飛び上がるようにして驚いたようだ。

とこれは、堂林が後に、風間に告げた比喩だというが、あながち的外れでもないだろう。

こともあろうに自分の知らない独立部隊が、しかも海外で戦争に等しい殺戮《さつりく》行為を続けていたなど、鎌形にとってはあってはならない事態だった。

ジュバで戦闘があったのかなかったのか、現地派遣隊の日報があったのかなかったのか。

そんなことはジョーカーの存在と行いに比べれば些事だ。

自分が始めたことではないとはいえ、いや、だからこそこれほどの大事を知らなかった、コントロールできなかったのかと、知られた瞬間に世論は一瞬で、鎌形に無能の烙印《らくいん》を押すことだろう。

なぜ俺のときに。

小日向め。狙ったか。

これも堂林が後に風間に言った言葉らしいが、こちらは比喩などではない。

日本出発前に堂林が直に、鎌形の口から洩れるのを聞いたという。

鎌形幸彦から堂林達に下された指令とはすなわち、このジョーカーの殲滅だった。

南スーダン最終派遣隊帰国までに、いずれ自分の足を引っ張ることになるかもしれない者達の、密かな排除。

堂林達は見事、任務を成し遂げた、らしい。

「それにしても、泣きながらでした。遠くからでしたが、それくらいはわかります。ジョーカーは無抵抗でした。それどころか、笑っていたかもしれません。仲間を殺す。師団長。それが任務でしょうか。——いえ、任務だったんです」

デジタルに変換されても、純也の耳に風間の声は悲痛に響いた。矢崎の声は聞こえなかった。

ただし、堂林達の任務遂行に当たっては少々のアクシデントもあった。

それが南スーダン兵士による連行だったが、これは外務省の意を受けた現地大使館によって事なきを得たようだ。

風間は心を持ち、特務班であることを明かして、堂林達の前に立ったという。

守るべきものを守るのは、辛いな。

任務でも。

いや、任務だからこそか。

道は違っても、やはり同じ陸自の男だという共通認識はあったようだ。

帰国してすぐ、風間は堂林達の依頼を受けて川島や根本、岡副達のことを当たったらしい。

ジョーカーのリーダーは、進藤研吾と言った。

進藤だけは婚約者がいたということだったが、それにしても全員が天涯孤独だった。だから選ばれた五人、かもしれない。そもそもは全員、堂林達と同じ特殊作戦群の隊員だったようだ。

堂林は死す間際の進藤から、

――今も同じ場所で待っていてくれるなら、これを。

と、その婚約者、加納麻美への形見分けともいえるネックレスと、もう一つ、ささやかな願いを託された。

——俺達を日本で、日本人として、弔ってくれないか。外務省の川島宗男、根本泰久、あるいは防衛省の岡副一誠に会えば、それは叶う。彼らは、Ｊファイルを持っている。

Ｊファイルとはジョーカーが帰国した際、日本国民として復するための唯一の手掛かりにして証拠だった。

彼らは、己の存在のすべてを消去されて海外に向かった。

向こうで何が起こっても何が発覚しても、彼らと日本国を繋ぐ証拠は何もない。彼らはただ、ジョーカーという存在だった。

そんな彼らを、過酷な任務を終えて帰国したときだけ発動し、晴れて日本人に戻す。それがＪファイル、いや、Ｊファイルという名の、唯一の約束だった。

マイナンバーはもとより、任務に就く直前の日付で取った正式な戸籍謄本や住民票、掌紋や指紋がはっきりした手形、顔写真、そして、五人それぞれの陸自での履歴の書き出しに、川島と岡副の手書きの署名を入れた書面。

〈日本国陸上自衛隊隊員であることを外務省並びに防衛省として証明する〉

だから——。

堂林以下風間も、せめてそれくらいは叶えたいと思ったという。叶えなければならないと思ったようだ。

が、堂林達は特殊作戦群の中でも、特に戦闘に特化したグループだった。動くのは必然的に、情報戦に長けた特務班の、風間の役目だった。

だから、陸自の広報と身分を偽り、風間は三人に接触した。特務班の人間には初歩の初歩だった。

広報ということで最初は誰もが機嫌良さげだったが、それが南スーダン、それとないジョーカーの噂にまで話が及ぶと、途端に不機嫌になり、

――なんだ。恐喝か。無駄なことを。証拠となる物など、奴らが旅立ったその日に捨てたぞ。

そう言って、それぞれが判で押したように、下らない中身の、立派な革張りのファイルを見せたらしい。

「それが今や、無残な中身を晒す、願いのJファイルでした」

と風間は告げた。

さすがにこのときばかりは、M6の車内に矢崎の呻きが満ちた。

「ジョーカーにとっては、Jファイルは唯一、自分達と日本を繋ぐものでした。それを、ご存じですか。送り出してしまえば、もう一切関係がないと言わんばかりに、川島は写真のファイルに使っていました。岡副はゴルフのスコアカード入れです。根本に至ってはもう、自分で使ってさえいなかった。台所で料理のレシピが入っていました。もともとは、いずれ戻れる日が来ると、そう信じて、まさに命を懸けて海外で戦ったジョーカーの、純

粋に国を思う心は」

無残にも、最初から砕かれていました、と言って風間は咽《むせ》た、いや、泣いたのだろう。もう手遅れ、為す術《すべ》の何もないことを、風間は堂林達に告げたという。身を震わせ、立ち上がった堂林の目に、血の涙を見た、と風間は言った。

怒髪天を衝く。

五人ともが同じような形相だったらしい。

「この国に、赤心はあるか」

「この国に、真心はないのか」

「責任は取ってもらおう」

「いや。彼らに謝ってもらおう」

「そうだ。このままでは俺達は仲間を殺しただけの、ただの殺人者だ」

風間が探し当てた加納麻美の前に膝をそろえ、形見のネックレス、遺髪を手渡し、懺悔《ざんげ》の頭《こうべ》を垂れ、それから涙を共有し、全員の腹が決まったという。

「我々は、我々の心のままに実行します。この遺髪の前に、我々の心を供えます。加納さん。あなたは、ただ見ていてくだされればいい。できればここで、線香でも焚いて」

堂林の宣言に、加納は涙に暮れたまま反応はしなかったという。

ジョーカーを南スーダンに送った者達、帰る場所を奪い去った者達への復讐の代行。

とにかく、堂林達の目的はそれだった。

風間が川島らの行動やスケジュールを洗い出せば、堂林達が適当なポイントを設定して復讐を実行した。

まず、川島を始末した。

次に、根本を始末した。

「ここで、警察の手が伸びてきたので、私は攪乱《かくらん》に回りました」

「攪乱？　そうか。あの格闘徽章は、お前のものか」

矢崎が納得したような声を出した。

「はい。主に、師団長の言う鬼っ子君の部署でしたか。謝罪はしません。目的と任務に、なんの差異がありましょう。お互い、間違いなくギリギリだったと思います」

矢崎は何も答えなかった。

風間は話を続けた。

根本の次には、堂林達は岡副も始末した。

三田の死には手が届かなかったが、それで済んだ、はずだった。

だから、風間は抜かったと自分を責めた。

すべて終わったと思って疾走を緩め、間抜けにも堂林達の闇から顔を出してしまった自分の迂闊さを詰《なじ》った。

堂林達には、ターゲットがもう一人いたのだ。

「師団長。彼らのターゲットは、鎌形防衛大臣と、その取り巻きの背広組です」

鎌形の命令で、堂林達はジョーカーを殺した。

そのとき風間は、遠くからそれを傍観したに過ぎない。

風間は、蚊帳《かや》の外に。

風間の迂闊というより、どの段階からか堂林達は密かにそう決めていたのかもしれない。別の闇に潜行した堂林達を必死に追い、ようやく風間が追い付いたのが八月一日の深夜、日付が変わる頃だったらしい。

止めたかったと風間は言った。もういいだろう、馬鹿な真似は止《よ》せ、と堂林達の前に立ちはだかったらしい。

堂林達が危険を冒してまで、砲と弾を揃えたということは知っていた。当然、壮大な狙撃を敢行するつもりなのだということもわかった。

わかったが同時に、そんな大掛かりな狙撃は、単純に一個人に向けられるものとしては大いに危険を孕み、余人を巻き込む可能性が有り過ぎるということも自明の理だった。

多くの他人を巻き込む可能性のあるそんな方法を、風間は馬鹿な真似、と言ったのだ。会って説得した。

何を言っても聞き入れられるものではなかった。

　鎌形からの指示を公にする、という提案もしたが、一蹴された。

——我らが手に掛けたジョーカーは、存在しないのです。影を切り捨てて、それだけです。鎌形に、なんの罪が問えましょう。逆に加納さんや、その他ジョーカー達の、我らが知らない関係者に累が及ぶかもしれない。

　だから、と堂林達はみな、毅然として顔を上げたという。

——風間さん。これが暴挙であることは重々わかってます。でも、最大の効果を最小の犠牲で得るには、時間も手段も、これしかないというのが我らの結論です。

　決裂だった。

　風間では、堂林達の怒りと悲しみは止め切れなかった。

　ならば、官憲の手に委ねるしかないと携帯を取り出し——。

　その結果がこの様です、と病室の風間はおそらく、自嘲した。

——奴らは、堂林達は一体、そんな物をどこでどう使おうとしているのだ。

　矢崎が絞り出すように言った。

——わかりません。

　風間の答えは、か細かった。

　そうしてかすかに電子音と、おそらく酸素吸入器の音だけが聞こえた。

五

病室での風間の話は、繋ぎ合わせると要約はそんなところだったろうか。

矢崎が外の看護師に主治医を頼んだ。

すぐにドアが開き、衣摺《きぬず》れが聞こえた。

――先生。この眠りは、回復への休息でしょうか。

――そうですね。いくつか越えなければならない山のひとつ、と思って頂きましょうか。

楽観も悲観も、今はまだどちらも時期尚早かと。

――そうですか。

それでおそらく、矢崎が席を立った。

純也はドライバーズシートを戻し、受信機の電源を切った。

M6のステアリングを握り、ゆっくりとパーキングから出る。

時間的に帰宅の途についても問題なかったが、フロントノーズを東、警視庁本部庁舎の方向に振る。

矢崎が最後に、

――先生。風間のこと、よろしくお願いします。

——全力を尽くします。矢崎参与は、お帰りですか。

——いえ。私は、この足で警視庁へ。風間と話したことを、直接伝えなければならない相手がいますので。

そう言ったからだ。

地下駐車場にM6を入れるときにはまだ青かった空が、十四階のJ分室に戻る頃には、茜《あかね》色に染まり始めていた。

おもむろにコーヒーメーカの電源を入れた。

ほどもなく、一階通用口からJ分室へ、来客の知らせがあった。

さして間を置かず、矢崎が上がってきた。少し疲れた顔をしていた。

純也は淹れたての一杯を出した。

あまりそういう男ではないが、矢崎がこのときばかりは礼のひと言も言わず口を付けた。

コーヒーの香りが室内に満ち、やがて、消え始めた。

「参ったよ」

矢崎が口を開いたのは、それからだった。

「実にやるせない話だった」

風間が絶え絶えの息の、さらに間《ま》に間《ま》に差し挟んだような一時間の話は、わずか十分だった。

「Jのファイルとは、どこにあっても重い。人生のファイルだね。冗談ではなく。――いや、冗談の部類か。悪趣味な冗談だ」

話の締め括りは、溜息だった。

内容としては、まずまずだったろう。

矢崎の語りに、特に目立った隠し立てはなかった。

会話の項目、フラグ立てのチョイスとして、主観はそれぞれにあるだろう。

全部が全部、純也の聞いた通りではないが、逆に言えばその程度だ。

純也は冷めたコーヒーを飲み干した。

「それにしても、特殊作戦群は泣きながらですか。ジョーカーは無抵抗で。それどころか笑って」

「そうだ。純也君、君にはわかるかね？」

「わかる気がします。僕は軍人ではありませんが、ある意味で、わかる気がします。師団長は？」

「わかるさ。わかりすぎるくらいに。私は今でも、心ばかりは陸自の男だよ」

「それだけではないでしょうけど。軍人でも、赤心も真心もない奴はいます。初めからない奴も、擦り切れてしまった奴も」

「擦り切れて。堂林達もそうなのだろうか」

矢崎の問いに、純也は首を左右に振った。

「違うと思いますよ」

「ん？　とは」

「最後のターゲットに対し、最大の効果を最小の犠牲で、と言っていたんですよね。まだ赤心も真心もあるんですよ。ただ――」

「ただ、なんだね？」

「あるからよけい悲しい、ということはあるかもしれません。血の涙。断腸の痛み、極み」

「そうか。――そうかもな」

矢崎は大きく頷いた。

「私にできることは、何かあるかね」

純也は眉間に指を置き、軽く叩いた。

「取り敢えず、大臣の今後の予定ですかね。ああ、七月十八日以前に公になっているものだけで結構。それを、わかる限りを上げてもらいましょうか。省内、国会内での移動だけのものは要りません」

「わかった。この時間ならまだ、大臣の議員事務所に連絡すればすぐに用意できる。私の携帯、いや、公の予定だけでいいなら、そこのＰＣに送らせて構わないかな？」

矢崎は恵子の指定席にある、デスクトップＰＣに顔を向けた。

「いいですよ」

了承すれば、矢崎はすぐ鎌形の事務所に連絡を取った。

矢崎の信頼の厚さだろう。大臣のスケジュールを知らないアドレスに送ることを、渋る様子は会話からは窺われなかった。

案の定、すぐに通話は終わった。

「今からまとめて、すぐに送ってくれるそうだ」

「有り難うございます。じゃあ、もう一杯のコーヒーで待ちますか」

純也は二杯目をコーヒーメーカにセットした。

でき上がる頃、先に純也の携帯が振動した。

鳥居からだった。

──加納麻美、驚きました。部屋を訪ねたら不在なんですがって な感じで、遠戚の風情で会社ぁ訪ねてみましたが、逆に食いつかれて面食らっちまいました。無断欠勤だそうです。

「ふうん。やっぱりね」

──何か思い当たるところでも。

「まあ、水は高いところから低いところへ。そんな感じかな。時間の流れも、人の思惑も。摂理とはそんなものだよ」

――なんか、よくわかりませんが。

「それでいい。深くを考えるのは僕の仕事だ。お疲れさま。直帰でいいよ」

――じゃあ、お言葉に甘えて。

通話を終え、二杯目のコーヒーを飲んだ。

矢崎は、座った位置から窓の外を見据えていた。

恵子のＰＣに着信音があった。鎌形幸彦の議員事務所からだった。

コーヒーカップを手に、純也はざっと目を通した。

一瞬だが、目が留まった。

「どうだい？　大臣の予定にも、何かの摂理は見えたかな」

いつの間にか、矢崎が純也を見ていた。

「おそらく」

答えれば、矢崎は頷いた。

「結構。――それで、何をどうするつもりだね」

「さて。運は天に」

やおら、純也は窓辺に動いた。

かすかに茜色が消え残る、残照の頃だった。

「いえ、天になど任せはしません。操ってみましょうか。しなければならないこと。してはならないこと。国家、人民。護《まも》ること、戦うこと。すべてを手のひらの上に載せれば、答えは自《おの》ずから、一つ」

純也は、夜の始まりに向けて真っ直ぐ腕を伸ばした。

手のひらを、闇に。

「そのためには」

開いた手のひらを握り込む。

「何がどういうシチュエーションになろうと、相手のターゲットが鎌形幸彦とその取り巻きである限り、師団長、巻き込まれていただきましょうか」

「巻き込まれる？」

「はい。少しばかり、いえ、大いに命懸けにはなりますが」

ガラスに映る顔は、我知らず笑っていた。

「なんの問題もない」

矢崎は即答した。

「元部下達のことを、任せてもらえないかと頼んだのは、そもそも私だ」

「結構。では、師団長と大臣と、後は勝手についてくる連中と。ですが、飽くまで主賓は大臣です。餌とも言いますが。こういうとき、日本語は愉快だ。おっと、そうそう。あの鼻の利く大臣のことだ。餌に逃げられては獲物は寄らない。念には念を入れるなら、主賓を包むオブラート、餌を釣る餌として、うちの部長も付けましょうか」

「了解した。いつでもどこでも。私のできる限りをしよう」

ガラス越しに目が合った矢崎は頷き、席を立った。

そうしてドアノブに手を掛ける直前になって、

「ああ。そうだ。純也君」

一度振り返った。

「なんでしょう」

純也も振り返る。

矢崎はポケットから何かを取り出し、放って寄こした。

「おっと」

手に受けたのは、警察病院のスジに仕込ませた、ＩＣＵの盗聴器だった。

「何も言うことはないよ。あの場はたしかに、陸自の場だった」

「ほう」

「発見したのは話を終えてからだった。これを知らなかったとしたら、さて、私が君に風間の話をどこまでしたかは甚だ疑問だ。ただ――」

「ただ、なんでしょう」

「見つけてしまえば、私はここの眷属のようなものだからね。一応、分室の備品として回収してきた」

純也はお道化《どけ》るように頭を下げた。

「恐れ入ります」

「なあに」

矢崎は笑って、手を上げた。

終章　爆雷

一

「おや。お早うございます。てぇか、早《は》ぇ《え》ですね」

翌日、鳥居は定時の一時間前に登庁した。夏休みで恵子がいないからだが、その代わりに純也がいて、片手を上げて応えた。

すでにコーヒーの香りがしていた。

純也の背に弾ける朝陽がコーヒーの香りに絡んで、なにやら爽やかにして香しい。光自体がまるで、輝けるアロマに感じられた。

鳥居は項垂れ加減で首を左右に振った。

諦念、という奴だ。

「ま、俺らとは根本からして、ありとあらゆる出来が違うってことかね」

「えっ。なんだい。それ、哲学？」

「いえ。庶民感覚ってやつですか。――それにしても、本当に早いっすね」

言いながらジャマーの方に動く。

「そう、だね。こっちとしても早いっていうか、むしろ遅いって感じで。要するに、帰ってないんだ」

「えっ。徹夜っすか」

「だからメイさん。それは切ってないよ。昨日のまま」

鳥居はジャマーに伸ばそうとした手を止めた。

「ああ。そうっすか」

「そう。なんか、海外との連絡と待機を繰り返してたら、時差もあるしね。そのうちには、皇居の向こうに黎明《れいめい》が見えた。そうなるともう帰るのも面倒だから、ここにいた」

「はあ。なるほど。――それにしても海外連絡ですか。時差の。なんかうちの分室、大手の商社みてえですね」

「商社なら儲《もう》かるだろうけど」

「ありゃ、まだ儲けたいんですか？」

「そうだね。労働の対価は欲しい、かな。時給いくら、でもいいから」

「分室長の場合、本当に払おうとしたら目ん玉飛び出ますけどね」

など、朝の支度をしながら下らない話をしていると、

「お早うございまぁす。って、あら。分室長」

花を抱えて奈々が入ってきた。

今日の花は鳥居にもわかる。

ヒマワリだ。

「すいません。ちょっとバタバタしますよ」

「構わないよ。かえって邪魔かな」

「そんなことありません。鳥居さんや猿丸さんだけより一億倍もいいです」

「おいおい。朝から人を、どんだけくさしてくれんだよ」

奈々は肩を竦め、愛らしく舌を出した。

純也は笑った。

笑いが光の中にあった。

出来の違いは哲学を通り越し、庶民感覚に収まる。

鳥居は壁の時計を見た。

間もなく八時になろうとするところだった。

「分室長。徹夜ってことは朝飯まだっすよね。買ってきましょうか」

「ん？　ああ。いや、いい。身体がどうにも強張ってる感じだから、散歩がてら買ってく

る。——じゃあ、菅生さん。よろしくね」

「はぁい。お帰りまでには、花の園にしておきまぁす」

ヒマワリより黄色い声に送られ、純也は出て行った。

「さて手伝うか。花の園をよ」

鳥居は上着を脱ぎ、シャツの袖をまくった。

「お願いしまぁす。でも、いいなあ」

「何がだ」

「恵子先輩。いっつも小日向分室長の傍で」

「まあ、そうだな。いや、どうかね」

「どうかねって、なんです？」

「人んちの芝生ってぇか、隣の飯ってぇか、うちの鯛《たい》より隣の鰯《いわし》ってぇか。まあ、たしかに鰯じゃねえが」

「何ですか、それ？」

「ま、ずっと近くにいるってなぁ、言われるほど良くはねえってことさ」

「えっ。良くないですか？　例えば」

「例えばって、そりゃあ。まあ、公安だからよ」

「それって、守秘義務とか」

「それもあるがな。公安ってなあ、常に危険と背中合わせってぇか、隣り合わせってぇか」

「そうなんですか。うーん。それはそれで、今度はなんか心配」

「俺らもだよ」

そんな会話のうちにも、奈々は手際よく作業を進め、十五分ほどで花の園はでき上がった。

奈々が受付に去り、鳥居がひと息入れていると、さらに十五分ほどで純也が帰ってきた。手に紙袋を提げていた。以前、恵子が買ってきた日比谷界隈のベーカリーのものだ。

「気に入ってね。ちょうど開店だったから、メイさんの分も買ってきた。量は加減したつもりだけど」

「へへっ。頂きましょうかね」

鳥居はコーヒーメーカの前に立った。

ヒマワリの少し甘い香りに、コーヒーのアロマが混じる。

二客のコーヒーカップをテーブルに運び、サンドイッチを口にしようとすると、鳥居の携帯が振動した。猿丸からだった。

――おはようっす。定時連絡っすけど。

ガラガラとした声は猿丸の朝としてはいつもだ。

ヒマワリとサンドイッチとコーヒーと、朝陽に満ちたJ分室とは彼我《ひが》の差がある。

その分、

「おう。お疲れさんよ」

鳥居はせめて声で労《ねぎら》った。

――特に変わりはねえんで、城崎の旅館っす。明日には名古屋に向かうようですけど、戻るコースじゃねえみたいっすね。そっから郡上八幡《ぐじょうはちまん》らしいっすから。

「そうかい」

加納麻美は優雅に各地を巡っているようだ。なので猿丸からの定時連絡は移動中のときもあり、このときのように同じ場所からのときもある。

なんにしても、行き先知らずの気儘な観光旅行のようだった。

猿丸としては電車やバス、旅館やホテルを、なんとかギリギリで確保してついて行っている格好だ。

「大丈夫か」

――まあ、苦じゃねえけど、面倒だね。向こうが別に、こっちを巻こうとしたり、その手のプロじゃねえのが救いだ。適当な仮眠で追っ掛けてられるが、少数精鋭も極まると貧乏所帯だってことがヒシヒシとわかるね。交代要員がせめてもう一人欲しいぜ、まったく。

そうだな、と言いながらも朝陽を浴びて空調の利いた分室で話題のサンドイッチを食う。

いいのだろうか、と思うが、純也に聞けば、

「いいんじゃない」

と言うだけで、行確解除の指示は出ない。

かえって昨日の定時連絡の電話では、最後に鳥居と代わって、

「いいかい。セリさん。絶対に目を離さないでね。絶対だよ」

と念押しまでしていた。

――メイさん。取り敢えず、今のところ面倒臭ぇことは何もねえから。ボチボチ追っ掛けとくよ。

「ああ。しっかりな」

定時連絡はそれで終わった。

サンドイッチにかぶり付こうとすると、いつの間にか純也が自分の携帯で話していた。

気が付かなかったのは声量の問題というより、言葉のリズムのせいだろうか。

フランス語だった。

――海外との連絡と待機を繰り返してたら……皇居の向こうに黎明が見えた。

純也はそう言っていた。

海外と言われると、鳥居辺りはどうしても英語圏を思い浮かべてしまうが、そうではなかったようだ。

あるいはまた、別件か。

「ウィ」

純也は頷いて、コーヒーを口にした。

鳥居は背中に、ほんの小さな物だが一瞬、氷を押し当てられたような気がした。

純也とは長年の付き合いになる。だからわかる。

ゆったりとした朝の時間であり、そんな時間に似つかわしい会話に感じられてしかし、
純也の表情に見えるものは、死生の狭間に遊ぶ死神の微笑みだ。

会話の内容はわからなかったが、見当のつく単語はあった。

ヴェロニカやライラとはおそらく女性名だろう。ヨコタ・バーズはわかった。横田基地だ。そこにマリーンとくれば、海兵隊だろうか。あとはキャンプ・フジ。

ただ、通話が終わっても、内容その他を純也に問う気にはなれなかった。

「メルシー・ダニエル」

最後の言葉は、鳥居にもわかるものだった。

ダニエル・ガロア。

間違いなく、それが純也が電話を掛けていた相手だ。

純也はそのまま立って窓辺に寄り、もう一度携帯を耳に当てた。

今度は自分からどこかに掛けたようだ。

「ああ。小日向です。運を操る支度、整いましたよ――」

師団長、というからには、相手は矢崎のようだった。

「ええ。お話しした通り巻き込まれていただきますが、その前に少々、お願いがあります」

チケットを数枚、と純也は続けた。

「八月二十日の、大臣の行動予定にあったものです。――そう。富士教導団の予行演習をVIP席とA席で数枚ずつ。いや、二枚ずつでいいかな」

その後、短くいくつかの遣り取りがあった。

聞くだに、鳥居の心身も一気に引き締まった。

純也の微笑みに感じた、氷の意味もわかった。

純也の読みがその通りなら、何もしなければ間違いなく惨事であり、処理を誤ればさらなる大惨事になる。

携帯を仕舞い、純也は振り返って手を打った。

「さて。善は急げだ」

そのまま動こうとした。

「善、ですか。どちらへ」

声が知らず、喉が引き攣《つ》れるように嗄《しわが》れていた。

「うん。そうだね」

鳥居と目が合った。

「公安部長のところへ」

純也は肩を竦め、はにかんだようないつもの笑みを見せた。

どこまでも穏やかに、けれどどこの場合、かえってその穏やかさが恐ろしい。

「ははっ。善か悪かはまあ、考え方によるだろうけど」

鳥居の脇を進み、ドアの前で一度純也は振り返った。

「八月二十日、でいいと思う。それまで僕は、夏休みといこうか」

純也はそう言って出ていった。

「え。あ。いや」

言葉通りには受け取れないが、要するにそれまで分室に顔を出さない、という意味なのだろう。

「って、じゃあ、これどうすんだか」

手付かずのサンドイッチが、純也の席で夏の陽を浴びていた。

二

——八月二十日、でいいと思う。それまで僕は、夏休みといこうか。

純也は言って、本当に夏季休暇に入った。

「なんだってんだ。この混雑は」

鳥居はその日、静岡県御殿場市にいた。正確には、前日からだ。前乗りというやつで、前夜は駅前のビジネスホテルに泊まった。

早朝四時にチェックアウトし、目的地に着いたのは朝の六時だった。

陸上自衛隊東富士演習場畑岡射場。

そこが純也に指定された、猿丸との集合場所だった。

——メイさん。セリさんにもこっちから伝えておくよ。取り敢えず遅れないように。師団長も言ってたけど、馬鹿にできないくらい混むみたいだよ。

この日は防衛省の広報でもある、陸上自衛隊富士総合火力演習、略称〈総火演〉の富士教導団予行の日だった。

通常からすれば、昔は防衛庁長官、今は防衛大臣が臨席する日が〈総火演〉と呼ばれる。つまり、それが一般公開もされる〈本番〉であり、この年は翌週の二十七日がそれだったが、大臣の公務の都合で、早いうちから臨席は二十日と公表されていた。前月の海自と米・印海軍による海上共同訓練〈マラバール〉とインド大統領選挙の結果を踏まえた、2+2の日印外務・防衛閣僚会議が、二十五日からデリーで予定されたからだ。

純也からは、

――セリさんが来れば、当たりだ。加納麻美も来る。メイさん、気を引き締めて。

木曜日に掛かってきた電話の中で、そう聞いていた。

理由も聞いた。

――そのとき間違いなく鎌形を、十キロ先二十キロ先から火砲が狙ってくるはずだ。

だから言われた通りというか、言われなくとも心身も引き締まってはいた、が――。

まず、混雑が予想をはるかに上回った。

総火演はスタンド席だけで五千人、その前方のだだっ広いシート席まで数えれば、本番では二万五千人を遥かに超える来場になるという。

陸自や近隣の関係者招待の予行演習はそこまでではないというが、恐らく、鳥居の到着前に、すでにスタンド席はほぼ埋まっていた。

当日券があるというわけではない。全員が入場の権利は確定している。その上、演習自体の開始は午前十時だ。

にも拘らず朝六時の段階で、観衆の熱気と賑わいはすでに本番さながらだった。

すでに射場には戦闘車や装甲車が入り、迷彩服の隊員が準備を進めており、早ければ早いなりに点検射撃などが見られるという役得はあるらしい。

が——。

（どこが役得だよ）

鳥居には、まったく理解できなかった。

「おっと。メイさん」

坂また坂を上り切ると、会場入り口近くの決めてあった場所に猿丸がさりげなく立っていた。

猿丸が来ることは、いや、いることは前夜からわかっていた。

日付が変わる前の深夜に、予約したタクシーで麻美は会場に到着したようだ。

同時に、行確中の猿丸もだ。

〈到着。馬鹿臭い気がしないでもないが、もう百人以上が並んでる。平和な世の中だね〉

そんなメールがあった。

会場は、射場に向かって一番左手にＶＩＰのスタンド席が設《しつら》えられ、そこから順に右手にＡ、Ｂ、Ｃ、Ｄ、Ｅになっていた。

自衛隊員の誘導に従って続々とスタンド席に上がっていく観衆を尻目に、Ａスタンドとシートの境目に鳥居は猿丸と並んで立った。

「お姉ちゃんはどこだい？」

「あそこ」

鳥居の問いに、猿丸は真っ直ぐ腕を伸ばした。

「おいおい。ＶＩＰかよ」

思わず鳥居は呟いた。

加納麻美は、ＶＩＰスタンドの上部に座っていた。

まだ早い時間で、さすがにそちらに人はまばらだった。麻美を含めても二十人はいないだろう。

「ＶＩＰって、どうやって取ったんだ？　あんな席」

「どうやったって取るでしょ。陸自の奥深いところから手を伸ばしてでも」

「まあ、違《ちげ》ぇねえな」

特務班、特殊作戦群。闇の中から伸ばす手は何本でもあるだろう。

「メイさん。なんにしても、俺ぁ近寄れないっすから」

「わかってるよ。ただ俺にしたって、あの状態じゃ顔見られる。後のこと考えたら、今は上手くねえな。もうちょっと混んでからだ」

「しばらく待機っすね」

「そうだな。なんにしたって、大臣が来なきゃ話にならねえし」

「そうっすね。逆にいやぁ、大臣が来たら大勝負だ」

「ああ。天国に行こうと、地獄に落ちようとな」

「ま、なんにせよ、分室長が先導なら安心だ」

「違ぇねえ。――分室長で思い出した」

斜めに掛けたショルダーバッグから何かを取り出した。

「ホイよ」

猿丸に手渡したのは、小型のインカムセットだ。

Ｊ分室員とＪ分室員共通のスジ、及び矢崎とその関係をチョイスして今年に入ってからサードウインドのクラウドに設定した、デジタルＰＢＸ用のツール、らしい。鳥居も何度か使ったことはあった。

携帯のジャックにブラックボックス化された送信機を差し込めば、通話空間に入ることができる。それだけで他の面倒な設定が一切不要なのは、鳥居には有り難いほど便利だ。

おまけに、通話中にも通常の着信やネット検索などにも対応できる。

よくわからない所も多いが、カイシャのＰフォンより、使い勝手はグンといい。

――持って行くようにって、分室長から指示がありました。

金曜日に登庁した際、そう言って恵子から手渡された。猿丸の分もだ。

システム自体はまだ試験段階らしいが、携帯につないで番号が確認されれば、それこそ机上では千人の国際会議も可能だという。無論、翻訳も兼ねてだ。

J分室グループの場合は、純也の暗証番号をキーに、その都度クラウドのPBXに番号の制限を掛けられる設定だという。

「ああ。これね」

猿丸がしげしげと眺め回した。

「付けろってよ。そんで、この場所風に言やあ、マルキュウサンマル時までに通話空間に入って待機、だそうだ」

「へえへえ」

そのとき、射場にいきなり轟音《ごうおん》が鳴り響いた。会場から一斉に歓声も上がった。

「おっ。まずは八九式の35ミリか」

猿丸が楽しげだ。

「んだよ。お前ぇ。詳しいな」

「へへっ。オタクってほどじゃないっすけど、見る分にはね」

猿丸は射場に目を移したが、鳥居は会場の喧騒《けんそう》をよそに、密かに麻美を確認し続けた。

総火演の会場にひとり似つかわしくなく、麻美はひっそりと佇み、ただ前方を眺めていた。

次々に行われる各種点検射撃や走行で、観衆は熱気のボルテージを上げていった。

一時間ほども過ぎると、ＶＩＰ席にも人がだいぶ入り始めた。

「じゃ、俺ぁ行くぜ」

猿丸と別れ、鳥居はＶＩＰスタンド席に入った。

ゆっくりと、誰にも見咎められないように、そう、ゆっくりと上り、麻美から少し離れ、やや後方に席を取った。

猿丸は麻美と同じような高さのＡスタンドの一番ＶＩＰ寄りにいた。

やがてすべての点検が終わり、射場の清掃と整備が行われた。

緊張と弛緩。

本番前に訪れる怠惰な時間が流れた。

時間、三十分前。マルキュウサンマル。

Ａスタンドの猿丸に合図を出し、鳥居はインカムを耳に装着した。

通話空間には二人以外に誰もいなかったが、十分もすると声が聞こえた。

――やあ。どうだい？　感度は良好かな。

純也だった。

「良好ですが、分室長は今どちらに」

主任として鳥居が口を開く。猿丸は鳥居の問いに反応するように、Ａ席側で辺りを見回したが、そんな範囲にいるわけもない。

――道路を挟んだゴルフ場だよ。貸し切りでちょっとした特等席を用意したから、射場がよく見渡せる。最大人数で、ええっと、そう、三百五十キロだから七十キロの大人五人だったかな。

「なんですか」

高所作業車、四十メートル型のハイパーデッキだよ、と純也は答えた。

いつものことだが、どこか楽しげだ。

――一番大きいのを個人的に借りた。さすがに大きくて重いんで、ゴルフ場の際《きわ》に鉄板をずいぶん敷いたね。レンタルそのものより、こっちの作業費の方が嵩《かさ》んだかな。

「はあ」

――以前マークスマン事件のときに知り合った宍戸《しし ど》君が、転勤でこっちの方の支店長でね。結構助かった。メイさんは覚えてるかい。アウト・レントの宍戸君。

「えっ。ああ。そうですね。ちょっとした作業で使ったこともありますから」

㈱アウト・レントは川口に本社がある建機レンタル屋だ。宍戸鉄司《てつじ》は、薄い眉毛が特徴の、調子のいい青年だったことは覚えている。

――ただ昨日、試しに伸ばしてみたら、三十九メートルじゃないと見渡せなかった。三十五メートルくらいで行けるかと思ったけど。

――え、三十九メートルっすか。てぇと、ビルの十四階くらいですかね。

聞いたのは猿丸だ。

――いいんすか、そんなもの派手に伸ばして。

大丈夫、と純也は即答した。

――伸ばすのは演習が始まってからだし、師団長を通じて政府広報車としての許可は取ったよ。それより問題は、三十九メートルの高さだね。クリアにして三百六十度の眺望はイメージ通りで、たいがいの不穏も不測も見逃すものではないけど、その分、さすがに揺れる。マークスマンのとき以上だ。まあ、何があってもなんとかするけど。

鳥居は、このことに関しては特に何も言わなかった。想像もつかなかったし、想像もつかないことを純也はよくやるからだ。

ただ、

「ハイパーデッキはいいっすけど、ゴルフ場の貸し切りって、結構な額が掛かったんじゃないですか？」

下世話だが、興味はあった。

まあね、と純也は答えた。

――通常の貸し切りじゃないからね。一昨日から五日間分の予約客の説得と分散にかかる費用、客とゴルフ場への迷惑料、あとハイパーデッキとか鉄板を芝生に入れた補修費、その他諸々。まあ、貸し切り料金より、そういった諸経費諸雑費の方が掛かったね。だから結局、総額は集計してみないとわからない。

「はあ」

なんとも、答えはただ空気が洩れるようになった。

――じゃ、感度が良好ならいい。準備があるから、僕はいったん抜けるよ。変事がなければ、大臣入場くらいで戻る。

純也が抜けると、鳥居は大きく息をついた。

「セリ。お前ぇ、貸し切ったことあるだろ。いくらくらいすんだか」

――さぁて。分室長もああ言ってましたからはっきりはしませんが、軽く億は掛かってんじゃないっすか。

「はあ。億ね」

しばらく鳥居はその金額を呟いた。

やがて、会場にウグイス嬢によるアナウンスが響いた。

制服組からは新任の陸上幕僚長や幕僚副長、富士学校長、背広組からは政務官や事務次官、審議官等がＶＩＰ道から自衛隊車両で射場とシート席の境を通り、ＶＩＰ席前の誘導路に着いた。

大臣も臨席する本番の〈総火演〉なら空・海の幕僚長を始め、その倍以上も来るのだろうが、今回は大臣のお付きの意味合いが大きいようで、制服組はだいぶ少なかった。

その後、同様のアナウンスがあって、いよいよ鎌形大臣が派手にオープンカーで現れた。

場内から割れんばかりの拍手があった。

不祥事続きとはいえ、自身に非がある汚点ではないということもあるのか、鎌形の人気はまだまだ衰えていないようだ。

「おい。セリ、見ろよ」

麻美の方を見ていた猿丸も、言われてオープンカーを眺め、思わず吹き出す。

鎌形の脇に気にしい顔を崩さない矢崎、助手席に青い顔を崩さない、皆川公安部長がいた。

――けっ。知らぬは鎌形本人ばかりなりってね。うちの部長は知ってんすか。

「知ってんだろうよ。あの青い顔見りゃわかんだろ」

――よく来ましたね。

「来なきゃ地獄。来ても地獄なら、一瞬でも地獄を先送りにしてえんじゃねえのか」

――おお。至言っすね。自業自得とも言いますが。

「それにしてもあれじゃあ、大臣もなんかおかしいと思っちまうんじゃねえか。分室長にゃ悪ぃが、お付きにゃあ不似合い過ぎるだろうぜ。あの小心者は」

――だからいいんだよ。

純也の声がした。幾分低かった。

――どっちも、肉に刻めばいい。骨に刻めばいい。他人を弄ぶものは、弄ばれるってね。

鳥居は口を閉じて冷気に耐えた。

猿丸はおそらく、喉の奥がけくっと鳴った。

やがて、鎌形のオープンカーがＶＩＰ席前に到着した。

本番当日なら防衛省幹部制服組や国会議員も、大臣を取り巻くように烏合《うごう》するようだが、この日は少ない。

勝手知ったる元陸将の矢崎に先導されるようにして、鎌形が進む。

が、ＶＩＰスタンド上部に上がろうとして鎌形はふと足を止めた。

周りに陽気な笑顔を振り撒き、その場で射場を振り返った。大きく手を広げる。

ここがいい。ここから見よう。

とでも言っているに違いない。動く気はないようだ。

一般の招待客の、ど真ん中に立った。

陸自の関係者も矢崎も、渋面を作るのが見えた。

――けっ。あのオヤジ。なんかあるってうすうす感づいてますよ。万が一には、人を盾にする気ですかね。まったく、あれで防衛大臣だってんだから。

猿丸が吐き捨てた。

純也はインカムの向こうで、何も言わなかった。

三

本来なら鎌形はＶＩＰ席スタンドのほぼ中央に座るはずだった。その辺りが大きく開けられていた。

そこを無視して鎌形が席を指示したのは、スタンド席最前列の前、シート席の最後方だった。

なんとも、人が身動きも取れないほど密集している辺りだ。

若い自衛隊員、おそらく富士教導団の連中がそこに、強引にベンチ席を捻じ込んで新たに十人分くらいの席を設営した。

鎌形が決めたなら、鎌形以下臨席の背広組、制服組も全員がそこに座ることになる。

元々そこに座っていた観客は、移動するのかと思いきや、その連中にも鎌形は声を掛けていた。

Ａスタンドの猿丸からは遠かったが、双眼鏡を使えば、間違いなく背後方向に陣取る鳥居より表情がよく見えた。

やあ、ご迷惑掛けますが、一緒に見ましょうよ。

口の動きを読めば、そんな感じだろうか。

一連の南スーダン関連の問題では味噌が付いた形だが、鎌形はそもそも弁の立つ切れ者という印象で見た目もよく、世間的な人気は未《いま》だに高いようだ。

鎌形の言葉に、周囲の観客が笑顔で頷いた。手を叩いて喜ぶ女性もいた。

それで、鎌形の詐術は一件落着のようだった。

なんにしても防衛大臣が席に着き、本番さながらのアナウンスが流れ、ようやく、総火演富士教導団予行の始まりだった。

「おっと。そういえば」

猿丸はふと、スタンドの高いところからEスタンド席の後方に目をやった。

「へえ」

純也が言っていた通り、会場外の道路を挟んだはるか遠くの空に、東からの陽を浴びて小さな箱が浮かぶようだった。

それがハイパーデッキなのだろう。

直線でおそらく、五百メートルはあるか。さすがに遠いが、かろうじて人影らしきものは確認できた。

なら、純也だ。

純也が、そこにいる。

それだけで、安心できた。腹も定まるというものだ。

「んじゃ、束の間だけ、総火演を楽しませてもらいますかね」

腹が決まれば少なからず余裕も生まれる。

猿丸は前方の射場を広く眺めた。

作業中だとはわかっている。

いや、命懸けの作業中だからこそ、鉄騎の躍動、轟砲には身も心も引き締まる。

まずは前段演習として、陸自の主要火力装備の展開だった。

本番さながらのカムフラージュメイクまで施した隊員もいて、全員が一分《いちぶ》の隙も無駄もない動きで火砲を所定の位置に整えた。

標的である約三キロ先の三段山に榴弾が撃ち込まれれば、その轟音は全身を揺すり、山に跳ね返った木霊《こだま》でさえ腹に響いた。

その後も次々と、練達の技術、最新の装備が晴れやかなアナウンスと共に射場一杯に展開され、披露された。

対戦車ヘリＡＨ－１Ｓも大空を舞い、観衆の歓声を大いに誘った。

圧巻だった。

猿丸は大いに楽しんだ。

そこまでは――。

その後、七四式戦車が自走し、右手遠方、千六百メートル付近に設営された〈五の台〉と呼ばれる目標を狙った。

戦車から赤い旗が上がった。

「撃《て》ぇぇっ」

轟音が上がった。

吹く微風が、爆煙と音の余韻までを引っ張るようだった。

一瞬の静寂。

猿丸は隙を突くように麻美の方を見た。

そして、

「おっとっと」

眉宇《びう》を顰めた。

麻美はアナウンスされた〈五の台〉ではなく、ほぼ真反対の左方手前、観客席から六百メートル付近に設営された〈青の台〉の方を見ていた。

しかも、覗いているのは無骨な単眼鏡だった。

間違いなく、レーザー・レンジ・スコープだ。

――セリさん。何かあったかい。

純也の声が聞こえたが、答える前にアナウンスが被った。

「弾ちゃぁぁく、今ぁ」

〈五の台〉で爆発があった。

そのときだった。

ほぼ同じくらいに〈青の台〉に設置された、単管組みの目印の直近にも、同じような爆裂があり土煙が上がった。

目印の右手前、約十メートルの辺りだった。

会場に一瞬、戸惑いの風が流れた。

（おかしい）

猿丸もすぐ、異変を感じた。

そちらに向けて砲撃を仕掛ける火砲は、当然、事前アナウンスがない限り有り得ないし、現実として一基一両たりともない。

「いけねえ」

咄嗟に立ち上がる猿丸の口から、思わずそんな叫びが漏れた。

周囲の観衆が驚いた顔で猿丸を見るが、構ってはいられなかった。

――どうした。セリ。

「メイさん、今のだっ」

――なんだぁ？

VIPのスタンド席から鳥居が立ち上がるのが見えた。

と同時に、純也の声が割って入った。

――メイさん。ゴングだよ。戦いの。

さすがに普段より少しだけ早口に聞こえた。

緊迫感がいや増した。

――セリさん。こっちはトレースできてる。指示通りで。

了解っ、と言う前から猿丸は動いていた。

実際、純也の読み通りの事態だった。

――堂林達は、最大の効果を最小の犠牲で得るには、時間も手段もこれしかないと言ったんですよね。風間三佐に。

と、純也は矢崎との会話の中で言ったそうだ。鳥居に聞いた。

――最大の効果とはなんでしょう。最小の犠牲も同様です。鎌形を狙うのは特殊作戦群の、いわばプロなら、最大も最小も死以外には有り得ないだろうと、そう考えれば、自ずと見えて来るというものです。狙いは、一網打尽、かな。M1もRAP弾もそれならわかります。最大の効果、最小の犠牲。えっ。一網打尽の矛盾？　いえ、そうでもないでしょう。きっと彼らは、最終的に彼らを南スーダンに送った、現陸自トップ制服組全体を憎んでいるんではないでしょうか。

その推論を鎌形防衛大臣の公になっているスケジュールに当てはめたとき、浮かび上がってきたのが総火演だった。

ただ猿丸は鳥居から聞いた説明以外に、純也から直接、猿丸にだけ託された指示も受けていた。

――堂林達の計画には、そこに加納麻美という女性もおそらく加わる。最大とか最小とか、言葉は堅いけど、それが彼らの赤心であり、揺れる情だと僕は思う。これがね、セリさん。その気になったときの、例のフランスの馬鹿オヤジだったら怖いよ。眉一つ動かさず、十倍の火量で一切を殲滅するだろう。情と非情、冷徹と高潔。その是非はこの際、置こう。ただ、最大と最小を口にする連中の計画なら、加納麻美が当日、会場に姿を現す確率はかなり高いと思う。そのときのキーワードはおそらく、権利と役割になるだろう。どちらかだけかもしれない。けど、こればかりはそのときにならないとわからない。だからセリさん、気を付けて。気を付けるってことは機動力とも瞬発力とも言うかな。こればかりはメイさんには言えない。年齢相応を超える負荷を掛けるだけになる。だからセリさん、よろしく。

そう言われていた。

麻美が会場に来ることも、何かの権利や役割を持って動くことも、今のところは純也の指示通りだ。

ならば、指示通りに動くのみだ。

それで救われる。

大概は。

戦いのゴングは、おそらく青の台の目印にセットされていたのだ。

それが鳴った。

ここからが運命の分かれ目だった。

麻美が立ち上がり、スタンド席を降り始めていた。

鳥居も動き始めていたが、狭いスタンド席からでは動きは制限され、ままならないようだった。

猿丸も同様だが、Aスタンドの端に陣取った分、階段はすぐで手摺りがあって、最後は飛び降りられた。

自衛隊員が遮るように並んで立つが、警察手帳を提示しつつ、猿丸は割るようにVIP側に飛び込んだ。

スタンド席から降りた麻美が、鎌形大臣から十メートルと離れない辺りに一人、立っていた。

何かを鞄から取り出した。

クロームの艶を放つ四角い金属だった。

（携帯、いや、通信機）

なんであるかは定かではなかったが、どう使うのかはわかり切っていた。

くれぐれもそうなったら、と純也には言われていた。推論のうちの最有力として、念入りに聞いていていた。

――セリさん。急いで。

「わかってますよっ」

言われなくとも、動きは猿丸の現在においてマックスだった。

――M1は研究所内で錆び付いていた火砲だ。いかにGPS誘導とはいえ、全幅の信頼など置けるわけもないことは彼らもわかって盗んだのだろう。それが狙う一網打尽を、彼らなりに彼らの矜持《きょうじ》で守ろうとする、最小の犠牲につなげるはずだ。

だから、と純也は続けた。

――試射が絶対に必要なんだ。といって、そんじょそこらでできるわけもない。当日、必ず一発は撃つ。そのために二発盗んだんじゃないだろうか。どのタイミングでどこへかはわからないけれど。いや、どこへはまず間違いなく、射場のどこかだ。彼らにとっては勝手知ったる演習場だからね。もうすでにGPS発信器を、どこかにセットしているに違いない。そして、それをターゲットにした試射こそが、セリさん、ゴングだ。その誤差をフィードバックして、すぐに修正を掛けるだろう。ゴングの後はもう本番だ。僕はおそらく、加納麻美がそのカギを握っていると思っている。キーワードにした彼女の権利は復讐を見届けること、役割はスポッター、つまり射弾観測と携帯を使ったGPS誘導。どう誘導するか、死生への覚悟はこの際、別にしよう。けれどセリさん。僕はね、これで間違いはないと思っている。そして最悪の場合には、彼女は携帯を抱き締め身をもって、155ミリ弾を誘導するだろう。

だから猿丸は、全力だった。

(ビンゴ、だけどよっ。——へへっ。けどこりゃあ、さすがにロートルには任せられねえや)

内心で笑った。

笑える覚悟だけは、腹の底にもう十二分にできていた。

四

「退《ど》いてくれっ。悪いなっ。悪ぃ悪ぃ。けどよっ」

猿丸は群衆を必死に掻き分けた。足掻《あが》いた。

(南無参《なむさん》っ、てな)

青の座標に対し角度か方位か距離か、そのズレの補正、現GPSからターゲットへは麻美の位置に対してデータの補正、とか純也は言っていた。

だが――。

射弾観測の合図も符丁も、猿丸には関係がない。知らない。

とにかく、携帯ないし通信機を使われたら終わりだということだけでいい。

諦めたら、諦めたところから数十メートル範囲で数分後に、どこからか155ミリRAP弾が飛んできて弾着する。

それだけが、無理にも猿丸の身体を突き動かす動機だ。

近づけば、麻美の手にある物がなんであるかはわかった。

クロームメッキの金属カバーにしっかりとガードされた、スマートフォンで間違いなかった。

近づいたが、猿丸はまだ届かなかった。

麻美がスマートフォンを耳に当てた。

もどかしいほどに届かなかった。

――セリさんっ。

純也の声がインカムから聞こえた。

「セリっ」

鳥居のどら声が近くからした。

「ちぃっ」

最後の一歩を、猿丸は身体ごとで飛び込んだ。

「あっ」

麻美の声が耳元でしたが、挨拶はあとだ。

奪い取ったスマートフォンを、猿丸は右手で大きく振りかぶった。

これも決めてあったことだった。

――加納さんっ。もしもし。

投げる直前、スマートフォンから男の声がかすかに聞こえた。

すでに通話状態になっていたのだ。

麻美から堂林達に補正が伝わったらと思えば、間一髪だった。

「オラぁっ」

猿丸は渾身の力でスマートフォンを投げ上げた。


ギャンッ。


と、音にすればそんな感じだったろうか。

麻美のスマートフォンが、夏空に煌めきを振り撒きながら、空中で粉々に砕け散った。

——ただのスマホならセリさんが壊してもいいけど。ただ、そうでないとしたら、あるいは緊急、あるいは不確定、もしくは通信機の類だったら、できるだけ遠くへ、高く、投げ上げてくれればいい。僕が処理する。

決めてあったこととはいえ、改めて目を見張る思いだった。

「なんだかよぉ」

遅れてきた鳥居が、猿丸の肩を叩いて言った。

「あの人にゃあ、不可能はねえのかな」

猿丸も同感だった。

まったく、あんな遠くから、あんな高くから、揺れに揺れるだろうに、こんな小さい物を、よくも正確に、ぶち抜くものだ。

「なんだこれは。おい、お前っ」

背後から、棘《とげ》のような鎌形の声が聞こえた。

振り向けば、鎌形が立ち上がって猿丸の方を指差していた。

「ん。お前は。——小日向っ。そうか。小日向の小倅《こせがれ》が噛んでいるのかっ」

そんなことを言っていたが、取り合わなかった。無視した。

「——どうして。そっとしては——。どうして」

唇を戦慄《わなな》かせる麻美に、猿丸は首を左右に振ってみせた。

「悲しいだけで死のうとするなぁ、駄目だ。そいつぁ、人として駄目だ。守るぜ。なんとしても。俺らぁ、そのためにいるんだ」

緊張の糸が切れたか、麻美が気を失うように脱力して崩れた。

「おっと」

支えて猿丸はその場に片膝を沈めた。

麻美の身体は極度の緊張からか、真夏の野外にも拘らず冷えていた。

暖めなければ――。

それだけが今、麻美に猿丸がしてやれることだった。

それにしても、これくらいなら、広い演習場の一部で起こったささやかなアクシデントに過ぎないだろう。

アクシデント自体を理解しない観客が、実は大半だったかもしれない。

ただ、VIP席だけは違った。尋常ではない緊張感に包まれた。

現役の、しかも優秀な自衛隊員には感覚として、一瞬でただならない事態だとわかっただろう。

動きも慌ただしく、鎌形を中心にただ狼狽《うろた》えるだけの制服組を広く取り囲むようにして展開する。

それだけで、何某かの危険を感じたVIP席の観客はコソコソと移動をし始めた。

ともあれ――。

少なくとも――。

この段階を過ぎても、ＲＡＰ弾が直上から降ってくることはなかった。

麻美は気を失ったまま、猿丸の腕の中にいた。

「おい、皆川っ。公安部長っ」

見れば鎌形が立ったまま、隣で縮こまって震えるだけの皆川を、怒りに燃えるような目で見下ろした。

「これは一体どういうことかっ。矢崎、お前、知っていたなっ」

そんなことまで叫んだ。

――やれやれ。面倒だ。通話空間にも元凶の低俗な声が聞こえる。

純也が嘆息した。

――メイさん。黙らせる。インカムを鎌形に。

と、純也は鳥居に指示した。

――了解。

近寄ろうとして、鳥居は一旦は自衛隊員に制止を受けたが、

「ああ。彼はいいんだ。こっちへ」

矢崎の声が、肉声とインカムと両方で聞こえた。

鳥居は鎌形に近づいた。
「お前も、たしか小日向の部下だな」
「へえ。その本人からこれを大臣にと」
鳥居が耳から外したインカムを差し出し、鎌形がつける。
そこからは鎌形の声も、矢崎の声同様、猿丸には二重だった。

——なんだ。

——邪魔です。

——それが挨拶か。なんなのだ、これは。

——さて。何も起こらなかったはずですが。

——惚けるな。青の台、予定にない砲撃だと陸幕長が言っている。

——アクシデントです。それ以外の、何ものでもありません。

——お前。それで済むと本当に思っているのか。

——そちらこそ、これを機に貸しだ借りだとネゴれるとでも思っているのですか？　自分がしたことの重大さを棚に上げて。本当に。できると。いいでしょう。

——語尾に、デジタルでさえ凍らせるような凄みがあった。

——人の命がそれほど軽いなら、今ここからでも、ご自分で飛んでみたらいい。一発の銃弾で、それは可能だ。

鎌形は、すぐには何も言わなかった。

しばし、全身を瘧《おこり》のように震わせた。

それでもインカムを投げ捨てなかったのは、この男のプライドか。

——すべて、お前の手のひらの上か。狙い通りか。お前は一体、自分を何様だと思っているんだ。

——警察官ですよ。紛れもなく。

——悪魔の間違いだろう。

——鬼畜に何を言われても、別段腹は立ちません。さて、最前、邪魔だと申し上げました。そろそろご退場を。

——ふん。言われるまでもない。

——ああ。矢崎政策参与は残して頂きましょう。インカムは私の部下に。

——俺に指図するなっ。

それでどうやら会話は終了のようだった。

猿丸は大きく息を吐いた。

鎌形が鳥居にインカムを放り、一人で動き始めた。

「おい。行くぞ。帰る」

取り巻きと陸自のガードと制服組が、混在しつつ大移動の様相を呈した。

会場アナウンスで、鎌形大臣の退席に伴う演習の中断が告げられた。

それで会場全体が弛緩し、鎌形の一挙手一投足に会場全体の意識が向けられた。

鎌形が笑顔で手を上げれば、あちこちから拍手も起こった。

VIP席に、人が少なくなった。

矢崎がゆっくり、猿丸の傍にやってきた。鳥居も一緒だ。

「その女性が？」

矢崎が聞いてきた。

「ええ。婚約者っすよ。南スーダンに捨てられたジョーカーの。切り札の」

告げる猿丸の目から、知らず涙が流れた。

そうかとだけ言って、矢崎は目を逸《そ》らしてくれた。

――さて。

通話空間に純也の声がした。

――師団長。ここからですが。

終わらせなければなりません、という声はまるで氷の刃で、真夏の熱気を割って聞こえた。

「終わらせる、とは」

矢崎の声が硬かった。

――まだ一発、残っています。

猿丸は黙って、息さえ殺した。

間違いなくこの会話に、入るべき場所はなかった。

――一か八かで撃ってこないのは、さすがに特殊作戦群の精鋭といったところでしょうか。ただ、死生ギリギリのところです。ないとは、誰にも言えません。

矢崎も元陸自の男だ。それだけでわかるのだろう。

目に宿る光は、強く厳しかった。

「だから、終わらせるのか」

――はい。

「どうやって」

――待機してます。キャンプ富士に。

「キャンプ富士？　まさか、海兵隊が」

――知人の部隊、とだけに留めましょうか。先に撃たせたのは、場所を特定するためでもあります。ドローン制御の対砲レーダーで、もうM777が二十四・五キロ先に照準を定めています。エクスカリバーで。

「M777だって！　エクスカリバー。そんなものをどうやって」

矢崎が珍しく驚愕の声を上げた。

わからないでもない。

猿丸も、その名を聞けば知っていた。

M777はアメリカ軍が採用した最新型牽引式榴弾砲だ。特徴は他砲の追随を許さないほどの軽さで、中型ヘリコプターやオスプレイでも機外に吊り下げて楽に輸送できた。続くエクスカリバーは、米・瑞（スウェーデン）で共同開発された、155ミリのGPS誘導砲弾のことを指す。五十七キロメートルという最大射程を持ち、半数必中界（CEP）と呼ばれる平均誤差半径は、五メートルから二十メートルという絶対精度を誇る。

「オスプレイ。まさか、横田空域で」

矢崎は唸った。

払暁の空を飛ぶオスプレイ。その下にM777。猿丸の脳裏にも、そんな光景が浮かんだ。

――さて。その辺はご想像にお任せします。

なんにせよ、そんな最新の代物を、純也はキャンプ富士に用意したらしい。

――あとは、私の仕事ではありません。ここから先は、陸自の管轄です。

射場を見れば、鎌形を乗せた車両が動き出そうとしていた。

行きと違ってオープンカーではない。自衛隊車両だ。同じような制服組の車も並んだ。

その車列を、いつしか矢崎も眺めていた。

どこか遠い目だった。

大きく深い、息を一つ吐いた。

「——そうか。そうだね。私達の責任だ」

言いながら、どこにともなく矢崎は一歩を踏み出した。

「特に、堂林と土方は部下だった。止めてもやれず、寄る辺の大樹にもなれなかった、私の責任だ」

向こうの部隊なら、掛け声はＦＩＲＥでいいのかなと矢崎は言った。

——結構。この回線を向こうの部隊にも繋ぎます。いつでもどうぞ。

矢崎が一度、大空を見上げた。

大きく息を吸った。

そのときだった。

近くから走り出た何者かの影が、矢崎の脇を行き過ぎた。

他の隊員同様の迷彩服に身を包み、鉄帽を目深《まぶか》にかぶったバラクラバの男だった。

矢崎のインカムをもぎ取っていた。

「ＦＩＲＥ」

どこか遠くから、砲音が聞こえたような気が、猿丸にはした。

影の男がよろめきながら、バラクラバを引き上げた。

風間だった。

蠟《ろう》のような顔をしていた。

それを隠すためのバラクラバ、だったかも知れない。

「風間っ」

「話の流れは、聞こえました。いいんです。これで」

倒れてゆく風間を、矢崎が抱き留めた。

「師団長は、汚れてはいけません。これは、こんなことは、私の、特務班の、仕事です」

緩く頭を振り、風間はその体勢を固持した。シートに転がった。

「守山が、懐かしい。泣いて、笑って。懐かしい。——師団長」

そう言って風間は、血を吐いた。血の中に伏した。

「風間ぁぁっ」

矢崎が駆け寄り、駆け寄って、そこまでだった。

近くにいた隊員達は、誰も動かなかった。

「んだってんだ。んだってんだよ、これはよおっ」

鳥居がその場にへたり込み、地べたのシートを叩いた。

〈お待たせしました。総火演教導団予行、再開いたします〉

明るいアナウンスが場内に響いた。

猿丸は思わず、背後を振り返った。

「分室長。これっていったい、誰が救われたんすかね」

空のはるかにハイパーデッキは見えず、純也からの返事もなかった。

五

――土方。どうやら失敗のようだ。通話をし掛けたところで携帯が途切れた。ＧＰＳも同様だ。あの感じでは、故障ということは有り得ない。加納さんが失敗したと考えるべきだろう。

野外無線の向こうで、冷静に堂林一曹は言った。

「そうですか」

だからといって、土方はどうとも思わなかった。

そうなった場合の二の矢として、土方が演習場の外に待機しているのだ。

鎌形を始めとして退場する防衛省背広組及び陸自幕僚監部の車列は、会場からＶＩＰ道を通り、必ず県道一五七号に出てくる。

土方が潜むのは、その県道沿いにあるゴルフ場の、コースを大きく外れた雑木林の中だった。

その分、道路は目と鼻の先だ。

——師団長の関係か。もしかしたら何度も話を聞いた、あの鬼っ子の動きかもしれない。

俺達が喧嘩を吹っ掛けたのは、ずいぶんな化け物のようだ。

堂林は饒舌《じょうぜつ》だった。普段なら有り得ないほど。

それで、堂林の戦いは終わったのだとわかった。

——すべてし終えたら、どうだ。国外に出て、みんなで傭兵にでもなるか。実はな、そんな伝手もないわけじゃないんだ。

堂林の提案に、いいですね、と残る四人で口を揃えたものだ。

少なくとも、そんな浅き夢は水泡に帰した。

逆にここから、今度は土方が寡黙にならざるを得ない。

生きて逃れる気などは堂林達同様さらさらないが、二の矢としての成否の圧力が重く圧《お》し掛かる。

自分の戦いは、これから始まるのだ。

土方は胸に抱えたM４アサルトカービンと、腰だめのサックに落とし込んだアップル・グレネードの感触を確かめた。

いやぁ、有り難い

耳内に、南スーダンで聞いたジョーカーの声が蘇った。

鎌形からの密命を受けて向かった南スーダンでは、当然、すぐにはジョーカーに出会えなかった。

ジョーカーは存在自体が秘匿なのだ。ただ派遣隊が危機に陥ったとき、どこからともなく、誰とも知られず現れ、敵を殲滅するのが任務だ。

ようやく出会えたのは帰国を目前にした三月十八日だった。

その分、焦ったかもしれない。

ジョーカーを求め、少し不用意にジュバの町中から外に出た。

気が付けば、自分達が現地のゲリラ兵に囲まれていた。絶体絶命だった。

そこへ颯爽《さっそう》と、土方が思うに、文字通り颯爽と現れたヒーローが、煮染《にし》めたような目出し帽に顔を隠したジョーカーだった。

ジョーカーは瞬く間に、ゲリラ兵を殲滅した。

いつもならそのまま去るのだろう。

このときも何も言わず、ジョーカーは離れようとした。

その背に、あろうことか土方達は銃口を向けた。

ほぼ同時、いや、わずかに直前だったろう。

かすかに漏れる殺気を察知したジョーカーが、鮮やかと言っていい素早さで広く展開して、こちらに銃口を向けてきた。

〈任務だ〉
位置的に中央のジョーカーが言った。錆び付いた、硬い声だった。
〈任務だ〉
代表して、堂林がそう言った。
暫時の後、先のジョーカーが銃口を下げ、目出し帽を上げた。
〈そうか。任務か〉
柔らかな声で、そう言って笑った。
それが進藤研吾だった。
〈おい、みんな。任務だそうだ〉
進藤は周囲のジョーカーを呼び集めた。全員が目出し帽を取った。
焼け焦げたような顔で、全員が笑っていた。
進藤が一歩出て、両手を広げた。
〈なんの真似だ〉
まだ警戒を解かず、堂林が言った。
〈撃てばいい。それが、お前達の任務なのだろう〉
進藤はもう一歩、前に出た。
〈我々の任務は、人知れず同胞を守ることだ。我々は、お前達に向ける銃を持たない〉

何も言えなかった。

銃口が震えた。

さあ殺《や》れ、と進藤は言った。

ジョーカー全員が、両手を広げた。

〈気にすることはない。我々はかえって、この殺伐とした任務から解放されるのだと思うと、清々としている。逆に、お前達が気の毒なくらいだ〉

そんな遣り取りがあった。

〈撃てぇっ〉

血の滲《にじ》むような堂林の一声が、様々なものをすべて断ち切るようだった。

ジョーカーは笑って死に、自分達は泣きながら殺した。

帰国直前、白ナイルに花を供え、ジョーカーの魂を敬礼で送った。

〈帰国したらせめて、できるだけのことをしよう〉

堂林の言葉は、全員の代弁だった。

なのに――。

帰った日本で待っていたのはあろうことか、高邁《こうまい》にして高潔に、孤独な任務を全うして散った男達に、花向けも顔向けもできない事態だった。

いや、端《はな》からしようともしていなかった愚昧《ぐまい》達の無残だった。

〈滅べばいい〉

堂林以下、全員が狂気に走った。暴走であっても狂うことでしか、ある種の正常を保てなかった。

なんとしても、目的を達成するのだ。

考えることはそれだけだった。

――なあ、土方。

野外無線から聞こえる堂林の呼び掛けで、土方は我に返った。

気のせいか、堂林の声は少し躊躇いを含んで聞こえた。

「はっ」

――こちらでは、その、ここからお前をだな。支援すべきでは、という話にもなっているんだが。

「――支援、ですか」

あと一発あるからな、と堂林は言った。

――確実に鼠《ねずみ》をお前の所に送るには、と芦原と矢口が言うんだ。先の一発で連中が動かなかったとしたら、お前までが無駄になる。途切れたGPSを辿って、多少闇雲でも、少し犠牲の輪を広げても、とな。

毒を食らわば皿までだ、土方、と無線の奥で声がした。芦原二曹だった。

毒はもう、俺たちの全身に回ってる、と言ったのは矢口二曹か。

――と、いうことなんだが。

いけません、と土方は思わず口走っていた。

――土方。

「勝ちは苦く、負けは潔く。そう教えて下さったのは、堂林一曹です」

暫時の間があった。

ああ、と堂林は嘆息した。

――そうか。そうだったな。うん。そうだ。それが陸上自衛隊の心意気だ。

「そうです」

M４に置いた手が、かすかに汗ばんでいた。

――気負い過ぎるなよ。

「えっ」

――やっぱりそうか。お前は、そういう奴だ。

この期に及んでも、リーダーとして堂林は気遣ってくれた。頭が下がった。

「はっ」

――仙台、楽しかったな。

「はっ」

──師団長にも会えた。最後は気の毒なことにもなったが、風間三佐とも呑めた。和知は相変わらずで面倒な奴だったが、それもいい思い出だ。

「はっ」

──なんだ。はっ、ばかりだな。そんなんじゃ、成否は知れたものだぞ。

「すいません」

──なあに。土方、俺達は。

会話は、そこまでだった。

そこで途切れた。

「一曹。堂林さんっ」

何度呼び掛けても、二度と無線が堂林に繋がることはなかった。

土方はM４を、誰憚ることなく握り締めた。

もうすぐ始まる。

そして、もうすぐ終わる。

そのときだった。

ふと、人の気配がした。

愕然として振り返った。

「まあ、こんなことかなとは思ってたけど」

木立に揺れる木漏れ陽の中に猫のような笑顔の、死神が立っていた。

大鎌の代わりに、手に持っているのはシグ・ＳＧ７５０だった。

どうしてそんな物が、とは思わない。

「ゴルフ場の向こう端で派手なことを仕掛ければ、自ずと影はこの辺りに制限される。一流のゲリラなら、なおさらだ」

中東の匂いのするハーフ、いや、クウォータ。

間違いない。

小日向一族の、そして公安警察の鬼っ子。

警視庁Ｊ分室の、小日向純也。

「申し訳ないですが、あなた達は全員、この日本で眠ることはできません。五八式共々、外へ。そういう処理になります。いえ、そういう約束です」

死神の言葉は死神のくせに、木漏れ陽と共に天上から降るようだった。

「そうか」

処理という言葉が、思う以上に現実を伝えた。腑《ふ》に落ちた。

（ああ。俺は、腑に落ちたのか）

腑に落ちるとは、抵抗する気が失《う》せているということでもある。

死神に出会った瞬間から、土方は敗北の中にいた。

けれど、悔しくはなかった。

ここは土方にとって戦場だった。

——勝ちは苦く、負けは潔く。

心の底から尊敬できる上官に、叩き込まれた教えだ。

「最後に、何か望みはありますか。できる限りのことはします」

死神の言葉は、優しかった。

「ということは、堂林一曹達はもう」

何も言わず、死神は頷いた。

——皆様、六の台左をご覧下さい。

遠くに聞こえる晴れやかなアナウンスが、実に対照的だった。

総火演が再開したようだった。爆音も聞こえた。

（ああ）

陸自の、仲間達の晴れ舞台だ。

「なら、一ついいかな」

「なんなりと」

「どうせなら」

ジョーカーの眠る白ナイルに。
仲間達と一緒に。

死神は、少しだけ困った顔を見せた。
それがせめてもだったか。胸がすいた。
「承知しました」
思い残すことはなかった。
──撃てぇぇっ。
両手を広げた。
──命中ぅっ。撃ち方止めぇぇっ。
木漏れ陽の中で、死神のアサルトライフルが光を放った。

六

九月も終わりに差し掛かった、とある朝のことだった。

矢崎はその日、久し振りに警視庁本部庁舎を訪れた。

――和歌山土産の美味いあんぱんがあるんですが、食べませんか。婆ちゃんが食べ切れないって。

夕べ、〈湯島の自宅〉に帰ったとき、純也からそんな連絡があったからだ。

頂こうと答えれば、

――じゃあ明日、分室に持って行きます。

と言葉少なに言って、純也は電話を切った。

防衛省に顔を出し、そのまま警視庁に向かった。

いい季節になっていた。

ここ何年かの中では行く夏を惜しむ間もないほど残暑が短く、その分、秋の訪れが早いようだ。

言えば蟬には遅く、アキアカネには早い、そんな感じか。

涼やかな風に吹かれて、歩くことにした。

防衛省から警視庁までは、外堀通りを行けば一本道で、迷うこともない。三十分もあれば着く。三キロメートル程度だ。

八月、東富士演習場での総火演のあと、鎌形は躍起になって、陸上自衛隊の再編に取り組もうとし始めた。

「俺に見えない部隊は必要ない。いったん坩堝《るつぼ》に放り込んでグルグルに掻き混ぜて、悪を浮かび上がらせてみるのも悪くない」

鎌形は矢崎に、そんなことを言った。

陸上総隊及び、総司令官。

目指すところのキーワードを、鎌形はそう表現した。

有事の際の、命令指示系統の一元化が主な目的だ。

陸自・海自・空自の統合運用には、すでに創設された統合幕僚監部があった。しかも、海・空には自衛艦隊と航空総隊があり、それぞれの司令官が全国の部隊を一元的に運用していた。

しかし、陸上自衛隊は設立当初から五ブロックに分けられた方面隊が並列し、総司令官が存在しなかった。

各方面隊の総監が言わば、総司令だった。五人の総司令だ。

そのため、防衛大臣及び防衛省は、陸上自衛隊にだけはごく簡単な指令でも、五カ所の方面隊に発令しなければならず、また、五人の総監の意見を調整しなければならなかった。

陸自の組織的タイムロスは、ずいぶん前から指摘されたことでもある。

「柱は五本も要らない。五本もあると、一本や二本腐っても屋根は落ちない。それじゃダメだろう。いつ落ちるかわからないのは、甚だ危険だ。風通しの良さとは、腐らせないことでもある。屋台骨、それこそ大黒柱は一本でいい」

さすがに弁が立つ男で、公の席で鎌形はそんな熱弁を鮮やかに振るった。

至極真っ当に聞こえる、正論ではあった。

総火演の一件に鎌形を巻き込んだ責によって、矢崎は当初から罷免を覚悟していた。

その前に、いつでも提出できるよう、懐に辞表も飲んではいた。

その矢崎が何事もなかったように職を継続しているのは、鎌形がこの正論を盾に取り、本気で陸自の奥深くまで手を突っ込む気になったからで間違いはない。

――手伝ってもらうぞ。矢崎。とことんまでな。

珍しく思考の向かう先が一致した格好だ。

ただし、方向は同じでも、思いは一致しないに違いない。

鎌形は防衛大臣直下の一元運用を、抵抗の一切を薙《な》ぎ払ってでも達成しようとするだろう。

そのための歯止めであり、よく鳴る鈴であり、返す波の防波堤であり、鉈《なた》であり。

自分こそ巧妙に立ち回って、すべての間に立たねばならない。

そうして、陸上自衛隊に関わることで、悲しむ者が出ないように。

だからもう少し、政策参与として手伝ってやろうかと矢崎は考えた。

微力ながら、老骨ながら。

気が付けば、もう警視庁本部庁舎が目の前だった。

秋風はずっと、矢崎の背を押してくれていたようだった。

一階のロビーに入り、受付に向かった。

奈々が花の準備をしていた。

束になって咲く無数の艶やかな紫は、リンドウか。

花瓶の奥にいたもう一人が、ショートボブの髪を揺らした。

「おや。君は」

「あら。お早うございます。師団長」

顔を出したのは、大橋恵子だった。

「復帰、かな」

「ええ。先週から。何か、分室長が公安部長の承認をもらったとかで」

「公安部長？　皆川君のかね」

「はい。それで、警視庁の職場復帰プログラムに推薦枠で私を通して頂けたと」

「ほう」

理屈は正論でも、力業に違いない。

そう思えば、純也も鎌形も、同じ穴の狢《むじな》に思えなくもない。

思わず苦笑が洩れた。

「何か？」

恵子が小首を傾げた。

「いや。なんでもない」

矢崎は咳払いで誤魔化した。

「それにしても、よかったじゃないか。やはり、花には花の生き場所がある」

「えっ」

「いや。口が滑ったかな」

ふと、視線を感じて振り返った。

「へへっ。言いますね。師団長」

猿丸がニヤついていた。

「あ、これはだね」

「武人こそ、ときに詩人ってことでしょうかね」

その脇に鳥居も立って、顎を撫でた。

さらにその後ろから、

「やあ。お早うございます。師団長。ではみんなで、あんぱんモーニングといきますか」

相変わらず悪魔とも天使とも、どちらともつかぬ笑顔の純也が、大きな紙袋を手に笑っていた。

この作品は徳間文庫のために書下されました。
なお本作品はフィクションであり実在の個人・団体などとは一切関係がありません。

徳間文庫

警視庁公安J
ダブルジェイ

2020年6月15日　初刷

著者　鈴《すず》峯《みね》紅《こう》也《や》

発行者　小宮英行

東京都品川区上大崎三－一－一
目黒セントラルスクエア　〒141－8202

発行所　株式会社徳間書店

電話　編集〇三（五四〇三）四三四九
　　　販売〇四九（二九三）五五二一

振替　〇〇一四〇－〇－四四三九二

印刷
製本　大日本印刷株式会社

ISBN978-4-19-894564-0　（乱丁、落丁本はお取りかえいたします）

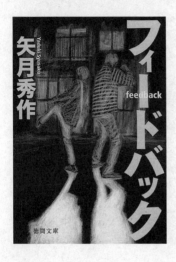